南翔

———

著

洛杉矶的蓝花楹

北 京 出 版 集 团
北京十月文艺出版社

如何把小说写得隽永

——《洛杉矶的蓝花楹》自序

南　翔

　　小说尤其是短小说（"短小说"的概念，有人说，包括短篇小说和不长的中篇小说），如何写得隽永，这始终是一个难题，换言之，此亦应是小说家追求的一个紧要目标。好的短小说或许有很多标准，况且不同的作者和读者，对此也会有不同的追求。我却认为，在诸追求中，隽永可以居其首。

　　"隽永"为汉语词语，本义是鸟肉肥美，引申为意味深长。后来则形容艺术形式所表达的思想感情深沉幽远，引人入胜，犹如余音绕梁，三日不绝，讲究言有尽而意无穷；也常用来表述艺术性较高作品的审美效果。

　　世界三大短篇小说家，分别是契诃夫、莫泊桑、欧·亨利。也有一说，不能遗漏马克·吐温。契诃夫代表作为《变色龙》，莫泊桑代表作为《羊脂球》，亨利代表作为《麦琪的礼物》。在这三篇作品中，《变色龙》不到两千字，《麦琪的礼物》三千余字，《羊脂球》两万多字。前二者是短篇无疑，后者则基本可进入中篇的序列。

这三篇小说，若以隽永论，《变色龙》以短制而丰蕴，或可拔其头筹。小说写了沙皇专制制度下的一个巡警奥楚蔑洛夫，逢迎权贵，态度一瞬数变。在他眼里，是非的唯一准绳就是权势。为此，首饰匠赫留金的手指是否被狗无缘无故咬了不重要，重要的是这条狗的主人是谁，如是将军或将军的哥哥，那才重要。如果咬了一个陋巷里的匠人，那是活该。在求证狗主之时，奥楚蔑洛夫的面孔翻得快如川剧中的变脸。虽不无漫画色彩，却因其生动且带有某类人性的贯穿特征，长久地留在不同国别与不同文化背景的读者记忆中。

《麦琪的礼物》是一个含泪的微笑，温馨之感，满溢其中。圣诞节前夕，一对贫贱夫妻，各自想到给对方送一件礼物。妻子德拉手头只有不到两元钱，思来想去只有卖掉自己一头瀑布似的秀发，才可能给丈夫唯一的爱物——一块三代祖传的金表，配一条白金表链。丈夫吉姆则在下班回家前，卖掉了金表，换取了一件德拉向往已久的礼物——一套纯玳瑁做的，边上镶着珠宝的美丽的发梳。面对剪去了秀发的发梳，失去了金表的表链，读者的感伤、感慨和感动油然而生。这个小说的构思无疑也是很精致的，情节一旦搭建，后人便无法再"创作"，简言之是不能再因袭这类故事了——连一点儿趋同性都不能有。问题在于，正因了此小说的精致，尤其是结尾的吃重度，大大降低了它的"耐读性"。任一优秀作品的可读性，不仅在于进入阅读过程之中的愉悦或忧伤，也在于它经得起反复阅读。结尾在短小说中的吃重度，与小说的耐读性成反比。

犹记得某次在一个"学生解说员"的讲习班上，我无意间提到了世界三大著名小说家，一位小学生立刻举手说：《麦琪的礼物》。我不知道他读几年级，揣想他们的课文或课外读物上有此一篇？进而想到，这类悬念吊得够足且伏线埋设十分巧合的短制，因其好读，尤适合进入小学高年级或初中生的视野。至于兼具了爱，"同时对当时金钱至上的资本主义社会进行了尖锐和辛辣的讽刺"，当然也是此类小说容易入选课本的主要因素。

19世纪的法国文学，群星璀璨。巴尔扎克的鸿篇巨制自不待言，左拉、雨果、司汤达、都德、龚古尔、福楼拜、莫泊桑等一大批作家作品，都令人目不暇接。福楼拜的弟子莫泊桑除了《一生》《漂亮朋友》等六部长篇，《漂泊的日子》《阳光下》等三部游记和一批评论作品之外，十三岁就开始写作的他，还有影响深远的三百多个短篇小说。这其中便包括脍炙人口、经久不衰的《羊脂球》。一个两万多字的小说，将宏大的普法战争拉成背景来状写人物，或者说，它是纳须弥于芥子。将一组人物包括政商两界、名门望族、修女以及妓女共十人，在冰天雪地的天气拢在局促一车（马车），归于逃亡一途（坎坷之路）。跟中国古典小说的叙事迥异，19世纪法国文学——当然不只是法国文学，有不少小说结构是人物一一出场，站在聚光灯下，由全知视角的作者逐个介绍。莫泊桑的《羊脂球》即是如此。《羊脂球》开篇便带有讽喻色彩：一群军装破烂、胡子拉碴、没有旗帜、不成编队的散兵游勇，"因为金币多或者胡子长的优点而被任命为长官。他们浑身都要披挂武器，身穿有金丝饰带的法兰绒军装，说话总要用足音量，一讨论作战方案就频出高见，自诩垂垂危矣的法兰西全是靠他们这些大话精一肩撑起的"。待得几个商人不约而同起意离开这个不安全的城市之时，他们在一辆小马车上相聚了。常用极低的价格把劣质葡萄酒批发到乡下的奸商卢瓦梭夫妇来了；之后是纺织业的大老板拉马东夫妇，拉马东还兼着省议会的议员；随着布雷维尔伯爵夫妇入座——这三对夫妇形成了一辆马车之内的"精英世界"。配角是两个修女，以及人称"民主党人"的高努代。

然而马车中的配角却是这部小说的真正主角羊脂球："她身材矮小，浑身圆滚滚，肥得像要流油；十指鼓鼓囊囊，只在关节处收紧，像一串串勒紧的短香肠；皮肤紧绷得发亮，硕大的胸部抵在衣裙中。不过她依旧诱人，依旧受人追捧。她是那么鲜嫩，让人看了就高兴。她的脸像个红苹果，又像一朵含苞待放的芍药花；脸的上部闪烁着一双极美的黑眼睛，浓密的长睫毛遮住了它们，并在眼眸中投下阴影；下部是一张迷人的嘴巴，小巧、湿润，仿佛专为接吻而生，里面长着两排精致晶莹的细牙。"

战争和政治，即便在离乱之时，也是贵胄们的谈资。当然，解决衣食与顺利逃离才是硬道理："篮子已经空了。十个人吃光一篮子食物可谓毫不费力，同时还只嫌篮子不够大呢。他们又聊了一阵子，不过自从东西被吃完后，气氛就渐渐冷了。"——这是羊脂球的物资奉献。更要紧的问题是赶路，当一车人被普鲁士士兵拦截在酒店，困顿之际，个个都从不同角度"怂恿"羊脂球用自己的身体打通关节，一旦目的得逞，重新上路之后，羊脂球骤然发现自己如同弃物一般遭到所有人的鄙夷。"羊脂球连眼皮都不敢抬。她既对车上的所有人感到愤怒，又为自己感到羞愧。正是因为自己做了让步，被这群虚伪的人推到普鲁士人怀里，才受到玷污。"——物资奉献而后的身体奉献，得到的却是同车人捏着鼻子的弃之如敝屣。

这个小说也有悬念，却并不构成整个小说的骨架支撑。亦有如传统小说不可或缺的节奏——发展、起伏和高潮，更吸引人的却不是故事而是人物。与契诃夫的《变色龙》一样，《羊脂球》同样敷设了很浓烈的讽喻意味。在某种意义上或可说，《羊脂球》是一出放大版的《变色龙》。一群"上层人士"起始对羊脂球的食物篮子垂涎，对她更大的冀望则是在道阻中"以身殉路"；一旦达到目的，重新上路，他们大快朵颐之时，眼睛里已经完全没有了为之献身的她。"没有一个人看她，没有一个人想到她。她感到这帮道貌岸然的人先是牺牲掉她，然后又把她当成没用的脏东西扔掉，现在又将她淹没在鄙夷不屑中。此时，她想起了属于自己的被这群人狼吞虎咽掉的那个大篮子，里面装满了好吃的东西……"此时的她，不仅是万般委屈的，而且是十分天真的。她的第一反应，并非破口大骂，竟然是想起了那个消失了的里面装满了好吃东西的大篮子，作家贴着人物写，赋予了羊脂球孩童一般透明的心灵质地。

一组人物，一次上路，一段坎坷，一曲回旋。在一辆马车的局限空间里，政、商、教会以及底层，各有各的口吻、脸谱与思想。时代背景、烽火硝烟、岁暮天寒、风灯马车……以自然而然的方式嵌入了小说的肌理，夯实了小说的骨骼，增值了小说隽永的意味。

此小说的结尾，是高努代在执拗地吹着复仇曲调的口哨，"黑暗中，羊脂球一直在哭泣。在两段曲调之间，有时会传出一声她的呜咽"。黑暗、呜咽与单调的复仇口哨，这一组意象对比很丰富，大大助推了小说欲言又止的主题表达。换言之，如果说《羊脂球》在整体叙述上，已经把各种面目与肯綮裸呈无遗，那么在收尾阶段，它需要用色彩、声音和特写来做勾勒与涂抹，借此完成它的斑驳与丰厚。

归总来说，隽永的小说，结尾不能太吃重，悬念不能吊得太高，场景不宜太紧张刺激。

结尾不能太吃重，不表示结尾可以潦草。短小说有个好结尾，恰恰能够拢括全篇，烛照立体，增强张力。要义在于结尾不能是吊得很高的戏剧性极强的悬念的挑明，不能比拟于某种侦探或推理小说，一旦揭底，则恍然大白于天下。

分析到此，可以我的中篇小说《打镰刀》为例。有一年我在乌镇国际当代艺术展上看到一个装置艺术——上万把生锈的镰刀堆在一间房子里，足有一尺多高——勾起了我很多回忆，触发了写作念头。这个小说写到一半的时候停摆了，乃因此小说的主要人物是铁匠，中心情节有打铁一幕，可我儿时相关打铁的记忆已近漫漶不清。譬如我曾问及朋友，收割庄稼用的镰刀是否带齿，回答带齿的与不带齿的都有，两相争执不下。我后来判断，南方割稻子的镰刀是带齿的，北方割麦子的镰刀则不带齿。还有，镰刀的齿是如何打出来的？以及打制一般铁器的全过程……这些我都需要"重温"一遍才有信心写好小说。

机会来了，一次外出东莞横沥镇，初识四川渠县籍朋友老吴。他热心告知，一个初中老同学至今仍在老家打铁。商定某日，我跟随他自深圳直飞达州，下机后乘车在高速公路奔驰七八十公里到渠县，再行约四十公里，始到贵福镇。在那里见到了老吴及他的初中同学何铁匠。何铁匠给我展示了打镰刀的全过程。光有这些细节还不足以构成一个小说，我把小说中的人物——美术系刘教授和鹰嘴山张铁匠粘到一起。刘老师要做一个装置艺术，请张铁匠重开炉火打镰刀。张铁匠为给迄今"单着"的老大不小的儿子挣钱娶亲，答应重操旧业，并叫来自己的老搭档魏老伯。重打上万把镰刀不是两个老把式可以顺利完成的。这事一时间沸腾了山村，一群青年男女包括小寡妇都过来助力了。山高水阔，锤声叮当。此小说，乡间寥落的爱情在打镰刀的过程中得到恰好的滋养，萌萌然复活了。结尾既滑稽又沉重：张铁匠沉心静气打出来的一大批锋利的镰刀，被刘教授全部拿去做旧生锈，然后布置为一个堂皇的装置艺术，且打镰刀的全程录像，成为锈镰刀展出的活跃背景。

此小说结尾也吃重——它是多义且富有张力的呈现，却没有吃重到看了结尾就可以立刻读解作品全部意蕴的地步。

再看小说集中的一个短篇《红隼》。这个小说写的是一个自闭症的孩子和鸟儿的故事。豌豆家的阳台上飞来一对红隼，很舒适地待下来生蛋孵雏，雄鸟雌鸟配合默契。豌豆的爸爸因与孩子无法交流而出差逃避，妈妈成了与豌豆一道观察阳台上红隼生活的最好搭档。妈妈发现豌豆在与鸟儿交流时，自然而亲切，完全不像在与成人打交道过程中的木讷。红隼的生活日渐成为豌豆本子上天马行空的画卷。结尾是豌豆在一次观察之后，画了受伤的雄鸟捕食回来喂雏，并在边上写了几个字：爸爸喂孩子。

一味的张扬生态意识并非小说之长，聚焦疾患与人性或曰情感主题也显得过于单一，将两者糅合，找到一个一加一大于二的主旨，这是我近年写作的一个择向。

集子中《洛杉矶的蓝花楹》是一个域外题材的中篇，借助蓝花楹的意象，勾勒一对中西恋人曲折幽深的情愫，有意对冲传统的婚恋大环境，把性别与"地位"反转一下，尝试阅读的不同效果。《竹管风铃》有对我早逝的大学同学的缅怀，只不过在小说中，更多提炼出人生选择的叩问。《老药工和他的女儿》的看点既有知识性——知识性或信息量也是我看重的好小说的要素之一，更有观念的冲突，小说中的观念远不是非黑即白那么简单。《遥远的初恋》中有我1978年上大学之前铁路生活的背影，只不过衍生到了当下。《海钓》是一个很自然也很自足的深圳大鹏湾的呈现，一对未到退休年龄的男女的生活择取，打开了城市生活的另一种样貌。《远去的寄生》是一曲遥远的回旋，忧伤且耐人寻味。

如何把小说写得隽永，这是每一个有志于将小说写好的作者的追求。

这也应该是阅读与写作的双重选择，还应是作者、读者和编者的三重取向。

墨子云："良弓难张，然可以及高入深；良马难乘，然可以任重致远。"好小说当如是——可媲美良弓与良马，以深远为范。

虽不能至，然心向往之。

目录

1   洛杉矶的蓝花楹

85   遥远的初恋

123   打镰刀

215   竹管风铃

261   海　钓

287   老药工和他的女儿

369   红　隼

393   远去的寄生

洛杉矶的蓝花楹

向老师是在南加大与洛斯尔不期而遇的。

具体说来，是两人开的两辆车，在南加州大学的南门外撞上了。那是早春二月的一个周一，身着一条蓝色背带牛仔裤的洛斯尔与往常一样，开的是一辆白色的厢式货车。向老师也与往常一样，开的是一辆2006版福特福克斯蓝色自动挡小轿车。在当代都市生活一系列琐屑而沮丧的经验中，向老师觉得，车辆剐碰可以名列三甲。况且在这样一个阴雨天气，她不仅有两节不能逃脱的新闻学院的大众传播学，还因儿子腹泻三天待在家里，扰乱了她原本还算不错的心境。今天恰是儿子病愈后头天去上学，她甚至担心秋生处置不当，拉在裤裆里。

好在戴着一副宽边眼镜的洛斯尔通情达理，双方交换了信息之后，他甚至提出，不用等保险公司过来，如果她愿意，会在需要用车的任何时候，准时看到这辆像他饲养的比格犬那么可爱的蓝色的福克斯，活蹦乱跳地出现在自己的女主人面前。

他这番风趣的讨好打动了她，况且，论剐蹭责任，她的更大一些。两辆车相向而行，她的两只左轮有明显的越界。她相信这位脸膛紫黑的混血蓝领——专业货车司机无论在美国还是中国，都只能算蓝领，当然其在美国的收入不能与她母国的蓝领相等——绝不会对她这辆买了半年，行驶9万多英里，总价不到6000美元的二手车有何不良企图。

她把钥匙交给他的那一刻，郑重强调道，我下午3点半，最迟4点，必须开车去接我儿子。

洛斯尔双手一摊之后道，如果你不介意，你可以在看到这辆蓝色的"比格犬"的同时，见到另一个背着蓝书包的比格犬……

向老师惊讶地瞪着他，这位将原本浓密的络腮胡子丛林刮出一片铁青色海湾的卡车司机，居然能掐算出她儿子秋生的书包也是蓝色的？她今天碰到的是一位男巫吗？

洛斯尔进一步给她释疑，告诉她，今天并非第一次见到她，当然也不会是最后一次，因为她住的校园小西门对面的五月花公寓，距离他住的西北街不过七八百米，五月花公寓两边马路的行道树全是白千层，西北街两边的行道树则是闻名遐迩的蓝花楹。

你简直是FBI派出来的密探。向老师咬牙切齿道，不然怎么会记住一个不相干的六年级学生的书包颜色！

我对一个孩子的书包感兴趣，当然是因为爱——屋——及——乌。洛斯尔几乎是一个音调，一字一顿地念出"爱屋及乌"这个中文成语，又令向老师吃了一惊：他猜出了还是看出了她来自中国?! 跟她外貌相似的男女在南加州大学多了去了，这所在加州乃至美国都堪称名校的课室与林荫道上，充斥着韩国、日本以及东南亚等国的面孔。

尽管，知晓了洛斯尔能讲中文，但知晓他有一半的中国血统则是四五天之后，那是一个让人心境扰攘的周末。

起码表面上，对周五那顿晚餐有所期待的，是秋生。

周一下课后，洛斯尔果然在给她送来蓝色福克斯的同时，送来了背着蓝色书包的六年级男生秋生。谁说在美利坚就原则坚硬如铁了？寒假时节，向老师与朋友驱车去旧金山，经由五号公路两三个加油站看到不少寻人启事——失踪的男孩多过女孩——南加大的美国朋友的解释是，社会的隐秘角落，存在着不少看不见摸不着的恋童癖。这令向老师噩梦连连，好几天都夜半惊醒，到邻床上去摸摸心肝宝贝在也不在。她特别提醒学校老师，她儿子不跟校车回家，没有见到她，任何人也不能接走她的儿子。她没有料到，没有她电话通知老师，洛斯尔还是将她的宝贝儿子提前送到了她身边。看着洛斯尔满脸得意的那一刻，秋生的老师安妮此前在向老师心中建立的牢不可破的信任顿时坍塌了。

洛斯尔在短信中告知，一个中国人接手自犹太人的LUXE酒店斜对面，格莱美博物馆的转弯处，有一家标注一个大大繁体"發"字的中国餐馆，如果不知道格莱美博物馆，记住斯台普斯球馆（Staples Center）就好了，这可是北美洲唯一一座拥有两支NBA球队——洛杉矶湖人队与快船队的球馆，"發"餐馆距离球馆也不过三四百米。

打小，秋生就对球类感兴趣，对篮球兴味尤浓。向老师做任何事情，不求均衡，只求最优。此次申请来南加州做一年访问学者，时间紧，没有获取彼国的基金资助，国内的深圳大学也只能发给她基本工资，这边还要给儿子缴学费，还有租房以及购买二手车等日用，开支委实不小。一年下来，看得见的"损失"接近20万，获得的最明显收益则是儿子的英语成绩大幅跃升，不出三个月，秋生的口语水平超过了深圳大学的英语专业大一学生。还有一点，十一二岁的男孩，个头直逼1.7米，来到NBA球队的故土摸爬滚打，耳濡目染与隔空遥望毕竟不同，对一个提起篮球就两眼灿然发亮的男生，亲炙那些如雷贯耳的球星——即便是行走在球星们曾经洒下过车载斗量汗水的球场，那种鼓舞与鞭策，不亚于做了一回航天梦的男生，一觉醒来就爬进了太空舱。

男孩与女孩的爱好就是不一样，小男孩与大男孩的爱好却大都可以合并同类项。

向老师还在点菜的当儿，小男孩秋生和大男孩洛斯尔——稍微熟悉之后向老师就这么称呼他了——很快就为湖人队复盘上一个周末的比赛。一大一小两个篮球迷，为下半场湖人队失利之后，主教练沃顿的重新排兵布阵争得面红耳赤。向老师心下感慨，男孩稚嫩的起跑与飞翔，一定离不开成年男人的脚印和哨音。雌雄异趣亦异道，为人母者尽最大的努力迫近男孩的心智与言行，也只能得其仿佛。这个道理，她的前夫，秋生他爸在离婚协议书上签字的前后，给她讲了不止一次，她哪里听得进去！常言道，中国女子结婚生子之后，兴趣就从老公的胸大肌转移到了儿子的屁股蛋上。她并非不知道单亲家庭对孩子成长的影响，如月缺一般显豁，但老公一次与单位外出活动，居然就黏上了一位本系统的女同事，三个月后终于为她在借用他的手机之时所意外截获，如同一个洁癖症却偏误食了一只绿头苍蝇，在她最以为神圣的地方，留下了一块刺目而无法拭去的污渍。分居一年半之后，终于协议离婚，除了孩子，她什么都可以不要。或许出于歉疚，或许再冷硬的男人内心也垫底一块柔软，他大气地说，他可以净身出户，他是男人，当然应该将一切有形的财产都留给他们母子。虽然他始终没有认错，一对漆黑的眸子却流露出沉静的沧桑——最初，她就是被他这双漆黑如墨的眸子打动了。下定决心将红地金字的结婚证换成红地银字的离婚证的那几天，她生怕自己一觉醒来又后悔，她需要像秋生在植树节那样，培土、浇水，再围绕小小树干来来去去地跺脚，将离心力与自信心一道夯实。

其实，离婚证到手前后，她与他的生活并没有发生根本改变：依然是分居，依然住在一个穹顶之下，保留的是夫妻生活的形式，掏空的是夫妻生活的内容。除了她的一二铁杆闺密，包括她与他的家人在内，谁都不明究竟。既然现实世界里，为了购房等似是而非的理由悄然离婚的男女多如过江之鲫，她有什么必要将一桩确凿如板上钉钉的离婚拎出水面，传看与示众左右?!分居不分家固然有财产分割等剪不断理还乱的一系列原因，但最坚不可摧的理由还是：为了孩子。一个心理学教师告诉她，独生子女的问题太多了，心理问题的普遍性肯定多过多子女家庭。那么，单亲家庭成长的中国孩子，心理问题的难以绕过，就几乎不用求证。她很庆幸，这么一些年过来，一个早已分崩离析的家庭，两个大人戴着假面跳舞，居然演得如此逼真，不仅瞒过了亲戚、朋友和同事，更瞒过了朝夕相处、日渐成长的儿子——这当然也是她最需要瞒过的对象。仅冲这一点，她既需给自己的克制、忍耐与负重加油，也需给秋生他爸几乎完美无缺的配合点赞。已然远渡重洋，她仍会保证让秋生每天和他爸通一个电话。

夫妻一场，无论短长，总是一段缘分。已然分手，即便再做不到守望相助，亦可彼此注视。与其干戈相向，老死不相往来，莫若"知君命不偶，同病亦同忧"。

"發"餐馆里的菜式很可口，无论是油焖大虾，还是水焯西蓝花，秋生都是一箸未了，再下一箸，没有什么比一位母亲看着儿子的好胃口更开心的了。向老师脖子转了两转，一把扯下既挡脖子又遮胸口的红围巾，当她眼睛的余光感觉到洛斯尔的目光不由自主地瞟了过来，颈项空白处顿感一阵灼热，为刚才扯围巾的鲁莽而后悔，却又不能将刚扯下的红围巾再系上去，这可是在美利坚的洛杉矶啊！那次在本校放映一个好莱坞情色电影《五十度灰》，一旁同在南加大做访问学者的梅欣怡来自上海大学，跟她耳语，中国的小说与影视不乏《北京人在纽约》《北京遇上西雅图》之类的，殊不知，南北加州尤其是洛杉矶，才应是各式异国爱恋的沃土！她反咬梅欣怡的耳朵，你是搞电影的，就应该写一个《上海女教授遇上洛杉矶》之类的呀，而且，将真实的个人生活与电影融为一体！

梅欣怡的声音忽然妖魔鬼怪般地跳了出来，你以为我不敢的啊！我把这个收获看得比上几篇SSCI期刊论文他妈的重要得多！

黑黢黢的南加大电影学院小礼堂里，四面八方立刻射过来几道惊诧的火光来，吓得向老师将身子矮了下去，梅老师却昂首挺胸，毫无愧色。过后没几天，果见梅老师的娇小身板拃在一个肥硕的白人臂弯里；向老师还没来得及找到机会向她表示祝贺，再见之日，拃着她胳臂的已然换成了一个皮肤黝黑发亮的南亚男人。她给向老师介绍，这是泰格先生。

吃完饭出来,一阵阴风迎面呛了过来,秋生连咳了两声,洛斯尔右手一掀,拉开了平素披着的蓝格子外套,将秋生一把裹将起来。一大一小两人在前,向老师紧随在后,刹那间,她觉得路人的目光,一定把他们仨误作一家人了。这样的误读,一直延续到了斯台普斯球馆。在球馆门口,几座错综的雕像威猛而灵动。秋生凑到雕像的基座前阅读英文标示,洛斯尔摸着他的头道,天太黑了,看不清的,我给你讲讲吧。这里有三个NBA球星,一个是韦斯特,他打后卫,一生都效力洛杉矶湖人队,在1970年总决赛对阵纽约尼克斯,第三场那个万众欢腾的时刻,他命中了一个60英尺外的投篮,得到一个光荣的绰号:关键先生。这一座是约翰逊,这家伙是NBA历史上最高的控球后卫,他三次当选NBA最有价值球员,并且带领湖人队五次夺取NBA的总冠军,他的绰号是"魔术师",篮球在他手里,就像魔术师手里的木棍,变化无穷。喏,这个是贾巴尔,一个天才的中锋,他的勾手投篮像雄鹰翱翔一样漂亮,所以他的绰号叫"天勾",1996年他入选了NBA50大巨星!

在一个成熟的成年男子面前,秋生脸上的顺从感显而易见,更何况这个男人对他迷恋的篮球巨星耳熟能详,如数家珍,这一定是现场观摩过无数次巨星赛事才有可能。秋生的眼里简直要流露出钦敬与崇仰来，才够得上洛斯尔的解说。秋生哇一声惊叹，1996年，我还没出生呢！

洛斯尔赞道，是呀，你那时候，还不知道在哪里呢？你妈妈，或许还在准备高考呢？每天背诵英文单词，苦恼得不行噢！说着，他拉长脸来，做了一个怪相。

秋生看着妈妈，还没发问，向老师淡淡道，哪里呀，我都读研了呀！

秋生便问洛斯尔，那你呢，洛斯尔！

向老师立刻打断儿子道，要叫伯伯！

洛斯尔制止道，你由他，叫名字，我觉得亲切，什么叔叔伯伯舅舅呀，在英文里都是一个单词Uncle！那时候啊，洛斯尔Uncle，还在古巴呢，在古巴的夏湾拿，也就是中国人翻译的哈瓦那。

今晚斯台普斯没有篮球赛，连秋生来洛杉矶之后产生了兴趣的棒球也没有，只有一场不甚出名的美式橄榄球赛。秋生面露失望之色道，好不容易来一趟啊！

洛斯尔拍拍他的肩道，小伙子，南加大离这里不远啊，随时都可以来的！其实呀，美国排在前三的运动，橄榄球，棒球，第三才是篮球，第四是冰球，第五才是足球……

秋生哇了一声，足球，贝克汉姆、亚历山德罗·内斯塔都在美国踢过球呀！

洛斯尔道，是呀，还有亨利、罗比基恩。美国的体育运动，从中学到大学都搞得好，即使不是专业运动员，也不比专业运动员差噢！

秋生伸出小小的白白的拳头，跟洛斯尔击掌为誓。

就是这样一个长镜头，给了向老师心里一种持久的感动。如同在阴风寂寂的山谷里，踽踽独行心生害怕之际，听到了一声可以引为同类的嘹亮的歌唱。当然，她这时候还不知道，洛斯尔也是单身；她也还不能料到，事后发生的情感与身体沦陷，比预设中的坚守，容易得多。

洛斯尔到售票窗前去了一趟，回来道，票价不贵，如果想看，今天我请客，只不过，时间过了一个节点，等会儿才能再进去。

他对秋生说的，眼睛却瞟向向老师。

向老师脸上有些发热，没等秋生表态，她先道，今天就不看了，况且时间也过了，下次来看篮球吧。

秋生两边看看大人，两边点头。

倒是想请客的洛斯尔眼神一黯，分明有些失落道，也行。你看，有心有闲也有钱请客，居然没人领情啊！

洛斯尔这一份不易觉察的失落，也让向老师心情大好，她乘胜索取的另一份收获是，再接着婉拒了洛斯尔请他们母子在球馆一侧喝咖啡的提议，她的理由当然掷地有声：平时连英式下午茶都不敢喝，何况晚上？何况咖啡？

车库里，向老师开着福克斯出车位，寻找出口，猛然被一声鸣笛惊醒，这才见洛斯尔驾驶着一辆雪白的雪佛兰SUV探出头来招手。两车并道，他道，今晚还有一点事，不回西北街了。她心中嗒然一沉，乖乖地跟在他后面出了车库。他停在马路边，用英文道了明天见。但见一丸白色而巨大的水珠，徐徐没入洛杉矶的夜色。

真酷！秋生趴在副驾驶窗前赞叹。

儿子赞叹的是车呢，还是人呢？

母亲道，宝贝把手拿进来，风大了。

如果秋生再大两岁，他或许就听得出来，母亲的声音里，既有温柔，也有不安。

周二上午，向老师收到本学院一位同事的微信，告诉她一个不好的消息：她的教授职称在学校文科组评审以一票之差惜败！此消息立马把她周末建立的好心情一举击溃了。原本她也知道北京时间周一学校举行职称评审，她的过与不过，概率各占百分之五十。评职称需要的三大件：课时量、论文数以及课题等级，她跛足的是少一个国家级课题。这些年，课题在三大件中所占的权重直线上升，她日以继夜、绞尽脑汁、拼死拼活申报课题，每当国家级课题揭晓，却总是功亏一篑。有些事情，你不能不信命，这一次，与一个比她小三岁的同事PK，明摆着，她的工作量、论文数量及发表的刊物档次，包括论著与获奖，都把小同事甩了三条街，偏偏一个课题就把评委的眼睛亮瞎了，你要想心平气和一些，不往命上靠，还能怎样自慰?！

大半天下来，她不仅没有回洛斯尔的微信，也没有接他的电话。直到晚饭后，她想到不应爽约洛斯尔，答应了今天一块儿去见一个语言学校的老师，还是给他回了一条短信：准时在约定的学校门口见。他很快回复，叫她不要开车，那个语言学校晚上不好找车位，他会在五月花公寓的交叉路口接上她。

她当然同意，发给他一个表情。又问要不要带儿子去。他回答可去可不去，带上材料即可。她说，那就不去吧，他今天的作业不少。

他的车子如约而来，她上去之后淡淡问好，口气里的倦怠没有逃过他的耳朵，他把她脖子下的垫枕抽下来一些。

因为事先有约，一座花园式公寓的大门自然洞开了，里面恰巧只能容下一辆车子。这是一所西班牙语学校，说学校实在是高抬它了，不过是一个补习班吧。一个栗色皮肤、声音好听，英语中夹带着西班牙语味儿的中年女子接待了他俩。她看了向老师递过去的儿子的材料，问了一些基本情况，道，对不起，我们不能收，我们只收十四岁以上的学生，他年龄不够。

向老师急忙道，学习语言不是小一些更好吗？

女子反问道，他在美国待一年，学英语不是很好吗？加上原来的中文，你对一个小男孩有这么多要求不觉得为难他了吗？

这个胸部和臀部都波澜起伏的南美混血女子，从镜片上面射出来的目光，与她高耸的身段一样，都具有毋庸置辩的挑战性。那意思与向老师曾经遭遇过的揶揄一样：你们中国乃至亚洲妈妈，对孩子的学习，也像原教旨主义对异教徒一样，毫不宽容，毫不怜悯！

向老师无疑被一个年龄相当，生活背景迥异的女人凌厉的目光弄得有些心虚，她的回答有些断断续续，这令她气恼起来了。她说，儿子中文当然毫不令人担心，那是他的母语，而且英语水平超过了中国国内大学一二年级学生的专业水准，才想叫他再学一个小语种。

小语种?！这一回轮到混血女子生气了，她顺手举起一本西班牙语课本道，在拉丁美洲，有19个国家都用西班牙语，在世界上讲西班牙语的人超过了4亿！排在前三位，比使用法语的多一倍！它还是联合国的6种工作语言之一！

向老师心里争辩道，你去搜索一下，西班牙语就是小语种嘛，况且4亿算什么呢？有中英文两个大哥大在此，诸神退位！可这时，她什么也不想说，不能说。她既不能在这个女人面前有失风度，更不能在洛斯尔面前有失风仪。向老师压低声道，好好，我错了行不行？西班牙语也是大语种，不然我为什么要儿子学它呢？儿子学好了，我再让儿子做我的老师好了！你能通融一下吗？

混血女子鹰隼一般的眼里略略收敛了一些锋芒，嘴角撇下的两根劲健的线条浮起的依然是不屑：通融?！你们亚洲人做什么事情就先想到通融，只要兜里有几个子儿，在主那儿都能walk the back door（走后门）！

向老师愣了一下，一旦听明白对方明白无误的嘲讽，再也压抑不住心中的怒火，一句粗口砰然而出：Fuck off（滚蛋）！

混血女子惊愕地睁大了眼，她大概没想到，自以为是的幽默，非但没有带来欣赏，反而导致了眼前这个亚裔母亲的巨大反感。她在犹豫是以牙还牙，还是息事宁人的那几秒，洛斯尔迅速将摊开的一应材料收拾好，左手挽起向老师，右手朝她一摊，用西班牙语道了一句再见，两人即刻扬长而去。

直到上了他的雪佛兰，向老师的心潮犹自起伏不平。洛斯尔侧身帮她扣上安全带，又用右手在她起伏的胸前做了一个抹平状，他在"抹平"之时，手掌还会上下翻滚，眼睛不停地眨巴眨巴。向老师果然被他逗得扑哧一声，但却立刻绷紧脸，拍了一下他的手背道，要不是你拉我走，今天真的跟她没完！她有多少值得有优越感的背景？她不也是有色人种吗？凭什么一口一个亚洲人的！

车子行驶在夜色中，洛斯尔开启两侧的窗子，只开了40迈，微风吹来，音乐响起，是刚获诺贝尔文学奖不久的鲍勃·迪伦的歌曲 *Blowing in the Wind*（《答案在风中飘》）：

一个男人要走过多少路

才能被称为一个男人

一只白鸽子要越过多少海水

才能在沙滩上长眠

…………

向老师听着吉他伴唱的鲍勃的歌曲，情绪安定下来了，自言自语道，为什么是一个男人要走过多少路，才能被称为一个男人？一个女人呢？

车子斜穿过南加大，径直开进西北街的后院，她略略一惊，直起身问，你不送我回家？

他熄火后，转脸对她道，这是我的家，时间还早，让你认个门，上去看看。

向老师并没有任何心理准备，夜晚造访一个认识不久的男人的家，事后回想，是一种毫不在意的被动？还是多少想了解一下这个渐生好感的乐于助人的男人的家庭生活？她不仅乖乖地跟着他下了车，而且之后的半个小时以内，在他未必走进了她的心灵之时，却让他先行走进了自己的身体……

一个有失打理的不甚宽绰的庭院，却有两棵亭亭如盖的雪松，两棵树皮斑驳的橄榄树，都有合抱粗细了。一股子强劲的膻味随风袭来，恰巧听见暗处的动静，他告诉她，院子里有一公一母两只獾，吓得她一把抱住他的右臂；他顺势低头给她一个安慰的吻。一栋小两层的乳白色的木板房，空无一人，从里看得到外墙垂下来的参差的藤蔓植物。看着四壁都张挂着一只黄白相间的狗狗的照片，她问，你的比格犬呢？他沮丧道，三个月前带它出去遛弯时失踪了，我相信它是为了追寻爱情，不辞而别了。对于爱情，这只比格犬跟它的主人一样，都取攻势。一笑之后他端来一杯柠檬水的同时，随手打开电视，告诉她，女儿上她母亲那儿去了。五年前离婚之后，他负责抚养女儿，但每周女儿会去她妈那儿住两三晚。他与妻子同为古巴裔美国人，祖父辈在1959年古巴革命胜利后，设法来到美国。他俩的父母都是在古巴出生的，他俩则都是美国出生的，只不过她有二分之一西班牙血统——她的祖父祖母是西班牙人，他则有二分之一中国血统——他的祖父祖母是中国人。

她问他是中国哪儿？

他说广东台山，早期古巴的华人，多半来自广东，台山啦，新会啦，可能，也有你们深圳的。他已经回过中国四五次了。

她说，深圳这二三十年以来，外来人多过原住民多少倍了，将原住民都淹没了，深圳几乎是一个没有方言的巨大城市。

他说，他其实不喜欢巨大城市，像现在的洛杉矶，到处堵车，尤其上下班的时候。

她便问他，去过古巴没有？

他说去过三次，最长待过一个月，都是这几年的事情。古巴还有一些亲戚，纯正的华人是越来越少了。

她说，小时候听妈妈唱过一首歌，年纪小，记忆好，前面四句她还记得，美丽的哈瓦那，那里有我的家，美丽的阳光照新屋，门前开红花……总觉得哈瓦那应该是一个一年四季阳光灿烂，鲜花盛开的地方。

他坐在对面，双手一捏道，如果你有兴趣，我们任何时候都可以去一趟。当然，最好选一个对我俩来说都是的好日子。他脸上浮现了一个狡黠的表情。

还没等她品味过来，他已经站在了她的身后，搂住了她的双肩，对着她几乎是耳语道，我都知道了，你是一个人带着秋生，可是孩子不知道。

她的双肩一颤，握住他两只骨节粗大的手问，你是FBI的卧底？

他道，这种侦查，即使是FBI来也未必能够发现火力点。

她追问，那你是怎么发现的？

他告诉她，在發餐馆，她接了一个电话，喂了一声就给儿子了，儿子跟爸爸讲完之后，她接过手机，一句都没说，就收了线。这不符合夫妻生活定律。

她啊了一声，争辩道，我并不是每次都这样的，那是因为在外面，而且是跟一个客人吃饭接电话，我不想表现得太没礼貌。

一个女人，当她气急败坏地想撇清一点什么的时候，往往从反向给出了一个证明。

洛斯尔这会儿并没有乘胜追击，他恰恰知晓身边这个散发出淡淡的卡罗琳娜香水味儿的女人，此刻最担心的是什么。他需要打消她的顾虑，才能将她乖乖地引进伏击圈。

他的声音放得十分柔软，双手也从她的柔软里抽出来，移到她的太阳穴上，轻轻地按揉。他告诉她，他经常去downtown的一家华人足浴馆按摩，古老的中医按摩真是神奇，再疲乏再焦躁，从那里出来就轻松多了，连带得他都想自己开一家了。

他的双手从太阳穴挪到她的头与颈，肩与背，不知什么时候，已经解开了她的无形束缚，停留在了或许不该停留的地方……

她听其自然，忽然问，为什么古巴华人把哈瓦那念作夏湾拿？我们公寓有个二房东也是古巴过来的，他奶奶是广东南海人。

洛斯尔告诉她，这三个字是从英文Havana音译过来的，当然也是英文的发音。古巴是西班牙语国家，西班牙语的v读作b，这两个字母的发音基本相同，往往还可以互换。这样讲起来，Havana贴切一些的音译是"夏班拿"，不应该是"夏湾拿"，在古巴这个名称的拼写就是Habana。但是，英国人比西班牙人更早到中国，招募或者贩卖华工出洋到美国加州的，主要是英国人。到19世纪中后期，由于受美国排斥，加州的很多华人移居到了古巴。他们财力雄厚，夏湾拿华区的形成与华侨商业出现，主要得力于他们，他们来自美国，自然习惯讲"夏湾拿"而非"夏班拿"了。

这一段漫不经心却入情入理的解答，几乎消除了一个高校访问学者对一个混血蓝领的知识偏见。她在给他解读"三人行，必有我师"的意思之时，也解除了自己身心之外，有形与无形的最后的武装，任由他那双骨节粗大却又柔软无比的双手，驰骋到它可以恣意想象与发挥的地方……复古洪荒，亿万斯年，此身非我，今夕何夕？

两只贪吃的獾，跑出来觅食。这是两只浑身芝麻色的獾，它俩踮起后腿，也只能窥见主人家矮矮的窗帘后面，沙发上方不时舞动的手脚，再就是洛杉矶KTLA电视台正播放特朗普上台后对移民政策的改变，引发本市一些地区的游行与骚乱——但这既不影响室内一对男女的倾情欢愉，也不影响院子里这对杂食的芝麻獾四处觅食，偶尔的窗外偷窥，是为好奇，更是因为担心受到惊吓。

睡到半夜醒来，回想昨夜的那一幕，向老师犹自懵懂与心惊。

怎么就没有把持住，怎么就那样了呢?! 作为一个拥有十二岁男孩的母亲，原以为该经历的都经历过了，命里该了断的，也不去强求。却没想到，这一个与那一个，并非一样；这一次与那一次，亦非雷同。睡了一觉了，她依然能感受到春潮一般消退的余韵，玎玖有声；可当时，潮水一直漫过她的腹部，从下往上，一浪一浪地往上涌。此刻，她更多的是深深的自省，同时将那一切失了方寸与规矩，归咎于太久太久的独处。即使与儿子形影不离，不也是更为孤独的独处吗？

但是她不会后悔，这么多年了，她渐渐学会了适应与从容，主动跟和自己性格反差较大的人多接触，不乏耳濡目染，譬如梅欣怡，但也不是对外部影响可以照单全收，更不可能马上习得。听到邻床秋生稚嫩的鼾声，这才是她最伏帖的定心丸与安眠药。让孩子在安全、安详与安定的环境里成长到加冕成人礼，这是她矢志不渝的目标，世上还有比这更重要的事情吗？回答只有掷地有声的两个字：没有。

好几天她都怠慢回复洛斯尔，她不是没有原谅自己的一次放恣——况且这一切并未违背人伦之常。与其说她担心意外怀孕的后果，不如说，她更担心的是秘密泄露，让秋生遽然得知。是心虚的遮掩吗？那几天，她更多地让他爸爸打过来电话，而且会先讲几句家常，再让秋生接话。以致深圳那边的男人不禁生疑，是秋生感冒了，还是你职业病咽炎犯了？她淡淡答，都没病，这边汽车多，也有尾气，也有污染，但是比那里还是好一些。他在我身边你就放心好了，宁愿我病也不会让他病的……面对她一以贯之的强劲作风，对方轻轻一声喟叹，挂了电话。想一想，也是奇怪啊，两个人都好好的，比平日多打几个越洋电话过去，所为何来？

她后来又接受了洛斯尔的邀请，那是因为洛斯尔的一个新鲜主意打动了她：洛斯尔的女儿Ava（艾娃），在家里主要讲西班牙语，跟她妈妈之间更是从不转换语种，电视也是锁定西班牙语频道。他想介绍女儿与秋生做好友，这样一来，秋生或许可以就近学习西班牙语了。如果说向老师刚开始还略有犹疑，在见到艾娃的瞬间，犹疑顿如阳光下照耀的冰化雪消。这是一个多么漂亮、纯净而又阳光的女生，一对悠长的睫毛比化了妆还生动。她的眼神肖似父亲，还有哪里肖似母亲——向老师见过洛斯尔皮夹子里一家三口的合影——即使两个大人已经离异，却并没有夫妻反目。她可以肯定，眼前这个女生拣尽父母的优点且更展其长，不仅是外貌，还有性格，这便是日常生活中最有力的慰藉之一了。女生都读大一了——很可惜不在南加大，年龄比秋生长了一截，却很快与秋生热络起来。秋生念着她的名字，告诉姐姐，他的学校内外，有很多蓝花楹，有一些已经开始见花了。

艾娃告诉秋生，她所在的大学附近，Santa Ana 有一条浩浩荡荡的蓝花楹大道。每年四月底五月初才是花的盛期，好看极了。

弟弟问，所以你选择了去那儿读大学，没有来南加大吧？

姐姐否定道，那所学校的食品专业很出名，所以去了那儿。

弟弟指着姐姐的鼻子说，那你百分百是一个吃货！

姐姐听不懂，看着爸爸。

洛斯尔与向老师小声嘀咕了一声，给出了一个英文俚语，再用西班牙语译出。

姐姐哇啦一声，作势要打他，弟弟一扭身跑开，姐姐便追出去了。

让向老师大感欣慰的是，那几天，秋生的情绪都十分高涨，除了按时完成功课，学习西班牙语的劲头也很大，不满足于手头的基础课本，还叫妈妈到南加大图书馆给他借来相关书籍。他与艾娃认识之后，每个周末艾娃都会过来给秋生补习——那是秋生最兴奋却最安静的时光。有时候艾娃也带他去参加各种聚会，尤其是西班牙语的沙龙，秋生总是兴致勃勃，回来要跟妈妈讲好半天，连见了什么人，吃了什么点心这样的细节都不会落下。

孩子不仅学业见长，也似乎一下子懂事了不少，会拿抹布，拿扫把，帮助端饭菜上桌。以前他可不是这样，经常饭菜上桌了，还要催促他几遍呢。他或许在做作业，更多的时候，是在做完作业之后，沉迷于妈妈手机里的游戏——妈妈的手机里装了几款经典游戏，那通常是给他学业之余或外出放松的犒赏。她猝然明白，让儿子在异国他邦，多结交同龄或不同龄，同性或异性的朋友，都是大有好处的。以前，她总是希望用自己勉力伸张的臂膀，给儿子搭建出一座座遮风避雨的平台，现在她意识到，自己伸张的同时，也让他一道伸张，才会有雏儿的早日奋飞。

这天早餐，向老师给儿子备的是一碗热粥，粥里有切成片的红枣、桂圆肉与莲子，一个三明治，一个番茄炒蛋。这么一个中西合璧的吃法，既不失营养，也有一个隐秘的意义，让儿子打小中西兼备，从饮食、语言，到思维与行为方式一起适应。

粥太烫，儿子咬了一口三明治，擎在手里道，妈妈，以后你不要给我做早餐了。

为什么？向老师略感惊讶。

我要自己做早餐。姐姐从小学一年级开始，就是自己配置早餐带去学校吃了。

哦，她那么能干？

我下次见姐姐，不能跟她讲，还是每天妈妈给我做早餐，我都那么大了。

你才多大一点啊？宝贝！向老师抚摸着他的头问。

男生连咬了两口三明治，鼓着腮帮子，不肯下咽。他乌黑的眼珠里蒙上了一丝羞耻感，这叫向老师看了心疼。这么小的男生，这样的表情都有了，这让向老师的感受有一些复杂起来。

还有，我这么大了，你以后不要再叫我宝贝了，尤其不要当人家的面叫我宝贝，好不好？

你说的这个人家，就是艾娃姐姐吧？向老师有意逗他。

还有洛斯尔叔叔呀，梅阿姨呀，还有，还有……反正你以后不能叫我宝贝了。

妈妈都不能叫你宝贝了，那谁能叫你宝贝呢？

男生头一歪，躲过了妈妈的爱抚道，我长大了，反正谁都不能叫我宝贝了。

向老师这才注意到儿子的唇边，生出了一层青青的不易察觉的绒毛。毕竟还小，还没有到变声期呢。

想象不出儿子走出妈妈臂弯与视野的那一天，会是怎么一个模样？大学同事聊天，才知道很多家庭的孩子尤其男孩子，小学四五年级就不肯跟爸妈出去玩儿啦，他们有自己的圈子与兴趣了。像秋生这样六年级，转眼就要七年级了，还肯跟妈妈东奔西跑，国内国外地跑，同事约饭，也大都愿意跟着去的，真的是凤毛麟角了。来自上大的梅欣怡也奇怪，她的孩子比秋生还低一年级，早就有个性了，逛街都不愿陪妈妈去，她的还是一个女孩子呢。

好的好的，以后不再当人家的面叫你宝贝了。妈妈柔声道，你自己做早餐怎么做呢？烫着了怎么办？一层愁云真实地漫过她的眼帘。

儿子建议道，早餐越简单越好，我自己会加热三明治，再配一杯牛奶什么的就行了。

向老师摇头，那太简单了啊。

儿子坚持道，不简单的，姐姐都是这么过来的……

向老师叹息，你呀，姐姐的身教胜过妈妈的言教了。

美国的孩子都很自立，而且自立得比中国孩子早。她不能肯定，如果秋生照单全收，她能不能接受。她需要小心地甄别并向孩子分析，他在这里受到的潜移默化，点点滴滴，孰是孰非。这一点对她也是一个挑战，这一个挑战的难度，不亚于赶一篇新闻传播学的英文论文并随时准备课堂答辩。

妈妈你知道吗？儿子用汤勺不停地旋转搅动热粥，用心地看着米粥里的红白添加物载沉载浮，艾娃她爸妈离婚了的。

妈妈心下怦然一声，镇静道，哦？好像看不出来呀。

儿子道，我也没看出来，那天去参加艾娃同学的一个生日party，她开车带我去她妈妈那里取一样礼品，她告诉我，原先跟爸爸住得多，现在除了住校，跟爸爸与妈妈住的时间差不多了。我不明白她是什么意思，她才告诉我，她爸爸妈妈几年前就离婚了。

妈妈道，知道就行了，也别去问她，更不要跟别人讲。

儿子龇出一对虎牙来不满道，怪怪的，我去跟谁讲呀？艾娃的同学都那么大了，她们都把我当成跟在她后面的小屁孩的。

妈妈揶揄道，你本来就还小嘛，她肯带你这里走那里跑就不错了。又问，艾娃有男朋友吗？

儿子皱着眉道，有个喜欢她的男生，叫蒂森的，约她出去玩，经常给她打电话的。

妈妈道，这很正常，美国的孩子交朋友早一些。讲完之后，又觉得不该在秋生面前讲这么多，岔开道，艾娃看上去真是阳光，一点没受到她爸爸妈妈分开的影响。

儿子道，他们把什么都讲清楚了，那就没什么事了。

妈妈眉头一皱，赶紧打住，抬腕看表道声时间不早了，催促儿子将剩余的粥吃完，带上未吃完的三明治车上吃去，又去沙发边三下两下收拾好自己的东西。

送儿子上学之后回返的路上，她还在回味早餐桌前的对话，如果不来美国，她绝对不会去跟儿子交流如此这般的成人话题。她琢磨着儿子讲的"他们把什么都讲清楚了，那就没什么事了"，他讲的是"他们"还是"她们"呢？不禁自我哂笑，"他们"和"她们"有区别吗？汉语的人称代词复数，应该再铸一个新词，那就是"他们"和"她们"的熔铸，一个家庭，无论夫妻，还是父女与母子，都包含性别的错综或交融。

每天的生活紧张而有规律，早餐后送孩子去上学，回来之后去学校听课，研讨，或者在家做论文，做课题，下午去接儿子，晚上各自做自己的课业。事毕，儿子可以玩一会儿手游，到点上床；这时候她要么看一会儿电视新闻，以保持本专业的敏感度与信息量，要么读一些英文报刊或者十几页英文版小说，以利更精深的英语修炼。

上床之后，儿子已经发出了熟睡的鼾声，方始轮到她用手机微信，开始与洛斯尔接招过招。

有一点，她跟洛斯尔郑重强调过，不要在晚上她与他接通之前，发出任何亲昵信息，因为那个时候，儿子很可能在玩母亲的手机。晚上她与他有个把小时的手机信息交流，睡前，她会坚决地毫不犹豫地再三地检查手机，是否把彼此的交流删除干净了。

通常的交流是这样开始的：

他问，hello，在吗？

如果她没有应答。

对方至多再问一句：

还在搞论文吗？做学问好是好，就是太辛苦了。

如果向老师这边仍然没有接茬，对方就不再吭声了。

耐心地等待，既是一位好猎手的操守，也应该是一位好男人的操守？

儿子拿手机玩游戏之时，一往情深，心无旁骛。偶尔，不顺手，心情焦躁，掠过一眼微信，头也不抬地报告道，妈妈，洛斯尔给你发信息了。

哦，没事，不管他。她相信，在她回复之前，他既不会持续扰攘，更不会蹦出任何暧昧信息。

在她接手之后，通常问过去：

休息了吗？

等待近乎焦虑的对方很快回答：

没有啊，一直在等你呢！

你明天一早就要开车出去，早点休息吧。

我不累呀，什么时候也不会睡过头啊，再说，没有你的点头示意，我怎么敢独自去睡啊？

好笑（这里通常是一个表情：打哈欠，或者翻白眼），你难道平时不是独自去睡的吗？

天下最可怜的男人，是独自去睡的男人（可怜）。

那是你们男人的想法，我就没有觉得独自去睡有何可怜。

你不是独自去睡啊，起码还有儿子陪伴在侧……不过，不过从本质上讲，你还是独自去睡的，所以，一并可怜。

（自怜）

把两个可怜，合并到一起，就变成了（甜蜜，外加一束放出异彩的玫瑰花）。

你这个主意很好，不过那是一个遥远的过程。

有多么遥远？会像十字军东征那样，近200年吗？

（犹豫）可以用十字军东征十分之一的时间。

那还得等20年?!（惊讶，外加一束放出异彩的玫瑰花，一枝凋谢的玫瑰花）

面对一两闺密频频开导她有合适的对象不要错过，她暗忖过，再度走入婚姻殿堂的下限是秋生进入大学门槛。一纸大学通知书，既是秋生的成人礼，也是为母者的赦免令。如此计算，还有六七年就到了，可那只是下限啊。如果儿子情绪不稳，那么等到他结婚、生子，自己再婚也不是无关紧要的。她那个教研室主任的儿子，从英国伯明翰大学研究生回来，在信息学院任教，工作、家境、人品与相貌四美俱全，却内向孤僻，挨边四十岁了，还宅在家里不找对象。把父母急得，求他道，你就是找了不合适离了，再找也行啊！但凡学校工会搞舞会，父母几乎就是把他架过去。架过去又如何？人家女子主动邀请他来跳舞的，多半都是阿姨辈的，无论是谁躬身邀请，他都面无表情，举手投足，形同木偶。

那些在一线城市抱怨"白骨精（白领、骨干、精英）"难嫁的阿姨，其实忽略了，在陡峭的河岸对面，其实还有一个男性"白骨精"队伍，难娶。如果说，女性白骨精像霞光一样璀璨，又像寒月一样孤高，那么，男性白骨精则如潜入夜色的流萤，扑朔迷离，稍纵即逝。

她唯一的心愿是，让秋生像一个正常家庭的孩子那样茁壮成长。

夜晚的交流，洛斯尔更多发来的是挑逗，有言语，有段子，也有图片。

有些言语，过于赤裸裸，令她无话可说；有些外文段子，她几乎读不出来个中寓意；唯图片，一目了然。

譬如广东丹霞山的阳元石和阴元石，仅仅因为她来自广东深圳吗？他刻意去找广东及周边大自然中的性元素？又如哪个国家的一个巨大隧道入口，是女人的翘起的臀部，又如一个女人的座椅，靠背是一个硕大的男根。至于世界各地少数民族的生殖崇拜，几乎向右看齐一般夸张而拙重，天晓得他哪里去采集到这么多千姿百态的性文化。

这一切展示，拓宽她的视界，挑动她的好奇的同时，也不无心弦的拨动。她归总，全世界的民俗文化，千差万别，各有千秋，唯有在性文化这一点上最是雷同。他则小心地剥离、甄别与指谬，认为他具有四分之一血统的国家，传统文化最深厚，却无情亦无理地将性文化归咎于罪恶的渊薮，只是晚近这几十年羞羞答答地开了一扇窗。如果要做这一方面的文化比较，在欧美两三个国家做过长则一年，短则半年访问学者的向老师，相信自己比洛斯尔更有发言权，况且她还有中英文两种语言文学的广泛阅读。拿《金瓶梅》与《查泰莱夫人的情人》做一个对比就不难发现，警示与揄扬，贬斥与讴歌，在性之界碑上，可以分叉得有多远！人一旦到了国外，那种源自母体根系的自尊有时候会无限扩张，她不能而非不愿苟同洛斯尔的判断。她认为，基督教背景下的性文化禁锢，未必比一个无神论国家少，很可能是多许多。她指陈，耶稣降世以后，拓宽了"不可奸淫"的诫命。他在《马太福音》中说："只是我告诉你们，凡看见妇女就动淫念的，这人心里已经与她犯奸淫了。"所以，心动亦罪——你看这多么严厉，简直严厉得令人浮想联翩，因为所有犯罪的行为都是由心发出的，神呼召我们，要守护好纯洁的心机意愿。

洛斯尔很高兴与一个无神论国家来的副教授探讨宗教问题，他是一个有神论者，却没有受洗，虽然不时也会去教堂做礼拜，听圣乐。他的提问与诘难，肯定会触及向老师的知识盲区。受不愿服输的心理驱使，她不仅会从南加大图书馆借阅一些基督教书刊，日后还与洛斯尔就近去过两个教堂，她认为弄懂基督教做礼拜的一套形式与内容，对自己的专业也是有利的。至于在《奇异恩典》这首被许多影视剧用过的主题曲之外，还会哼唱《为爱干杯》《哈利路亚》等经典歌曲，那纯粹是意外的收获。要知道，现在的大学生与研究生，如果说视野褊狭，的确，只要不是临考与实用的东西，常常令人惊讶地无知，而要说兴趣弥漫，倒也常有令讲者所料未及之处。学生总是崇拜知识面宽阔的老师，当然，最好加上能说会道的包装。

睡觉之前，她当然要再三检查一遍，是否将所有与洛斯尔当晚的聊天记录删除干净了。

很长时间，她都困惑于，关闭手机之后，延宕一两个小时的兴奋与不安，是来自与洛斯尔的无声通话，还是来自害怕身边的小男生窥破两个大人的秘密？或者兼具二者？好几次，关闭手机之后，不几分钟，她又再度打开，确认与洛斯尔的聊天屏幕上是一片空无，再度关闭。她母亲在患阿尔茨海默病的前一两年，就有一个习惯，白天晚上，不停地去摸门把手，看看门是否关闭严实了。问过父亲，家里从未有过遭窃的经历。医生说，可能有轻微的强迫症，并非阿尔茨海默病的必然反应。

她提醒自己，可不要因了这么偷偷而短暂的一场异国之恋，给自己心灵投下什么阴影，当然，更不能给秋生带来任何后遗症。不然，如同下海觅食的企鹅，回来找不到宝宝了，会给她带来一生的不安与伤痛。

本周三晚上，饭后向老师在厨房里洗碗，扔在沙发上的手机响了，她刚说，妈妈没有手，宝贝接一下电话。那边早接了，一边告诉妈妈，是姐姐打来的，姐姐是找我的。说着便从沙发上跳下来继续听。

收拾好碗筷，将垃圾分类装好，拎出门外，向老师净了手，过来问，艾娃姐姐什么事？检查你的功课了吧？

适才，她听了一耳朵，一会儿英语，一会儿西班牙语的。

秋生踮了踮脚，告诉妈妈，这个周末放假，艾娃她们要出去春游，要带他去。

周末有什么假？她一时没有反应过来。美国的十个法定节假日，除了元旦与中国相同，其余都不一样，包括劳动节。美国的劳动节并非五月一日，却是在九月的第一周的周一。秋生曾就这个问题考过妈妈，全世界包括中国都过的五一国际劳动节，源于1886年的五一，因为美国芝加哥城的工人大罢工，美国却为什么将本国的劳动节定在九月？这也是来到异国的收获，差异与比较刺激了学习与思考。向老师一方面欣慰儿子敏感、多思，一方面也赶紧查阅不同资讯，将美国的十个法定节假日牢牢记住了，距离最近的阵亡将士纪念日，放假一天，那也得等到五月的最后一个星期一呀。

儿子笑她，我讲的是周末放假，没有讲过节呀。儿子说，这次是往加州北边走，周六一早出发，周日晚上回到家。

那你就去吧。

如果说当初刚来洛杉矶，她肯定不放心让秋生在没有母亲的陪伴下独自出门，尤其是在外面过夜，现在不一样了，尤其是跟艾娃出去，那样活泼开朗的一个女生，事事拿得起放得下的。隔着文化的差异，她与别人之间建立信任，尚需一个过渡，与艾娃却完全省略了，很快就可以无话不谈。如同松鼠从一棵树跳到另一棵树，凭着一条大尾巴就可以御风而行。她不能肯定这条大尾巴是不是洛斯尔。因为信任洛斯尔，所以她很快与艾娃建立了无过渡的信任关系吧。常言说，有其父必有其女，还有一个洛斯尔爱讲的成语，爱屋及乌。

收到了邀请之后的秋生十分兴奋，一刻也安静不下来，一会儿捧读一段西班牙课文，一会儿背诵一段英文诗歌。

妈妈抄着双臂，含笑看着他，眉头却是皱着的，说，宝贝，你出去了妈妈还真不习惯，妈妈从没有一个人度过周末呢。

秋生忽然睁大眼对着妈妈道，妈妈你也可以找一个伴儿出去玩呀！

妈妈故意逗儿子道，那妈妈找谁好呢？在洛杉矶，妈妈除了她的儿子，好像没别的伴儿？

妈妈有的，儿子掰着手指头数道，洛斯尔叔叔、梅阿姨，还有……他接下来用英文点了几个他同学的母亲，妈妈跟她们都熟，就算是朋友的话，也是很一般的朋友。

对于儿子的分派，妈妈只有一笑了之。

儿子刚睡，洛斯尔的问候信息如期而至。

原来，艾娃周末出去春游的安排，他不仅知晓，而且向她发出邀请道，春游不应该是学生的专利，眼看春天很快就要过去了，我俩也出去一趟吧。

略一犹豫，她问，去哪里？

去哪里由你定，你定不了，就放心交给我，总之会让你满意的。

那就由你定吧，洛杉矶我才来多久？出门两眼一抹黑。

那就更应该听我安排了，路上要是粮草不够了，我就拿你去跟强盗换面包，吃饱了我好跑出去报警，报告我媳妇被强盗掳走了……

美得你！你媳妇被抢走了，你正好一边啃面包，一边回去娶新媳妇！你那点花花肠子，我还不清楚呀？

啊呀，中国媳妇真是厉害，这边还没有什么动静呢，那边早就一清二白了。

那叫一清二楚。告诉你一个中国成语，洞若观火。

洞——若——观——火，为什么是洞里面看火呢？（一连串的笑脸：偷笑，憨笑，坏笑。）

她没法在手机里跟他详细解释：此洞非彼洞，此洞为形容词，是清楚、透彻之意。

儿子翻了一个身，发出一声梦呓，怎么这么远啊，我好饿了……吓得她连"晚安"都没发出去，就关了手机。

静夜扪心，她相信自己是爱上了这个男人，一个父母来自古巴，在美国出生的男人。他的自信、天真——这是她最喜欢的男人的性格特征，还有无所不在又不无挑逗意味的风趣，都能在她几乎僵硬的内心，留下一道道绵软的划痕。是不是与浪漫的情感生活暌违久了？洛斯尔的幽默感宛如一根火柴，点燃了她对缠绵与丰富生活的憧憬，点燃的不仅有情感，还有身体。

她在回味与咀嚼那一幕幕的谈话与交融，并不能区别哪一些属于精神的回声，哪一些属于身体的潮汐。对于一个青春将逝的女人，有一种滋养显而易见，那就是即便倦怠之时，也有一脉潜流在灵与肉之间涌动、滋蔓与充盈。这令她欣喜，也令她惶惑。

距离周末只有两三天了，这两三天里，洛斯尔不停地修改线路，规划旅行。她虽有一些心神不宁，却还要拾遗补阙，尤其是洛斯尔最后确定租赁一辆房车出游之时，她赶紧去华人超市买了一应料理，她不是一个没有婚姻经历的年方十八的女孩子，将出门的吃喝拉撒全交给一个男人打理不是她的风格。

还有一个心中扭结直到出发那一天她也没有打开，要不要告诉秋生，妈妈周末也去春游呢？她没有勇气跟儿子讲实话，也没有勇气跟儿子讲假话，那就只能任凭讲与不讲这根丝线在心中拉锯，渗透出来的汁液，这边是痛，那边是痒。

周六早上，向老师当然是在门外送走了秋生，再电话叫洛斯尔过来。儿子的书包里，除了一本绘图的西班牙语读本，更多的是面包、三明治、熟玉米棒和煮鸡蛋。一头栗色头发的艾娃跳下车来，接过秋生沉甸甸的书包，搂着他的手，旋即跳上了车。连彼此的问候，都匆遽而显得多余。

儿子走后，她怅望着对面绿道上的两棵树良久，一棵是挺拔而苍老的白千层，一棵是矮而壮的雪松。树后是一片灌木，凌乱地生长着玫瑰、蔷薇与刺莓。忽然心生幻觉：洛斯尔的比格犬从灌木丛里跑出来了？那才是给他一个意外的惊喜。

十分钟之后，洛斯尔开了一辆美国 Keystone 房车公司生产的银灰色的房车过来，向老师早已将一应吃用搬到路边，洛斯尔跳下驾驶舱一边帮助搬运，一边道，你以为我们真是去参加十字军远征啊，需要带这么多粮草？

她道，有你那一张大肚皮托着，做再多吃的我都不担心要打包。

向老师不是没有乘过房车的土老帽，即使在深圳，她也不止一次应成人班学生之邀，去浪骑和大梅沙两个游艇俱乐部乘游艇与帆船。深圳有不少实力雄厚的企业家买了水上尤物，一为自己玩儿，二为多一个交朋结友的场所，如果讲还有三的话，要一个与时俱进的面子。

即便如此，上得车来，面对轩敞堂皇且不乏精致的房车布置，她还是由衷赞叹：真是漂亮。

他手上端着的行李还没有放下来，却腾出一只手，手迫不及待地挽着她的肩头，轻轻咬了她耳朵一下道，受到教授的表扬，那叫什么来着，三九天吃了冰激凌，爽透了。

她没有订正他的三九天原本是三伏天，头抵着他的下巴颏，你呀，美国男人都会甜言蜜语！

你等等，他放下行李，从宽大的工装裤兜里掏出一本小册子，快速翻起来，嘻嘻一笑道，甜言蜜语好啊，只要不是口蜜——腹剑，就好了。

她看见，洛斯尔翻看的一本中英文对照的成语词典，四角卷边了。她想起才认识不久，电话里纠正过他一个成语，没料想，他就在暗地里下功夫了。

她心里蓦然升起一股暖意，柔情道，这路上，我来教你学成语，你教我一些美国俚语。

他说，我知道的美国俚语都很粗俗噢。

她道，粗俗的才是民间的、鲜活的、原生态的，书本上学不到的。中国宋朝有个诗人叫陆游，他有一句诗："纸上得来终觉浅，绝知此事要躬行。"

他一字一顿跟着念，随即戴上一副宽边墨镜，一屁股重重跌进驾驶座。

她逐字逐句给他解释，还没讲完，他便道，我都明白了，这个跟那句话意思差不多的，坐而言不如起而行。没待她辨析，他的脸上已经浮起了一层谐谑之意。

车子开动了，她在副驾驶座上，从一字头的成语开始，一马平川、二话不说、三心二意……一边说，一边让他解释，他解释不了的，她再解读。

他感叹，汉语真是难学，幸亏小时候，他爷爷和父亲都强迫他讲汉语，识汉字，不然亏吃得大了。

她问吃什么亏？反正你在美国谋生，不懂汉语不妨碍找工作，况且你不仅英语通，还能讲西班牙语。

他得意道，不仅英语和西班牙语，我小学的时候，语文老师是意大利人，她平时有意跟我讲意大利语，我简直是无师自通，听着听着就会了，到现在一般的交流都没有问题。语言这东西，还是要从小学起。逼一逼也好啊，这是中国家庭的长处。你看艾娃，我心软，她不肯下功夫，中文连勉强都算不上了。

忽然有所触动，心里终究放不下的是跟随艾娃春游去了的秋生，她自言自语道，他们也是往北边走吧，秋生只带了一件外套，不晓得够不够？

放心好了，他把一只手从她颈脖上卸下来，回到方向盘。跟艾娃出去，她会照顾好他的，艾娃从小喜欢玩芭比娃娃，她总是充当姐姐的角色，可惜我没给她生个弟弟妹妹，这次顺手给她带来一个，捡多大的便宜啊！

她听了，心里甜滋滋的，是啊，一个在美国出生的女孩，会跟一个年龄差别那么大的男孩玩得来，这真是不多见的，因为性格？还是因为承载了一定的中国家风？如果是后者，现时的中国也未必是这样的了。国内在放开二胎政策前后，陆续有报道，当姐姐的要挟父母，如果再生一个，她就出走，极端的甚至以自杀相威胁。

原本想跟洛斯尔继续深入地聊一聊，关于他的个人生活，为何离异？父母离异后艾娃是坦然接受了呢，还是闹了一段别扭？如果再想谈一谈，那就是，他那么爱学习的一个人，为何选择了货车司机这么一个职业？

她还是离开了副驾的座位，一是她不想在高速公路上令他分心。他跟她讲过，全美就数洛杉矶车流量最大，达三四千万辆，即使在美国其他州开车没问题的，到洛杉矶也未必敢开。二是她想收拾一下带上车的杂物，包括打理中午的菜蔬。

她将他的行李包先行打开，这是一只够长够大的蓝色旅行袋，他似乎偏爱蓝色，衣裤、球鞋都有蓝色打底。袋子里塞满了各式衣裤、帽子、鞋袜、空调被、遮阳镜、望远镜、手电筒、医药盒、登山杖……她将衣裤一件件抖开，挂进衣橱，发现一条他最爱穿的背带牛仔裤，不仅掉了一颗扣子，右脚裤边也散了线。她取出随身携带的针线包，将备用扣子剪下来缀上，再将裤脚边绞起。

然后到他身边去，告诉他，今晚或者明天，他就可以换上牛仔裤了。

他将墨镜推上去，回头道了一声"谢谢"。她告诉他，他的表链要换一条了，右腿裤膝处刷毛了，左腿膝盖没有问题，她看过其他裤子，也有相同的问题，问题显然出现在表链上。

车子正穿越一片起伏的牧场，他没有回头，嘴里却啊啊道，好细致的一个女人啊，正好跟我这么一个粗人……叫什么来着？丁是丁猫是猫？

她扑哧一笑道，我跟你是卯不对榫！

他追问，什么？猫不对孙？

她丢了一句，我要开始准备中饭了，便到一边去打理。

车子有环绕音响，他播放的是西班牙流行乐歌手安立奎·伊格莱希亚斯的 *Vivir*，一边摇头晃脑跟着哼唱。

他提醒她，中午简单一点，到时间进一个服务区，吃了就走。

她哦了一声，情知美国与中国不同，中餐讲究中饭吃饱，美国家庭却多半集中在晚餐较显丰盛。只不过这种丰盛，只是相对早中饭而言，远不能与中餐的丰盛相比。

她却不肯吃服务区里的汉堡之类，进到服务区之后，她端上桌的是两碗热气腾腾的牛肉面，红的是西红柿，绿的是豆苗。

洛斯尔呼啦呼啦地吃着，吃相很馋，一边吃一边竖起大拇指。

吃毕他略事休息，二十几分钟之后，一跃而起，开一包薯条在侧，一边开车一边嚼薯条。

路上向老师开始备晚餐了。

一道鱼皮饺，一道锡纸焖豆腐，一道带鱼西红柿，一道紫菜青菜枸杞蛋花汤。鱼皮饺比较复杂一些，事先在家里做好了，吃了一小半，其余速冻。鱼皮饺用鲮鱼肉拍散成蓉，与上等小麦粉和匀，研薄作皮，其余配料搭配成馅。这味小吃是向老师去潮汕采访非遗传人时，先吃然后学做的，要点在于皮的软硬适中，馅的配料讲究。锡纸焖豆腐则是在朋友家吃饭学的：先是将豆腐块蘸蛋液淀粉两面煎黄，再码放在垫有彩椒、洋葱的锡纸里，熬好碎蒜、干辣椒、料酒、老抽、蚝油、海鲜酱和干紫苏成汤汁，浇洒在豆腐上——汤料里后三味调料是她琢磨加上的，以增其香。锡纸包严实，放在平底锅上焖两分钟即可。

太阳又圆又红地挂在海岸线拐角的岛屿上，将落未落，他们已驶入了一个名为半月湾的海湾，距离海湾一英里左右有一个停车场，里面泊着各式车辆，也包括各种房车。车停下来，她的晚餐也备齐了。

坐下来，饭菜做好了，她让他先尝尝鱼皮饺。他逐个菜品尝，鱼皮饺更是一口气吃了七八个。吃得嘴角泛出汁液，头顶直冒热气，忽然两眼发出白光问道，这个鱼皮饺是怎么做的？比我吃过的洛杉矶所有的中国饺子都好吃！你要知道，洛杉矶起码有几十家中餐馆做饺子。

她得意道，那你多吃一点呗。

这个饭菜吃起来，才有家的味道，而且是中国的家。他停下手里的叉子问，一顿吃完了，那以后呢？

以后我就管不了了。向老师扑闪着大眼睛，她的眉梢略略上挑，那是一种天生，却又化了妆的效果。

那不行，那就像抽烟上瘾了，又不叫抽了，本司机一头栽进太平洋的心都有了。

那你就高价请我司厨呗。

什么叫司厨？

司在汉语里主要是动词，司机，是掌握机器的人，司厨，是掌管厨房、做饭的人。

大学老师无论在美国还是中国都是高薪一族，响当当的白领，我哪里敢请你来司厨呢。

美国蓝领有一些收入一点不低啊，那天有个维修工在我的门口维修电梯，聊到了薪水，他一年的收入也有六七万，换算成人民币就是三四十万啊。

他点燃一支烟，慢慢道，开货车，勤快一点儿，荷包里的周薪，也跟维修工差不多了。

她在学院上课，很反对一两同事躲在办公室或会议室里吞云吐雾，走廊也不行，却觉得洛斯尔抽烟的姿态颇为雅致。尤其他徐徐吐烟的表情，稳重、安定、若有所思，还传递了一种难以言喻的享受。一个人对某物事的态度，果然是可以因人不同而好恶完全相悖？

他道，以前他开过福莱纳生产的重型货车，横穿北美，后来，嘿嘿，老了，就在洛杉矶开小货车了。开重型车跑长途，年薪超过十万。

不想着老，就永远不会老，何况你确实不老。她欣赏他旺盛的食欲，看一眼他咀嚼时蠕动的大喉结道，就这样挺好，悠着点，可以保持一些自己的爱好。她知晓他喜欢打网球、游泳，他约过她几次去南加大的游泳池，她都婉拒了。其实深大每年五月一号之后游泳馆开放，她每周必去两次，直到十月秋凉。他裸体时呈现出强健的胸大肌和肱三头肌，令她对自己的身材颇不自信，悄悄去过几次公寓附近的健身房，却不能一贯到底。

有一句话在她心里憋了很久了，今儿吃饭休息，气氛不错，她小心发问，这个职业的选择，与父母还是你自己有关？还有一句到底没好讲出来：你看起来是一个很爱学习的人，为何选择了一个开车的终身职业呢？

他道，这就是我自己的喜欢，也不能讲跟父母亲一点关系没有。那是读小学六年级，邻居有一辆福特皮卡车，我心痒难耐，一个中午，趁邻居午休也没上锁，我悄悄钻进驾驶室，把车开上道，开进了牧场，结果撞死一只羊，幸亏是一只羊……结果一是赔钱二是被父亲关在卧室里饿饭。那时候，我下决心长大了要开一辆又长又大的车，跑遍全美国，跑遍全世界……

她呵呵笑了。

他问她笑什么。

她道，幸亏你这个二分之一中国血统的男孩子，不是生长在中国，不然……

他连忙点头道，我明白，中国人都望子成龙。孩子在中国读书又苦又累，就想到美国来，带孩子到美国来，可是，中国妈妈还是望子成龙。

她被他的话语击中了，笑得勉强。这真是一个心细的男人，一个细致而温情的中年男人，对少妇尤其具有杀伤力，但是，他为何选择的是做职业司机呢？

又不禁自责，人家选择的职业，与你有何相关？

饭后，他迫不及待向她求欢，一番甜蜜之后，她推开他准备着衣。他道不用了，直接穿泳衣下海去。事先知晓去海边度假，她自然是带了泳衣的，她拣出泳衣遮在胸前，走到车窗前去张望道，离海有一段路呢，穿泳衣不方便吧？

没问题，说着，他从车门后面挪出一个长长的布袋，扯开拉链，变戏法似的抽出两架折叠自行车，一一打开。她欣喜地过来尝试骑一下，他已经把她手里的裙摆式泳衣接了扔在床上，随即掏出一件白底起蓝花的比基尼，帮她试穿。裸体还称坦然，系上这么一件三点式，她的双颊倏然一热道，多不自在啊。

没关系的，他一边吻她，一边帮她穿好，道，你的身材漂亮极了，跟美国妞比起来，简直太过苗条了。

他就是这样，里里外外地夸她，这样那样的夸法，以前那个男人一次也没有过。不管洛斯尔出于礼节、殷勤还是本心，她对身体的自信确实是被他夸出来了，连儿子也发现了她着装的风格比在深圳更鲜艳了。

她身着比基尼对着衣柜的镜子试试，美而羞，站立都有些不稳。

外面有风，虽然他是一件T恤、一条齐膝绛色的中裤，却叫她在比基尼外面穿了一套粉红的运动衣。

他抖开一条大红的浴巾披在她的肩上，脖子下锁上一枚蓝色的蝴蝶夹道，你看这样多有范儿啊！

她觉得这时候，最好的选择就是不选择，就是呼应与顺从。以前可不是这样的，无论婚前婚后，乃至在自己那个三姐弟之家，尽管父母在上，她却是挑梁的角色，事无巨细都由她来拍板，简直说一不二。

一人一骑，迎着夕阳向海边。他这时恰如孩子，一路上尽搞恶作剧，或者自己双手脱把，一会儿骑到她前面，一会儿骑到她两侧，拦得她即将跌倒，便赶快双腿支地，把她揽入怀中；或者叫她双手脱把，他腾出右手帮她司舵，猛地推开，吓得她吱哇乱叫，便快速向前一把将她的车稳住。

海边宽阔，沙滩似雪。海里有人冲浪，有人玩帆船，却不见人游泳。他俩放下行李，脱下外衣，便手拉手朝海边跑去。就在她一双光脚刚刚踏进海水，一声哇呀，他连忙把她拽了回来。

怎么这么凉啊！

他一把拽她回到沙滩，先是他仰面跌倒，随后拉她跌倒在他身上，一边笑一边道，四月的海水哪里能游泳啊，你没看到冲浪板上的人穿的是长袖紧身衣吗！

好啊，你想冻死我呀！觉得上当了，她举手擂他的胸肌，反而把她的手捶痛了。

他让她躺平，一捧一捧细沙浇在她身上，从脚踝浇起，小腿，大腿，腹部，胸部，露出颈部及脑袋。他全神贯注，像是面对一件自己建构的艺术品。做完之后，左右欣赏，又拿出手机拍了几张照片，然后躺在她身旁，对她道，这一条线上的海滩，都是阿拉斯加下来的冷洋流，除了盛夏，其余季节都不适合游泳，但适合拍电影。他忽然侧起身问她，去过Santa Monica（圣莫尼卡）没有？那里的海边一年四季都挤满了电影人。我们俩的故事是不是也适合在这里拍个电影？

她问，什么片名？

他想了想道，《洛杉矶之恋》。

她呜呜道，低智商了不是？这样的电影无论在美国还是中国，都可能没有票房。

他挠头道，现在嘛，高票房不一定是好电影，低票房也不一定是坏电影。

她表扬他这个判断，传播学上不乏这样的例子，传播越快越广的，审美意义恰恰是递减的。网络时代，这种现象可能更普遍。

忽然后面包里的手机响了，他探身取出来给她。是秋生用艾娃姐姐的手机打过来的，不脱稚气的声音，高扬而悦耳，那是儿子此时此刻无比开心的证明。孩子报告完自己的行踪之后问妈妈，你在哪里呀？

她略一犹豫，直起身道，在参加一个朋友的聚会。

有哪些人呢？

洛斯尔叔叔去了吗？

……嗯，没有。

梅阿姨呢？

……也没有。

叮嘱了儿子几句，她便把电话挂了，面对洛斯尔澄澈而忧郁的双眼，她不禁有些尴尬道，谢谢，你把我带来这么好的地方……这么漂亮的海滩，可惜不能游泳。

洛斯尔望着大海道，是啊……什么时候，你才能跟儿子说实情，讲真话呢？像我一开始就跟艾娃讲起与她妈妈的矛盾那样，那时候，艾娃跟秋生差不多大呢。

她也坐起来道，中国的孩子跟美国的孩子成长环境不一样，文化背景也不同。还有一句话她没说，心理承受力也就不一样。

他摇头道，你们太强调差异性了，其实人性都是相通的。哪一天他知道了，一定会责怪父母的虚伪，这种虚伪也会给孩子带来负面的影响……

"虚伪"一词，惹得她又羞又恼，起身道，风大，我们回去吧。

回去路上，他一把扭过她的车，朝另外一条岔路骑去。很快地，他们来到一个游乐城，买了门票之后，进到一个硕大的室内水上游乐场。接下来的游泳、水上娱乐以及裹着雪白的浴巾在灯光树影里喝啤酒，几乎都是他在说话、逗趣，她有一句没一句地应答着，似乎心不在焉。

他摸摸她的额头问，你不是因为吹了海边的冷风吧？

她无奈道，才出来一天，就有些想家了。

他解围道，你不是想家，你是想儿子了，你讲过，你没有在周末离开过他。以后我们一起把他带出来度假就好了。

她耸耸肩，摇头呜呜……

直到夜晚，在房车上的缱绻、做爱及休息，才让她恢复到原生状态。这是一个别致的以往未曾体验的环境，尤其他喷洒了淡淡的红玫瑰香水的气息，令她在梦幻中投入、吮吸而沉迷。她是躺在一个碧绿的水池里，周边撒满了蓝色的花瓣，星星一明一灭地飞舞，又悄没声息一颗一颗地坠落。事毕，腹部如海水潜流，一波，又一波，一直涌流到胸腔，于是从上到下都持续着一股又一股的温热与柔韧。

她忽然歇斯底里地叫了一声，她要留住这种以往不曾体会过的宛如玫瑰花一般，次第绽放的深入脊髓的感觉。

有一种美丽，是素朴也是璀璨，是幻象也是实感，是肉体也是灵魂，只要绽放一次，就永远不会忘记，不该忘记，不能忘记。

洛斯尔将她搂紧，擦拭她眼角不断涌流到枕边的泪水，在她耳边喃喃道，我不会离开你的，就是你回中国，我也陪你去。从20世纪90年代开始，我已经去过四五次了……在梦里头的我的老家，就是台山那个样子，台山的大花虾蒸杂鱼、五味鹅和黄鳝饭都好好吃啊，但是我吃不了四九镇的炒狗肉，可是他们总劝我吃吧吃吧，好香好香啊……不是语言和外相，是一道炒狗肉，把我和老家的七大姨八大舅分开了。讲起故乡的物事，洛斯尔也不禁情动于衷，向老师侧过身来，看见他灰褐色的眼睛里分明映射出渔寮、船桅与沙滩，那是他的祖籍台山的倒影？还是他的第二故乡夏湾拿的印记？

她伏在他的身上，隔着胸大肌，听得到他心脏怦怦的跳动。

房车外，海鸟的鸣叫在静夜里显得突兀而明亮。他道，加州的海岸一线，鹬鸟很多，什么黑颈长脚鹬、褐胸反嘴鹬、北美蛎鹬……但他不能肯定这会儿叫的是不是鹬鸟。

她道，深圳也有不少鹬鸟。

他说查了一下深圳与洛杉矶的纬度与气候，差别不大。所以，如果需要他去深圳生活，他也能够适应。当然，最好，她能留在洛杉矶。他直觉，她熟悉与喜欢洛杉矶的程度，超过他对深圳的熟悉，他只是回老家的时候，经由香港、深圳而已⋯⋯

对一个自己基本没有居住过的母国与城市，愿意偕同前往定居，起码她目前做不到。在痴情这一点上，男人不输于女人。女人一旦有了孩子，通常有更多的依恋、顾虑与彷徨。这不，忽想到明天一定要赶在秋生回家之前赶回去，她转过身去道，早点睡，明天千万不要起晚了。

是夜，她一再惊醒，直至梦见秋生到家了，到处找妈不见妈，他就一个人跑去了南加大的新闻学院见谁问谁：你看见我妈了吗？别人问：你妈是谁呀？他答：我妈是向老师，来自中国深圳。别人问：你妈长什么样呀？这里来自中国的不止你妈一个。他答：我妈中等个儿，齐耳短发，眼睛大大的，笑起来脸右边有个酒窝⋯⋯一个人说，我知道你妈在哪儿，我带你去吧。

猝然醒来，醒来就再睡不着了。

等她做好两只煎蛋、一份培根生菜卷、几块油炸土豆以及一杯牛奶燕麦片，洛斯尔才慵懒地起床，走到她身边道，昨晚睡得正好，被海鸟叫醒几次。

他的话语里并无怨艾，疲倦得以恢复之后的几分享受，挂在脸上。

她坐在饭桌边道，抓紧洗漱之后过来吃吧，凉了就硬了，硬了就不好吃了。

呵呵，好的好的。他谐谑地盯了她一眼，俯下身去吻了吻她的耳垂道，你做的东西，我软硬都爱吃。

房车返程，按预定计划沿着加州一号公路行驶，路上还有三四个点要停留观看。一个是海边牧场，一个是明星小镇，一个是海蚀地貌……

刚出发，她还有些急躁，很快被路边的景色以及他的讲解吸引了。无论是浩大的牧场，还是将士列队一般整齐的种植园，以及碧蓝的海水……都令人心旷神怡。

她在手册上看到了一号公路上有17英里这么一个景点，不由得叫道，深圳去大鹏半岛的路上有个开发的海边住宅小区也叫17英里，大概就是从这里得名的！当时开发的时候嫌贵没有买，现在竟是天价！

他告诉她，这里的17英里真是一条路，不是住宅也不是小镇，位于旧金山以南的蒙特利半岛，这条线上有大大小小二十一个景点，什么西班牙海滩、中国岩、鸟岩、海豹岩、孤柏树，南边还有一个很著名的艺术小镇卡梅尔……

听到这些名称，她便来了兴致。

他说如果不怕回得晚，或者多给个一天半天的，他可以驾车带她过去看看。

她连忙呜呜道，以后再去吧，以后带秋生一道去。

带儿子到美国来做访问学者，除了第一要义，让儿子大幅度提升英语水平，再就是让他亲近大自然，亲近艺术，看来后两者在加州的17英里都具备。深圳的17英里，只是海边昂贵住宅的一个象征，如何好比。

他叹了一口气道，深圳的妈妈呀，跟洛杉矶的妈妈不一样，什么都是以后再说，以后……一个人一辈子有多少个以后呢？

中午过后，她又开始升腾起无名的焦虑。其实，一路上他都与艾娃有联系，他叫她放心，艾娃他们只会落在他们后面，这一点毋庸置疑。他还保证，没有告诉艾娃，他俩在一起。

但是她还是不放心，万一回去塞车呢？返程塞车是无法估计的，尤其今天是周日，周日返回洛杉矶的人一定多，他们在外度假，周一上班必堵，这个不用论证的道理简直放在全世界的大城市都不会错……

他拧不过她，只有放弃了一个明珠小镇，与其擦肩而过。

此后他的心情明显低落下来，寡言少语。她感觉到了，给他递水被婉拒之后，端了一个果盘在侧，里面是削好切薄的苹果、杧果、猕猴桃……她一片片拈给他吃。他开始是拒绝的，拗不过她的执着张了嘴。一个女人将自己的歉意，化作一个接一个殷勤的动作，拒绝就显得生硬，当然也就不那么gentleman（绅士）。

果如向老师的预料，距离洛杉矶中心城区还有几十英里，行驶的速度就跟自行车有的一比。向老师心情紧张，但见洛斯尔嘴里不停地叫糟糕，糟糕，甚至骂出脏话来了，便反过来安慰他，不要紧，即使迟到了，也想得到办法来说的，但却情不自禁地反复看表。洛斯尔变换线路，希望更快地抵达，有两次差点蹭着了路车，只有摇下车窗为自己的鲁莽招手赔不是。

终于赶在艾娃与秋生前面回到了家，向老师拎着行李奋力朝家里冲去，头也没回地摆摆手跟洛斯尔道别。洛斯尔看着她消失在薄暮中的背影，揉揉眼，摇摇头，一踩油门开远了。向老师上得楼进门，将行李朝沙发边一扔，快步到窗边撩开窗帘，寂静的路边，是悄悄的灯光，偶尔游鱼一般滑过去一辆小车，当然不是洛斯尔开的……她心里浮起几丝怅然，坐在沙发上等儿子之时，给洛斯尔发去微信，告诉他这两天跟他出去很愉快，谢谢他的一应安排，包括美丽的房车。几分钟之后，他回复：谢谢你的美食。她还准备回一两句，儿子已经在路边叫道，妈妈，我和艾娃姐姐回来了！

下楼接儿子之前，她又一次果断地将与洛斯尔的通信删除了。

周二这天下午，向老师应梅欣怡之邀，去了OUTLETS（折扣商店）。来自上海的梅欣怡不会开车，自然也就不能如向老师那样，做访问学者期间购买一辆比较便宜的二手车做代步之用。在同一学院进修，交往不算少，她觉得梅老师精明能干，敢作敢为，后一点尤为她所不及。她觉得父亲的闲话大都无甚价值，有一句却是金玉良言：人生在世，都喜欢交往兴趣相投的朋友，但是，性格与兴趣不同的朋友或许更有价值，这就跟养生一样，缺啥补啥。前几天梅老师说她母亲下个月过生日，要去买一样礼品寄回去。向老师便约了周二下午两人都有空，带她过去。

梅老师欣然接受了，没有谢谢她，反道，是呀，我看你也好久没去商场了，正好去给家里人买点东西吧。

这就是梅老师。

她问，有一段没见到你的泰格了。

之所以记住了这个名字，是因为那个来自南亚的男子，与印度著名诗人泰戈尔只少一个音。

梅老师掰下副驾位上面的小镜子，对着眉头左看右看，轻描淡写道，那是过去时了，现在时是凯迪。

哦，凯迪，她笑道，再跟一个拉克，就都齐了。

好的啊，你也快调教过来了。梅老师掏出粉饼补了一下妆道，具有幽默感乃是放松的前兆……凯迪的父母是越战结束以后移民美国的，后来他父母又回去了，他那个家族所在的越南胡志明市兴旺发达了。凯迪一直想约我去他老家看看，有点省亲的意思吧。我才不干的啊，我才跟你……几次呀，你家后院就是摆了一辆超长凯迪拉克，也未必立马吸引得了我的啊。

我们梅老师好大的胃口啊。

我的胃口不大的啊，喂喂，你家那个后院也是独木难支吧？

你这是啥意思呢？

我有一个推测，猜对了你不用生气，没猜对你也不用恼火的啊。

你猜吧，猜对有奖。向老师故作轻松道。

我感觉你那个家庭结构徒有其表，披着的只是一件温情脉脉的面纱的吧？

向老师心中咯噔一下。

梅老师却又一句进逼，我看那个古巴佬对你挺有意思的，你大可不必足将进而趑趄的啊。

向老师身心猛地一震，犹如急刹车之后的外抛，她握紧方向盘，不知该怎么回答。良久才道，你可真是一双慧眼呀，可是这次看走眼了吧。

你对他的感情我不知道，他对你的感情，有一次见你俩在图书馆台阶上聊着，我一眼就看出来了，那可是水银泻地……后一句怎么讲？

一边心跳加速，一边毫不犹豫地驳斥道，你就瞎蒙吧。

车进OUTLETS的停车场，两个女人，一边逛商场一边继续聊。向老师既担心她识破太多，又希望她予以直接与间接的点拨，那种首鼠两端的心态，连她自己都觉得好没道理。

从一家COACH店出来，两人手里都多了一些包包。忽然，向老师的手机响了，是秋生的老师安妮打来的。安妮告诉她，秋生打篮球摔了一跤，左臂出了一点问题，让她赶快过去一趟。向老师头脑嗡的一声，拉着梅老师奔向停车场，驾车出来直奔学校。

一路上，向老师朝最坏的地方猜想，几乎崩溃。梅老师不停地安慰她，美国的老师比较实在，说是胳臂摔伤了，就是胳臂，况且，人家连左右都告诉你了，还会错吗？讲的是胳臂就不会是腿，更不会是脑袋的啊！

按照老师指引，她俩直接赶到学校附近的一所医院，见儿子坐在那儿，向老师捂着怦然乱跳的胸口，长嘘了一口气。拍的片子很快出来了，医生举着片子分析是左臂骨折了，不算重，却也需四到六周的固定，再来医院复查骨痂是否形成……

一听骨折了，向老师皱着眉头问秋生，怎么打个篮球会打成骨折呢？

秋生怯怯道，西瓦撞我摔了一跤，他还压在我身上。

向老师腾然起立，大声道，啊？又是西瓦?！上个月把你冲撞得脸都摔青了，也是他呀！

她看着安妮。安妮试图安慰她，她哪里听得进去，一连串地逼问，安妮无奈耸耸肩道，如果家长觉得这是同学间的有意欺负，可以向校委会申诉。

回返路上，秋生沮丧地上了后座。向老师告诉右座上的梅老师，那个西瓦是巴西裔的混血男生，比秋生高出一个头，又大又蛮，学习很差，一个月前在球场就冲撞过秋生一次，撞得他鼻青脸肿，连个道歉都没有。我后来去找过他父母，告诉他们，监护人是有责任的，后来就感觉他一直在追逐着秋生报复。

梅老师欲做安慰，却无法插话，瞥了后座一眼，悻悻道，我认识南加大校园里的几个拉美混血儿都高大威猛的啊，你也找一个做坚强后盾呗。

向老师马上扯开了话题。

夜晚，她一边给秋生洗手脸，一边数落，以后再也不要跟西瓦出现在同一个球场上。秋生手臂疼痛，忍着妈妈的抱怨，泪水在大大的眼睛里打转。向老师看了真是心疼啊。

儿子进里屋睡了以后，她一直无法自处，径直给洛斯尔打了一个电话，洛斯尔很快就来了。他坐在沙发上听完她详细的叙述，包括她疑心重重分辨的蛛丝马迹，遂问，你觉得那个孩子一定是有意的迫害？

他已经不是一个孩子了，他比秋生大了两岁，还跟他读一个年级！向老师端着胳臂站在他面前，那姿态，岂肯善罢甘休。

那你觉得我可以做什么？情知不能说服眼前这个女人，洛斯尔表示愿意代劳。

我希望你抽空去做一个调查，因为你会西班牙语……包括老师、学生以及西瓦的家长等。

洛斯尔订正道，西瓦是巴西裔，巴西的官方语言是葡萄牙语。

她斩钉截铁道，我要一个说法，不然我没法在这里待了。

大概后面这一句话，给了洛斯尔一个重重的提醒，他答应去做一个调查，但是需要时间。

她上去伏在他的肩头，眼泪流出来了。

她哽咽道，儿子是我心中的明天，我不能让他无缘无故受欺负，在哪里都不能。

他拍拍她的肩膀，坚定地点点头。

接下来一周，向老师请了假不去学院，在家里一边做一篇论文，一边照顾秋生。隔一两天开车带儿子去一趟医院，不停地问医生，不会留下什么后遗症吧？医生耐心地告诉她，骨折比较轻微，孩子自愈能力强，只要保证不再受到外力冲撞，很快就会好的。她追问，好了以后还能打篮球、橄榄球什么的吗？医生蹙起眉头道，骨头愈合一段时间，少做激烈的运动，尤其是对抗性运动，可以跑步、骑车、游泳，如果想打球，可以一个人投投篮。秋生叫道，一个人投篮还叫打篮球吗？

周末，洛斯尔邀约向老师到他家去，说是调查及处理结果都有了。

晚饭后，向老师匆匆洗漱，略施薄妆，给儿子撒谎说去参加学院教师的party，叮嘱他做完落下的功课先睡。一进洛斯尔的院子，他早已在屋门口等候，事先洒扫庭除，屋里也收拾得干干净净，茶几上的双耳花瓶里盛开着一大捧蓝色的矢车菊。他搂着她就往后颈脖上嗅，说她身上四溢出一股淡淡的杏桃香水味儿，让人忍不住要咬一口。她把他连同浓烈的求欢意味一起摁在沙发上，告诫道，先须禀报调研结果，然后才可……

洛斯尔于是起身从抽屉里拿出一个纸袋子，抽出一封信，这是西瓦家长写的一封道歉信，信是用英文写的，大意是，西瓦在与秋生争夺篮球的过程中，不慎将秋生撞伤，这是孩子的一个过失，家长平时疏于提醒，也有责任，特致信表示歉意。

洛斯尔告诉她，原本家长要上门道歉的，考虑到向老师余怒未消，他就叫家长暂时不必上门，可以先致信道歉。

向老师抖抖薄薄一纸，生气道，迟来的道歉，我看他家儿子就是有意的！你没有点破这一层吗？

洛斯尔从纸袋子里再掏出一个信封道，为了表示诚意，他们愿意奉上500美元，作为疗伤的营养补给，医药费因为有了保险，所以……

向老师叹了口气道，我哪里是为了500还是1000美元来的，孩子受的伤害、痛苦、耽误的学习，心里留下的阴影，哪里是钱买得回来的？现在出去走路都是踮起脚的，生怕摔跤了。

是呀，洛斯尔坐下来握着她的手道，这些意思我都跟西瓦家的大人讲了。

还有学校呢？学校也不是一点没有责任吧？我的孩子毕竟是在学校出的事故！

我以家长名义找了一位校董，他们也表示要吸取教训，将来准备把一些体格悬殊的同学分开来活动与练习。

是呀，世界那么大，孩子的体格发育岂能一概而论呢。

见向老师的火气消了，洛斯尔也就趁势进击了，几多缱绻与盘桓。至后半夜，洛斯尔才打算送她回去。起身之时，她裸着肩过去嗅了嗅茶几上的矢车菊道，有一股淡淡的青草气味，我喜欢蓝紫色的花儿。

洛斯尔朝头上套着一件蓝底白条的T恤道，那你来洛杉矶就对了，再过一段时间就是欣赏蓝花楹的好时节了。蓝花楹原产我们拉丁美洲，洛杉矶几乎是唯一一年两度蓝花楹开花的城市……

她答，前几年来美国看过，不过盛期过了，但见满地蓝花凋零。

洛斯尔夸她是诗人气质，只不过太容易感伤了。

两周后，向老师车送胳臂初愈的秋生去上学，原本洛斯尔想送孩子去的，她哪里会答应呢，心里有话，需要跟安妮说一说才放心。洛斯尔提醒她，别再纠缠旧事了，都过去了。

秋生进到学校就活蹦乱跳地跑开了。向老师见到安妮之后，先是将儿子这几天的家中功课简述了一下。安妮道，孩子养病休息，不应该补作业，如果需要补的话，到学校来老师会想办法的。向老师接着希望儿子不要再跟西瓦这样的孩子一道上场打球，骨折初愈，不经摔的，更怕一些本地长大的孩子，有意欺负亚裔的临时插班的孩子。

有一句话溜到嘴边，又咽了回去：孩子的嫉妒心是很强的，一些不爱学习的孩子就喜欢欺负学习好的孩子。

安妮郑重道，她这样的揣测是不负责任的，学校从不允许种族歧视，如果她觉得有这种情况发生，可以投诉。

向老师一愣，不悦道，公开的歧视没有，隐形的呢？你敢肯定也没有？

安妮冷静道，我不敢肯定，但是只要你发现了，投诉是你的权利。接着她说手头事情很多，请她不要继续打扰她的工作。

向老师气结，掏出西瓦家长给的500美元放在桌上道，请你将这500美元退还给西瓦的家长，我们需要的是一个当面对孩子的道歉或者承诺，不需要他的钱！

安妮从眼镜上方盯着那个信封，眉头蹙起疑云问，这个……承诺什么？

承诺他们家孩子再不能伤害我们家孩子！撂下掷地有声的一句，她便把愕然的安妮晾在后背，转身出门了。过了一会儿，安妮瞥见信封，一把抓起追到门外，她早已驾车驶远了。

下午安妮打来电话，讲了两件事，一是秋生他们年级集体组织去教练机训练基地观摩，晚饭以后有校车送回来，要家长放心；二是向女士今天放下的装有500美元的信封，经与西瓦家长沟通，他们确认从没有给过任何人（不管同学家长还是其他人）500美元（他们今年分别给"消除美国饥饿组织"和"美国癌症协会"两家慈善机构捐献，最大额度也不过200美元），估计是接受者本人记错了，请她及早取回去。

如果说前一件事令向老师心中愉悦，后一件事则令向老师始而疑虑继而猜测终而愠恼，这种愠恼在她急匆匆从学校返家，一个电话喝令洛斯尔赶快过来核实之后，演绎成了勃然之怒。

洛斯尔依然一身工装，从送货途中赶来，手里捏着一双变乌的白手套欲藏未藏。起初他还想遮掩，在她的逼问之下，很快缴械招供：那封英文道歉信是他写的，他不会葡萄牙语，便用了英文。当然，母语为葡语的南美人，在美国也多半使用的是英文。500美元是他斟酌了半天想到的一个不大不小的数字，小了怕孩子他妈不乐见，大了怕孩子他妈去回谢，那就穿帮掉底了。洛斯尔在做这些解说之时，表情尽量轻松幽默。

向老师叫道，准确地说，是吼道，还指望我去回谢他！他家孩子陷害我家孩子，一而再，再还怕有三，我今天都去郑重提醒安妮了，再让我家孩子受伤，我一定投诉，一定饶不过他！一家的混蛋，一家的加勒比海盗！……

平时看惯了和颜悦色的向老师，怎料竟至于变成今天这样怒不可遏，面目狰狞？

洛斯尔由开始的惶恐、骇然，转而沉寂。待得她肝火泻尽，白脸渐趋红润，他不是向前，却是退后了一步，十指交叉举在胸前道，我真的不知道，来自深圳的一个妈妈为什么会这么想，一个孩子打篮球受伤，就一直怀疑是陷害，这是一种什么样的心理？……都是孩子，他家的孩子比你家的大两岁，个头高，学习比你家孩子差，这绝不构成陷害你家孩子的理由……尽管西瓦学习不占上风，他的好几项球类运动包括橄榄球、棒球都是校队的主力，在洛杉矶的学校，学习成绩从来不是同学们争风吃醋的理由，更不是唯一的理由……每次看《加勒比海盗》确实想起我的先辈漂洋过海到美国来，他们的来路不一定都正当。《加勒比海盗1》上映是十几年前，比它更早十几年，他们用各种手段来美国，当然包括偷渡，不少人就葬身大海了，但是他们绝不是海盗……我不知道你为什么用"加勒比海盗"来形容，还有"一家的混蛋"，这不好，这种粗话不像是一个大学教师的语言，倒像是我的语言，可是我也知道不能乱骂。尽管他们没有及时上门道歉，也有错。我以家长的身份去调查的时候，西瓦的父母解释了原因，也真诚道歉了。我担心你还不能息怒，影响孩子的学习，所以设计了道歉信与赔偿……

她瞪着他道，你以为自己这样弄虚作假，我就能服气？

他拿出手机，脸色一红道，说自己是弄虚作假了，可是更大的弄虚作假还不是这个。她追问，那是什么？莫非你是恐怖分子？是一个潜藏的遭受通缉的罪犯？他坦白，可能比这个更糟……他跟女儿艾娃之间几乎无话不谈，艾娃知道爸爸喜欢这个来自深圳的大学女教师，鼓励爸爸去追求，此前女儿已经成功地帮助失婚的妈妈找了一个男朋友。那个男人也来自亚洲，是一个马来西亚出生的华裔，一对成年男女相见恨晚，和谐得如鸟归林，激发了艾娃再接再厉的热情，向单身多年的父亲伸出了援手。在出去度假的前一周艾娃就跟秋生交了底，自然讲到了他爸妈其实早已离婚了，只是为了他，才一直在演戏。你知道秋生怎么说？男生平静地表示，早就看出爸妈在演戏，只不过不忍心揭下他俩戴着的面具！艾娃平时把秋生带出去，自然有教他学西班牙语的因素，还有一个秘密，就是为了创造她爸与他妈单独幽会的条件，包括那个周末带秋生去春游。既然秋生早就洞若观火，艾娃兑现那么一点小心思，可说是得来全不费功夫……

　　未待听罢，向老师早已汗如雨下，一道道滚雷从头顶轰然滚过，人就几乎虚脱，却愤怒得如一枚点燃了引信的炸弹，伸出中指如戟一般直刺他的额头叫道，你，你，你父女俩狼狈为奸，沆瀣一气，无恶不作，我家秋生哪里是你俩的对手，他那么纯洁的一个孩子……

冷不防，她趋前一把夺过他的手机，翻到两人平时的通信，快速删除干净，蹲下身一把扔到床底，从牙缝里钢镚一样蹦出几个字：我——叫——你——这个加勒比海盗！

　　洛斯尔立时愣住了，却倏忽双膝打弯，齐齐跪蹲在床前，双手一伸，匍匐在地，将手机钩扒出来，拍拍膝盖站起来，又是那样十指交叉，举在胸前，退一步，再退一步，手机在他的一双大手里捂紧得几乎看不见，一直退到门口，才道，告辞了，向老师……

　　他毅然转身，跑步消失在林荫道的尽头。

　　她跌坐在沙发上，张开嘴无声痛哭。许久，又斜躺下去，抱着沙发后面的抱枕遮挡在额头上，一任无尽的泪水恣意流淌。

　　不晓得什么时候，儿子已经悄没声息地回来了，安静得像对面树林里一只企图偷食的松鼠。等她感觉身边有动静之时，儿子已经放下书包，端了一杯水，站在她面前。见母亲满面泪痕，儿子哭笑皆非，递过水杯。向老师脸上拂过一片羞愠之色，低着头接过，饮了两口。

　　儿子懂事地帮助妈妈在厨房做饭，直到坐下来，他还在讲教练机基地的见闻。向老师淡淡问道，你们什么时候有机会上机去？

　　儿子头一昂道，我们十几个同学都轮流上去飞了一圈啊。

什么？向老师睁大眼问，没有事先征求家长意见，老师就敢叫你们上教练机？

儿子平静道，妈妈，如果什么都要征求家长同意，那就什么也别想做了。

那当然要呀，你还是一个孩子呀！

我不是一个孩子了。他鼓着腮帮子道，在美国男孩子十八岁就可以结婚了……

看着下巴颏长着一圈绒毛，一脸稚气未脱的儿子，向老师淡然一笑道，不管我儿子在哪里，我可不准他那么早恋爱结婚，我要他像明星一样，成为一个大众的偶像，女粉丝们都不希望他那么早恋爱结婚。

儿子不满，再次鼓起了腮帮子道，我可不喜欢爸爸妈妈干预我的个人生活，就像我从来都不干预爸爸妈妈的个人生活一样。

一语惊人。

转而，向老师谈起了别的话题。

是夜安稳，直到蒙眬入睡，洛斯尔一直没有发来信息。也罢，让他反思反思，父女俩设计那么大一个阴谋！幸好，秋生没有受到什么伤害。宝贝呀，你真是早就窥破爸妈自以为滴水不漏的草绿色家庭伪装了吗？

接下来一天，两天，三天……儿子的态度一如往昔，似乎根本没有发生过什么。从她的试探和他漫不经心的回应来看，可以确定他真是早晓得了"城"里的一切。顿时令她觉得此前戴了多年的生活面具太委屈，太没有必要了。儿子即便梦呓中也从没有过伤痛的暗示，这与她事先的心理预期相差得太远。原本设想过很多种孩子一旦知道父母离婚时的表现，吵闹，冷漠，孤独……唯独没有设想这么一种：如影随风，平淡如常。

如此，可以平心静气地来打量那个人了。

向老师反复回味与他的最后一次分别，当然还有一次次的幽会。自以为这个男人，如果真心爱她，终究还会回头来找她，没有啊，一天，两天，三天，都三天了呀！终于忍不住给他一个微信，谈的是一件毫不相干的事情，没有回音。电话过去，没人接听。许久，他回了一条微信，说是正忙着，晚上再聊吧。

晚上，他微信留言：在吗？

她走出卧室，关上门，坐在沙发上才用语音回道，在的。孩子刚睡了。

他写汉字很慢，用微信语音交流最好，避免了面对面交流的尴尬。

她问他这一向在忙什么。

她含着未说的是，几天没见，每晚都没有他的问候，她像丢了什么重要的东西，心里一直空落落的。她揣度自己这样很像有烟瘾的人，初始戒烟，就是这种感觉，彷徨四顾，如有所失……

他说这一段是比较忙，也好，忙起来充实。他慢条斯理道，自己从小生活在一个混血也混文化的家庭，又是在美国，他从不认为跟孩子公开父母的感情破裂的影响会比一直吵架勉力支撑一直掩饰失败的婚姻对孩子的影响更坏。他周边一些亚裔包括华人，单亲母亲独自带着孩子长大，有文化差异，都情有可原，也许一直碰不到合适的。但像中国妈妈那样——或者讲"中国式妈妈"更合适，"中国式妈妈"是特要面子的那么一种人，将内心的一切紧紧包裹，即使碰到了她很是中意的男人，要么拒绝，要么偷偷摸摸。在孩子、同事与朋友面前，戴着不同的面具生活，她们就像冰块害怕见到阳光一样，害怕真实。所以，"中国式妈妈"活得很虚假，很矫情，其实也很没尊严。这种情况，在美国就绝少，因为这与追求个性自由的国民性格相去太远。还有，他感觉到另外一点，他货车司机的职业，那是他自己喜欢的一个选择，他曾经告诉过她的，他看出来她心底是不接受的，起码是抵触的，既不希望朋友或同事知道她有这么一个朋友，也不希望她儿子知道有这么一个继父……

她不能不承认，他一句一句如凿子挖榫眼般的坚实，连着凿中了她身心几个隐秘的部位，却不停地否认，不是，不是的。尤其是他的"中国式妈妈"，"在孩子、同事与朋友面前，戴着不同的面具生活，她们就像冰块害怕见到阳光一样，害怕真实"。如脱弓之箭，直射靶心。

他道，你问过我是不是在五年离异之中，没有接触过其他女人，不是的，肯定不是，一个健康的男人怎能五年身边没有女人，只不过没有碰到过可以走进婚姻殿堂的女人才是真的。她们都太过真实了，真实得只会考虑个人与原来家庭的儿女，再无个人的浪漫想象可言……我以为碰到一个大学老师，一个有思想也不乏趣味的人之后，一切都可以改观了。于是，我在与你交往之后，不停地寻找你身上的可以令我改变想法的蛛丝马迹。我明白，很多美好的生活设想，如同飘浮在天空的云彩，不能指望都落到地面，心灵的距离往往比空间的距离更加遥远，正如同大西洋底下的马里亚纳海沟，比地球上最深的雅鲁藏布大峡谷还要深得多一样，隐秘的其实才是最难走近的。如果说，你的气恼与发飙，我尚能忍受，你的某一些举动就超出了我的想象与承受范围。譬如我不怕你骂我加勒比海盗，无恶不作，但是你抢夺我的手机，将我们之间的通信删除干净，然后将它扔到床底，你这是得了一时之快，却将我此前对你的了解、信任以及——寄托，这里我不知道该用一个什么词，瞬间都击碎了。我们都是成年人了，我们说过的，做过的，不是一键删除了，它们就不存在了。不是的，存在就是存在，存在过的不是都有价值，可是从来不存在的，没有过的东西，价值又从哪里谈起呢？……

他的语音低沉、缓慢，却比他平时面对面的交流还更流畅，即使一些停顿与杂沓，她也能凭借对他的熟悉，进行推论、找齐与补足，如同面对一张留白较多的中国画，一个对画家并不陌生的欣赏者，不可能将那些留白的趣味全都遗弃或放飞。

后来，再后来，她多次重放他的语音留言，那是她在洛杉矶，在南加大留下的一串缠绵而颠踬的足印。

接下来的日子，母亲与儿子坦率交流的过程，得到了儿子毫无悬念的鼓励与支持——这是儿子跟随自己在美国做访问学者的一个副产品呢，还是儿子原本就这般前卫？

她相信是自己的坦诚、主动，甚至觍颜求情，使得洛斯尔回心转意。在足足半个多月未见之后，洛斯尔提出在洛杉矶蓝花楹盛开的季节，到Santa Ana见面，并请她带上秋生……那是又一个周末，她早早起来，在卫生间略施淡妆——她信奉化妆之后基本不显痕迹才是好。接下来在卧室的衣橱里挑挑拣拣，要着一领几乎曳地的长裙，才配那样一种花海遨游，寻人或者被寻的背景，可是挑来挑去，长的长了一寸，短的短了五分，色重的压人一头，色浅的托不住身。

直到秋生在客厅里叫了两次，她才放弃穿裙子的念头，匆匆着了一件银白色双排扣的春秋装，足下蹬的是一双齐小腿肚的麂皮靴。到门外，儿子却连看一眼的兴趣都没有，将车门打开，把装着水杯、面包与巧克力的书包扔在后座，一屁股坐进副驾驶座，一边系安全带一边嘟哝道，洛斯尔叔叔都要等急了。

车进了Santa Ana，就感觉到了拥堵。为慎重起见，她把福特泊在就近的一个停车场，母子两人徒步进发。越往里人越多，前行十来分钟之后，她给洛斯尔打了一个电话，她的声音微微有些发颤，一刹那间，她害怕对方不接电话。洛斯尔的声音平淡如水，苍老而又现出暗哑，他告诉她，他穿的是一件紫色横条纹的T恤，在一处花岗岩拱券的小广场附近等她。他居然没有问，你穿的什么衣服？

没有，电话中断了，是信号问题，还是他突然就挂了？

人虽然未多到摩肩接踵，她还是紧紧拽住了秋生。秋生英语好，丢不到哪里去，但是他没有手机，走散了麻烦。秋生走路一蹿一蹿的，不时挣脱母亲的牵拽，像松鼠一样蹦来蹦去。

到了夹道的蓝花楹，先是一树的紫扑面而来，很快地，一簇一簇的紫，一团一团的紫，一座一座的紫，紫的云，紫的山，紫的海，层层叠叠而来。先是孩子欢呼雀跃，再是大人欢呼雀跃，平时的谦抑、安静与疏离在紫浪裹挟的街道上彻底瓦解，取而代之的除了欢呼雀跃，还有载歌载舞，戴着小丑帽的，打着手鼓的，吹着萨克斯的，挥舞着气球棒的，还有扭着巨臀跳迪斯科的，伸出多毛的双臂跳街舞的……风过后，一阵紫雨。

秋生嘴里哇里哇啦地叫着，几次头着地翻跟斗，翻成了一个半滚半爬的夹生饭。

她既要照顾秋生不被越来越厚的人流卷走，又要不停地张望花岗岩拱券的小广场。漫过来的紫云，漫过来的落英，漫过来的淡香，那后面是一栋栋冷硬地矗立着的公寓楼，哪里有花岗岩，哪里有拱券，更何况小广场？

她不禁有些慌，再给他电话，电话是通的，却渺若无声。浩瀚而席卷的紫，浩瀚而低沉的声，裹挟与推拥着一切。她神思恍惚、进退失据地走着，全然不是秋生那样的节奏。秋生忽然跳到她身边，对着她的耳朵大声问，妈妈，康乃馨的花语是母爱，矢车菊的花语是优美，剑兰的花语是坚强，百合的花语是高尚……你知道蓝花楹的花语是什么吗？

她先是一愣，随后头脑里轰然一响，人就木立在那里。

艾娃姐姐，艾娃姐姐。秋生大声叫道，斜刺里箭一般射出去。

起风了，越来越大的风挟着一股子咸湿的气息，扑面而来，金属一般的紫，海潮一般的紫，雷电一般的紫，庄严而又轻佻的紫，明亮而又暧昧的紫，坚硬而又柔软的紫……把她团团包裹，将她一刀一刀地雕塑成一尊铿锵作响的紫像。

遥远的初恋

一

周日，我发了一段很长的微信给水根，约他来深圳南山参加我主持的一个"非遗会客厅"开幕式。他高兴地表示一定来，且会好好做准备。

一晃，我离开曾经工作过七年的袁江火车站已经四十多个年头了。

我发现一个人离开故地，与原单位同事尚保持较为密切联系的并不多，这跟发小和同学相处不一样。同学分别得再远再久，终究还有一根隐形的脉络在牵引；你看看自己手机微信的朋友圈吧，是不是都还保留了中学群，乃至小学群？

张水根是我在火车站一直保有联系的少数几个朋友之一。

赣西那地方，女孩儿取名，用梅用丽用珍；男孩儿取名，用根用生用民，如水根火根荣根，春生秋生冬生，新民福民海民。

水根一直觉得自己的名字太土，偷偷从集体户口中抽下单页，请一位叔叔在派出所当所长的同事，带去将名字改成了水兵。我们车站货运车间一位南下干部的儿子，取了一个四个字的名字：邓坦克兵——概因坦克兵曾是他父亲履历中最辉煌的诗篇，颇值得儿孙辈出列一位，用一生的名字来铭记。车站还有一位扳道员姓屠，名格涅，幸好他家庭出身是工人，不然在那个"家庭出身"主宰一切的年代，一个叫屠格涅的人，不会有人相信他是屠格涅夫的传人，只会使人在他的家庭或社会关系上是否与"苏修"有瓜葛生出疑窦。

水根是那种内心无时无刻不缤纷着五彩冲动，为人处世却趋向中规中矩的人。他与我一样，心里一直埋着一颗文学的种子，这个同类项，是我俩能够走得比较近且关系持久不衰的重要原因。

在行为做派上，我俩都有逾矩的冲动，却又从不敢越雷池一步。

还有，我俩无论家庭出身还是个人专长，都没有拿得出手的谈资，说白了，既无邓坦克兵那样铿锵有力的背景，又无屠格涅那样惊世骇俗的勇气。

那就把名字就着方便改一改吧，他把水根悄悄改成水兵。因为一直在原单位，水兵就成了户口本里的一个遥远的相约，大家都依旧叫他水根——一直叫到他两鬓飞霜，容颜渐老。

在火车站，我在装卸班扛过大包，在吊机班套过钢索，还干过总务与准秘书；水根则一直是一名火车司机——准确地说，我认识他的时候，他还只是一名司炉，后来才是副司机，再后来当了司机。

铁路上的工作林林总总，岗职分门别类，很是多样，外人如果想搞清楚，就需要像读苏俄长篇小说那样，先看一张人物列表。简单说，火车站包括运转、客运、货运和装卸四大车间，火车头及司炉、司机并不归属火车站，他们隶属机务段管辖。

但是水根连同他所在的2020号蒸汽机车头——一台调车机，固定给我们袁江火车站使用。调车机每天的工作就是将站内不同股道里装好的或待装的车皮，调来调去。其他司机都住在东边一排宿舍里，水根却一直住我们车站的宿舍，跟我比邻而居。他后来告诉我，这是他自己跟车站提出的要求，因为一直喜欢跟我交流并互借书籍，这令我着实感动了一阵子。

一个人能否与自己的同性同事保持长久的友情，共同的志趣或爱好很重要，可仅有这一点还是不够的，水根的为人处世方式，使我感觉他是一个很善良的人。一个人既聪明又善良，这是我迄今依然最看重的两种品质，尤为难得的，当这两种品质集于一身，那就是千金不易的朋友之选了。水根的善良是我那时候就感受到的，水根的聪明则随着时间的推移，我才慢慢感受出来。尤其是他在身体残疾，提前退休之后，无师自通地做了大量的根雕，我才感叹，一个人的聪明才智，真的远不止在中考、高考、考研一条道上绽放！

前面我讲到，一台驻站的调车机，一天到晚要做的事情，简单而重复，就是将站内不同股道里装好的或待装的车皮，调来调去。水根令一众装卸工喜欢的原因是，每当他开车便不厌其烦地将待装的车皮停在最精确的货位上，这会使卖苦力的装卸工大大节省劳动力！装卸工们只要看到车皮是否对准了货位，就能猜到今天的司机是不是水根。

那时候，我已经在袁江车站装卸车间做了五年苦力——三年人力装卸，两年吊机装卸。因为在《人民铁道》《南昌铁道》等报纸发表过一些"节日诗"，被站长相中，抽调到车站"以工代干"做总务，任务主要有三：一是给各车间发放劳保用品，二是配合总务室老王头发工资，三是不定期地出节日与大批判专栏——这后一点加深了我与水根的交往和感情。我和水根都二十出头了，各自当了五年工人，成了老油条，简单的劳动不再有新鲜的东西刺激我们。同一栋宿舍的调车员、扳道员、货运员已经纷纷开始在黑夜出去相亲谈恋爱了。我和水根依然将空余时间要么虚掷在乱读书上，要么就在宿舍前面煤渣铺就的空地上练杠铃——两盘石磨套一根长长的轴承杆。

指导我们锻炼的是南京运输学校毕业的一位调车员，我们尊称他胡哥。对这位出生在苏州的胡哥，我和水根都佩服得五体投地。他对于文学所知甚少，对于文学之外的天地却无所不知。讲一件小事，一次水根过生日，花两块钱，买了一瓶菠萝罐头请客。并且说这是听了胡哥的建议，补充一点营养。我与他各尝了一块菠萝之后，觉得味道不对啊，再吃，还是不对，不是菠萝的味道。我俩举箸犹豫间，胡哥从宿舍那头过来了，我俩连忙招呼他过来吃菠萝。我和水根对视一眼，谁也不作声，想看看这位大城市来的胡哥吃后有何反应。但见他一箸一箸吃完，津津有味地一抹嘴道，这不是菠萝，这是波罗蜜，是另外一种岭南水果，波罗蜜就是这个味道！我和水根赶紧去抢，玻璃罐里却仅剩一点儿糖水，这才见红黄相间的标签上，确实印的是"波罗蜜"三个大字。我和水根都以为，这个

"蜜"是形容菠萝甜如蜜，哪里晓得袁江之外的南方，还有一种水果就叫波罗蜜呢！

胡哥不仅指导我们锻炼，还提醒我们，运动之后，需要经常补充营养尤其是蛋白质——肉蛋奶，以免过劳伤肝。那时候，车站职工确实患肝炎的较多，还有几例肝癌，体力劳动强度大是原因之一，加之环境污染——车站周边就是磷肥厂和农药厂，常年的营养不足是否也是一个原因呢？可是，足够的营养需要充盈的经济条件来支撑啊！那是一个花十几块钱买双上海产的白色回力球鞋，都能令我们激动半个月的时代。

因为出专栏，纸墨笔砚在我这里应有尽有，水根喜欢这种氛围，于是常来写写画画。他也喜欢写点小文章，五一有感想，十一有纪念。现如今看来不值一提的应景文章，在那个时代却都是一种无限空虚的有限填充。上海出版的两种刊物《朝霞》《学习与批判》，我都以车站的名义订阅了。水根不时能从他在袁江中学教书的舅舅那里带来一些书刊，譬如苏联小说《第四十一》《这里的黎明静悄悄》之类，都是从他给我的《苏修文艺批判集》中读到的。现在想想也真是有意思，主编为了肃清流毒、配合批判文章附的原文，反倒让流毒扩散了。当时却也还好，没有听说他们是为苏修文艺张目——如果戴上这顶帽子，判主编坐牢三五年，恐怕还算是轻的。水根不断的书刊接济，给我枯寂的身心，源源注入了一脉鲜活的溪流。即便从功利的角度说，也为我得以在1978年高考恢复之后，以小学生的底子考入大学，添加了一笔不容抹杀的功劳。

对于水根助力的回报，便是我常常在专栏里给水根留下一个显赫的版面，让他的荣耀感，焕发在全站两三百名职工面前。

二

那是1975年五一之前，我提前一周向水根约稿。搞了那么多期跟运动相关的专栏，这一期我想做得软性一点，添加一些文学色彩。我把这个意图跟水根讲过之后，他眼睛一亮道，好啊，文学色彩就是五颜六色呗，不止于红与黑两种颜色。却又问我，写什么东西才叫有文学色彩？我现在是一名司机，每天开火车，感觉枯燥得很呢！你提示我一下？

水根所在的蒸汽机车头，我当然上去过不止一次。局促的驾驶室里，除了各式表盘，便是操纵杆，再是一台长长的卧式锅炉，整日炉火熊熊。据说，世界上第一台蒸汽机是由古希腊数学家亚历山大港的希罗于1世纪发明的汽转球（Aeolipile），不过它只是一个玩具而已。后来很多人参与其事，尤其是瓦特改进最多，终于发明出了现代意义上的蒸汽机。可我们眼前的蒸汽机，夏天火热，冬天风寒，司机更是整天一身油包，脏里吧唧的，火车司机——我这里强调的是真正意义上烧火的司炉和司机，绝不是一个轻松好玩的活儿。我曾经尝试过，在驾驶室里，双手一前一后，端起一大铁锹水湿淋漓的烟煤，足有几十斤吧，一百八十度转身，均匀地倾撒到炉腔深处，那既是一个力气活，也是一个技术活。脚踩炉门踏板，两扇沉重的半圆铁门哐啷一声相向打开，炉膛里顿时蹿出烈焰熊熊，扑面而来，灼烤得人无处退避。我给锅炉添了十几锹煤就再也端不动了，要害在于你要把一大锹湿煤撒进去，又快速收回铁锹，双手动作需要协调、有力、劲捷。我抹着头上的汗珠道，这烧火的活儿，比我干装卸还累啊！

水根和他边上的司机张大车一起笑了。

张大车说，你是坐了几天办公室，变修了——变修了这句话，只有五六十年代及此前出生的人才听得懂，就是说，你变成修正主义了。质实言之，就是肩不能挑，手不能提，再滑下去就是好逸恶劳了。

水根则给我打圆场道，他跟胡哥学过举杠铃的，两臂膀都是老鼠肉！烧锅炉这个活儿其实更需要腰劲，腰劲还练得不够噢。

张大车是司机中的老油条了，他戏谑我和水根，你们俩是一根藤蔓上的两只苦瓜，连女人的前胸和后背有什么不一样都没见识过，二十啷当的后生仔没有了腰劲，以后结了婚要遭人嫌的！

那天晚上，在月光下的宿舍前面，我跟水根闲聊了很久，想从他开火车的经历中，找到一点写专栏稿子的蛛丝马迹。可惜，直到夜空三星打横，蚊蚋成阵的池塘边蛙鸣声声，催促哈欠连连的我和水根回屋睡觉去，也没有聊出一两个可资写作的生动细节来。

第二天是周日，我到市内跟几个喜好文学的青年朋友小聚去了。那时候刚复苏的市文化馆已经在筹办一个文学内刊，为取一个刊名争议了很久。我建议就叫"袁江"，或者"化成岩"，因这两处都实有其地。但其他朋友不同意，认为不够响亮，更没有时代感。后来，一位当过右派的熊老师就任执行主编，他拍板用了我取的刊名《袁江》。熊老师的理由很充分，样板戏《沙家浜》原本是上海人民沪剧团创作的现代沪剧《芦荡火种》，改编京剧之后，就用了一个地名沙家浜做剧名。就为这件小事，我心情激动了很久。困厄时代的人就像荒地里的野草，撒一点儿养料，就足以让它疯长几天。民国年代，二十出头的熊老师，就在《民国日报》(赣南版)当过主编，他有几把刷子，新诗、旧诗都能写，我们都很佩服他。围绕熊老师，还有《袁江》这份直到"文革"尾声才兴办起来的文学内刊，一群"文青"的肚子才刚填饱，就觉得双臂的肌肉格铮铮的，优美的词句经过锤炼都会从骨头缝里一个个迸发出来。

水根如果不是周日当班，肯定会跟我一起过去。那时候一群"文青"常在袁江河边小聚，即便石头桌上只有一杯清茶，吃一碗路边荷担叫卖的水豆腐或凉粉，但有文学铺垫，其对"文青"的吸引，也不亚于现如今去大鹏海边吃一顿海鲜大餐。

晚上回来，但见宿舍走廊上的水根一身疲惫，坐在一张随时可能分崩离析的破藤椅上，不像此前见我回来，一脸讨好地打探，恨不得把我一天的活动，搜罗得底朝天。

我惊问，你怎么了，病了？病了就去卫生所啊！

袁江铁路卫生所就在我们宿舍上头，除了两位年长的医生，新添了一位二十出头的护士。这位姓沈的护士，眉毛很浓，牙齿很白，眼珠很生动；圆圆的脸庞，居然还有两个甜甜的酒窝。不笑的时候，眼里也都是自然流淌的笑意。火车站除了客运、货运有几位姑娘，运转和装卸车间，清一色的光棍。那一段时间，原本少有年轻人问津的卫生所竟然变得川流不息，出现了很多无病呻吟的需要打针换药的后生仔，实在装不出像样的病，他们也会过来问小沈护士要一两块橡皮膏，贴在到处开口的工作服上。临走还不忘自嘲："王老五，命真苦，衣服破了冇人补。"

我发现水根也很喜欢沈护士，去卫生所两次都遇到他。后来才听说他俩有过两次约会——这家伙居然连我也瞒过去了，一起去东方红电影院看过《瓦尔特保卫萨拉热窝》。那天我在宿舍见水根悄悄拿回一件补过的工作服，便打趣道，你好啊，从此无须像我这样，用橡皮膏补衣裤了！他的脸倏然一红道，这不算什么，她心肠好，给好多人补过衣裤。人家白白净净的一个护士，哪里看得上我这样一身油包的司机啊！

一语成谶，他俩很快就断了交往，水根拒绝给我透露此间缘由。再后来，沈护士嫁给了站长的儿子，可是她在婚礼上喝醉了，叫的却是水根的名字。这件事传出来，我们都为水根惋惜，追求姑娘就该放胆，不能做缩头乌龟啊！水根当时听闻，很是失落，一脸痛苦，很快却遮掩道，她喝醉了叫水根，未必就是叫我呢。天下同名同姓的多了去！

铁路卫生所的故事，有一部分被我择取，念大三时写过一篇小说《在一个小站》，刊发在《福建文学》，那是我的小说处女作。

水根懒洋洋地告诉我，他没病，是今天触霉头了——"触霉头"这个词不是赣方言，是胡哥的口头禅。水根驾驶的2020号机车今天在东头道口边轧死了一头牛！

我并没有把火车头轧死一头牛当回事儿，那时候的车站与铁路沿线，并不是像现在这样的封闭式运营，轧死人的事情也时有发生，轧死一头牛又有什么稀奇呢！只不过牛的体形巨大，而且牛皮坚韧，万一车头前面的排障器没有把牛顶出去，那就有翻车的危险。

我问，怎么会轧死牛的呢？放牛娃没看好吧？

他说不是的，是一个老汉放的牛，原本人和牛都在道口外边等，大概是火车的响笛吓到了牛。它突然受惊，挣脱老汉手里的缰绳，从横栏边想冲过铁路去。2020号机车正要从到发线——用于旅客乘降和货物到发的股道，转头驶去粮库专用线，速度很快，轰的一声就撞上去了。所幸那头牛是完整地被铲了出去，倒在路基边，把两棵碗口粗的桉树都压断了。司机张大车、副司机水根和司炉小赵都下去察看，那个年代，铁路上轧死一头牛，根本不用负任何责任。见道口工一副受惊的样子，便把附近的扳道员屠格涅也叫过来，请他安慰一下惊慌失措的放牛汉，赶快去生产队叫人过来，用一驾大板车把牛拖回村里去，每家农户分两斤牛肉，权当过个小年啊。

三人先后上到驾驶室，张大车刚要启动。水根忽然道，等等。他伸手毫不犹豫地拉响了汽笛。蒸汽机车的汽笛耗气量巨大，两个气罐共有70升的容量。拉响之后，几公里之外都能听得见它先声夺人。

水根说，他要为一头无辜死去的牛致哀。

我骤然想起来，上午我们在袁江边座谈的时候，隐约听到了持续大约一分钟的鸣笛，我当时就想到车站那边是不是出大事故了？一般只有在轧死人或者列车出轨颠覆，才会如此鸣笛。笛声凄厉，令人心颤。

水根道，张大车批评我擅自鸣笛，造成了不必要的惊慌，骂了我，要我写检讨。我跟他吵起来了。现在想想不应该，一个是他年纪比我大几岁，再一个，他是司机，我是副司机。

我想了想道，虽然一般来讲，轧死一头牛，非特殊情况不需要鸣笛，可是你鸣了就鸣了，做个口头检讨就行了吧。要不，我去跟张大车说说？

水根摇头制止道，我自己去说就行了。说实话，我看见那头倒在路基上的牛实在很伤心，实在不亚于看到轧死一个人！我觉得以后车过道口不一定要鸣笛，不鸣笛牛就不会受惊，也不会乱跑。

我问，火车经过道口一定要鸣笛吗？

他答，不一定，根据瞭望的情况来判断。即使鸣笛，也不要拉得那么长那么响，没有准备的老年人，心脏病都会惊吓出来。

我赞同。

我们住在铁路边是习惯了，半夜常闻笛声也吵不醒。有一位下放农村的朋友，在我宿舍蹭过一晚，他说根本没睡着，他很惊讶我们能在这么吵闹的环境里日复一日、年复一年地生活。他用了一个大词来形容：惊心动魄。

我正要回屋休息，水根忽然叫道，有了，你的五一专栏，我就写一篇关于牛的稿子，题目就叫"致敬，老黄牛"，行吗？

我当即回答，很好啊！五一的专栏，写老黄牛，歌颂劳动者，再好不过了！

他眉眼一低道，我就想写牛，我家在农村，从小我放过牛。我不想老写那些歌颂的文章，没劲。

我附和道，当然可以，牛其实也是劳动人民的化身。你读过杨朔的《荔枝蜜》，那只勤劳的小蜜蜂，不就是劳动者的象征吗？

水根龇牙笑道，我就晓得你是这么想的了，写文章，出专栏就想到化身啊，象征啊，当然这终归比总写红旗飘飘，征途漫漫来得好看。

我跟他说，先不设定那么多框框，写出来再说吧。

未料第二天一大早，我就被急促的敲门声吵醒了。我着一条短裤，睡眼蒙眬地打开门道，什么事情这么急，着火了吗？

水根递上几张稿纸，兴奋地告诉我，几乎熬了一个通宵，总算写好了！自我感觉良好啊！

我看他两眼通红，虽未睡醒，也不忍浇灭他的兴头，叫他一旁坐下。马上读他的《致敬，老黄牛》，很快就被他这篇纪实散文吸引了。水根写了自己小时候在家乡——一个叫渥江的村子里放牛的经历。牛是生产队的财产，让一些农家轮流牧放，他觉得那头名叫"花眼"的公牛特别有灵性——这头牛一只右眼从来就有一层荫翳，故而被人称作"花眼"，听得懂人话。也许是水根常常兜里带点炒豆子、炒花生给它解馋，也从不鞭打它，甚至对它说话也是轻声细语，它对水根尤其唯命是从。里面有不少生动的细节，不是我这个半拉学生出身的铁路工人想得出来的，如"花眼"嫉妒另外一头公牛向一头母牛献殷勤，不惜用嘴拱起一大坨牛屎，糊在那头公牛头上。还有，当"花眼"看见水根疲惫的时候，会在田埂旁较为宽阔的地方俯下身来，驮他回家。

除了写这头"花眼"，文章还有两个似乎节外生枝却又意蕴丰富的情节。一个是当年他父亲陪着爷爷带着一头水牛入社的过程，再一个就是昨日为轧死之牛鸣笛致哀的经过。

这两个相隔几十年的细节，有情感上的关联。

爷爷加入合作社的时候，水根还没有出生，是父亲后来告诉他的。父亲说，让这头水牛披红戴花加入合作社之前，爷爷特意给它喂上豆子细料，这头牛是他们家最贵重的财产了，是爷爷从一头小牛犊一直养到"膀阔腰圆"，耕田犁地，不惜气力。奇怪的是，这头牛似乎明白此一去山长水阔，作别了从小养大它的一家亲，只闻闻平时很难吃到的香喷喷的豆料，便把头扭开去。再后来，两滴泪珠滚出大大的牛眼，左边一滴挂在长长的睫毛上，不肯滴落。爷爷在旁边，糙手不停地抚着牛头，后来垂下头，肩膀一耸一耸的，爷爷也哭了。

送牛上路的时间到了，爷爷居然不舍得让牛负重，将一副沉沉的犁枷扛在肩上。牛走得很慢，比平时去田里慢很多。爷爷也不催它，就这样不到七八百米的一段路，爷爷和牛走了足足个把小时。

走到挂着合作社牌匾的祠堂前，爷爷卸下犁耙，终于掩面大哭。牛掉转头来就想往回跑，早被两个精壮的后生牵过缰绳，硬生生拽进祠堂去了。

从小养过的有灵性的"花眼"，再是爷爷依依不舍牵牛入社，一幕一幕对牛的感情加深了，使得水根驾驶的2020号蒸汽机车，在道口轧死一头牛以后鸣笛致哀。一篇感人的散文呱呱坠地，源自作者丰富的生活啊。这篇散文的标题现如今看来有点硬，在那个年代却铿锵有力，无懈可击。我现在还能回忆起当时看了这篇文章的第一感觉竟然是——嫉妒，这为什么不是我写的呢？当然，我并没有乡村生活经历，尤其没有放过牛，要我来虚构一头牛，写出来肯定不是水根笔下的这个样貌。

我当场拍板，说这才是一篇文学稿子，以前的都是宣传稿。我认为这篇稿子可以先给车站出五一专栏，再交给熊老师，争取在《袁江》创刊号发表。那时，我已经在本铁路局的《前线铁道》报上发表了若干诗歌，"文革"期间的发表没有稿费，我收到过的是奖品，长篇小说《雁鸣湖畔》《征途》……至"文革"结束，稿费制度逐渐恢复，铁道报刊发表之后每篇有一块五到三块不等的稿费。我当年的月薪是41元，从1978年到1982年，这份薪资陪伴了我迷惑、匆忙而又充实的大学四年。

被我猛一夸，水根也激动了，他说，照你讲的，这篇稿子就是我的文学处女作，也可以讲是我的文学初恋。

我一激灵道，失之东隅，收之桑榆，你失去了人生初恋，却迎来了文学初恋。

他盯着我说，那是一块伤疤，我都快忘记了，你又提起！

我说，你的人生初恋，要是能与你的文学初恋合而为一就好了。

他转过脸去道，文学初恋我可以努力求得的，别的什么恋，那是可遇而不可求。

三

出专栏前的稿件整理是一件琐碎而费时的事情，年纪大的人很少写稿，青工占了车站四个车间的二分之一，可是他们投稿却并不踊跃。征集到的稿子，可用的很少，大都需要斧劈刀削。现在想来，"斧正"一词是有道理的，有些稿子简直被我砍得体无完肤。不是我好为人师，本人其实很不愿意把同事们的文章改得面目全非。我自己第一篇诗歌《列车，一片流动的绿土》较早发表在《前线铁道》，除了姓名，被编辑改得几乎没有一句是原创，拿到报纸两眼一黑，差点一头栽倒。那会儿我就暗下决心，一旦担任编辑，面对纷纭的来稿，宁可不用，绝不擅改！可是我在车站办板报，出专栏，如果不用本站职工的稿子，那就面临无米下锅的窘境，总不能在自己的园地里照抄"两报一刊"社论吧？

硬着头皮改差稿，久之不仅心生厌倦，还会拉低自己的审美趣味。所以，我自己创作几十年，对一路过来遇到的心底无私的好编辑，总是充满敬意。

面对水根的纪实散文《致敬，老黄牛》，我当然无须大动，稍做调整的是，将他爷爷带着耕牛去入合作社时的掩面大哭，改作了：爷爷与牛分手的那一刻，不禁泪流满面，那是激动的泪水，高兴的泪水，幸福的泪水。牛跨进祠堂的时候，回过头来，既恋恋不舍，又义无反顾。因为它知道，前面才是它的新家，好家，大家……

现在回想起来，没有谁叫我这样改，那么，是不是不改会更好？不是的，在那种环境中过来，有一只大手抓着我的小手，自然而然改了，改得那么自然，那么顺畅，那么符合时代跳动的脉搏。

专栏做好的那一天，是五一前夕的4月30日下午，油墨未干，我就招呼水根下班过来欣赏。

我们的专栏就矗立在总务室窗外的路口，不仅铁路职工家属，还有一部分乘客以及路人，都能看到焕然一新的五一特刊——如果他们想留意或驻足的话。

我坐在总务室里，对每一位留意或驻足者，都报以微笑，且不管是熟人还是陌生人。先是货运员邓坦克兵过来了，他捧着一沓台账，边看边笑，说这篇写牛的文章最好看，细节生动。再是扳道员屠格涅过来了，他敲着搪瓷碗准备去吃饭，看完之后，他说喜欢右上角一首小诗。这首小诗是一位客运员写的，我后来才知道，屠格涅对这位诗写得很一般的湖南醴陵籍姑娘害着单相思。

心里隐隐窜动着期待与不安，那是在等待一个人：水根。我想象他看到板报的表情无非两种：一种是满眼飞笑，夸赞主编改得好，一种是双眉倒竖，斥责我不该改动。

文章是自己的好，大多数人都有不愿让他人动一字一句的固执。

到吃晚饭时间了，我去食堂，飞速打了两钵饭上来，四两一钵；还有两份红烧肉，一份两角五分。等到一身油包的水根过来，天都擦黑了。他把一只盛满手套、榔头等物的藤篮扔在我的办公室门边，举起一只号志灯，打一束白色追光，认真地看起板报来。他一束光一束光地跟着看下来，对我修改的部分看得格外认真。我调侃他很像样板戏《红灯记》里的李玉和，如果着一身褴褛的沾染血迹的白衬衫，脚戴铁镣，再手举一只号志灯，那就惟妙惟肖了！看到结尾部分，他手里的灯光来回拉了几次，停住，收光，默默地进了办公室。

回到办公桌前，他把两只倒扣的赭红色的饭钵分开，扔一只在我面前，拢一份菜在自己肘边，瓮声道，饿了，先吃饭吧。

他这种态度是我没有预见的：有点儿垂头丧气，又似乎有点儿赌气。

他只顾埋头吃饭，一钵饭很快吃完了，我又扒拉了一半给他，他也吃完了，连同吃完的是一份肥肉远多过瘦肉的红烧肉。

我不无夸张地讲了邓坦克兵对他文章的点评，还生拉硬拽将屠格涅夫对客运姑娘诗歌的欣赏，转嫁到水根的文章上。我希望他吃慢点，或者停一停，讲几句话，免得窗外过往的人，误以为我是在边吃饭边训话。我其实是最不喜欢也不善于批评人的，这也是即将高考的1978年前夕，车站书记接到了铁路分局政治部给我的一纸调令——调我去袁江铁路子弟学校当教师，被我坚拒的原因之一：我能预见将来面对一群调皮捣蛋如今被称作"熊孩子"的学生，自己的张皇失措与束手无策。

水根自顾自吃完六两饭、一份红烧肉之后，端起我桌上那只印有红色路徽的大白瓷缸，咕嘟咕嘟地喝茶。我忍不住问，你也不想评价一下，我改得好还是不好？

他猛然抬起头来，吓了我一大跳：两只眼通红通红，大颗大颗的泪珠一连串地滚落下来。

凭我那时浅薄的文学底子，当然也听说过一句出自某昆剧的"男儿有泪不轻弹，只因未到伤心处"。就在水根的一篇令我嫉妒的文章上，我施了几把板斧，没有改得更好吗？车站的专栏稿子，原本都要给书记审稿的，基于领导的信任，大多数情况下——譬如节庆专栏歌颂类的文字，料也跑不偏，他也就授权我直接出刊了。况且如果不满意我的"窜改"，你直接说就是了，我再交给书记仲裁去！哭什么呢？

我摇摇头道，你啊你啊……

他摇摇头道，不是的，不是的……

4月30日，我会永远记得这么一个傍晚，因为一个不经意的修改文章的细节，我觉得自己在老朋友水根面前，产生了一道看似平滑但摸起来糙手的隔阂。尤其是当水根这篇《致敬，老黄牛》以

《老牛亦解韶光贵》为题刊发在《袁江》创刊号上，而且是随笔栏目中的头条——熊老师改的标题，源自他欣赏的一位当代诗人臧克家的一首《老黄牛》，"老牛亦解韶光贵，不待扬鞭自奋蹄"。要紧的是，《袁江》刊发的稿件就是水根的原稿，熊老师只是订正了一些标点符号和错别字，爷爷牵牛入社的场景一仍其旧。带着油墨清香的《袁江》出刊之日，有一个评稿会在刚刚复办的市文化馆召开。熊老师一篇篇评过来，有赞有弹。唯独对水根的文章，熊老师是啧啧称赞。他说，经历过这么多年的宣传口号式的写作，水根写得有血有肉，牛与人的情感写得生动自然，有细节，有场景，有情怀，真是难得啊！尤其难得的是，没有说教，没有煽情，没有借物喻人之类！这才是文学，正如鲁迅所说：我以为一切文艺固是宣传，而一切宣传却并非全是文艺，这正如一切花皆有色，而凡颜色未必都是花一样。

　　这一次评稿会，我虽然并无稿件参评，内心的震动却很大，对我今后的文学创作之路，无疑也产生了潜移默化的持久影响。熊老师的烟瘾很大，飞马牌香烟在他焦黄的手指间，一支续一支地抽完了，剩下一只空烟盒被他揉成了纸团，还不时下意识地举在鼻子前嗅嗅。那以后很久，我才能回味熊老师以前经受的磨难，在他内心造成的忍耐与烦躁的双向撕扯，还有对他身心健康如风蚀雨淋般的击打——那次评稿会半年之后，熊老师就因小细胞肺癌，走了。

四

1978年上半年和下半年的两次高考（史称七七级，七八级），我都参加了，上半年这次落榜，下半年这次一箭中的。

水根上半年没参加，下半年这次跟我在一个考场——袁江中学二楼的一个教室。事后问及考试状态，他不无沮丧道，数学考试交的是白卷。

也难怪，我们都是小学没毕业，就遭遇了史无前例的十年，在学校"学工、学农、学军"三四年，就各自参加工作了。要不是我花费了半年左右时间主攻数学，拿下二三十分，其结果，只能与水根合并同类项。

我搭上了末班车，水根以十分之差落榜了。

拿着录取通知书，搭乘我无比熟悉的绿皮车去省城上大学，是在一个清风徐徐的上午。我背着一个盛满杂物的工具袋，水根送我到立一排梧桐树的站台，他肩头扛着的是一只小小的樟木箱，那是自我七年前参加工作就始终陪伴我的唯一家具。

火车开动的瞬间，我朝水根招手，看见他在抹眼睛，不知是吹进了风沙，还是流泪了？

那以后，分隔两地，我与水根的关系，如同他说的：你我是两股道上跑的车，走的不是一条路啊——这分明是样板戏《红灯记》中，李玉和讲给日本鬼子鸠山听的。

我对他道，我俩还在同一个省呢，你就把我一掌推到"贼鸠山"那边去了！

通信的年代，我与水根一直有信函联系，或繁或简。

手机兴盛，我俩用短信与电话沟通，有短有长。

微信年代，更多互通有无。

我在写作的路子上走得较远，这源自我在大学主要教授写作，且个人兴趣在焉。水根原本也钟情文学，我答应过他的要求，一是将大学的书本，一本不落地寄给他，甚至包括刚入校用的油印外语教材；二是老老实实地一课不落地记课堂笔记，寒暑假都带回去给他阅读、讲解。

他兴奋道，这样我就与你同时在读大学啊！我一定要跟你一起毕业！

很快地，大约半年吧，也就是1978年年底，一场事故，彻底改写了水根的人生。

铁路工作，最容易出的人身事故就是被火车轧了，血肉之躯要是被那么一个庞然大物撞上，非死即残。袁江车站的一位广西籍调车员，像电影里的铁道游击队那样，雨雪天从依然高速行走的货车上跳下来，摔了一跤，举不起那只提号志灯的右手，才发现右臂从肘部被铁轮碾断了。

水根的一场事故，跟火车有关，却与工作无关。那时候单身汉或小家庭烧水炒菜，兴起了一种叫煤油炉的燃具。煤油炉是洋铁皮敲成，装有8根到12根灯芯不等。点燃之后，蓝色的火苗妖娆而起，令人满怀期待。煤油炉自然要用到煤油，所谓靠山吃山，最便捷的搞到煤油的办法，就是到卸空的油槽车里去掏油。概因油库卸空后的槽车里，总有一些残留，赶巧弄得多的，能掏到半铁皮桶回来。在百物匮乏的年代，给了我们一个不小的惊喜。这个"我们"其实不包括我，掌握这种信息并能够捷足先登的，主要是火车司机和车站的调车员。但我揩过不少油，原因在于我有一个开火车的朋友水根。

水根每次馈赠给我煤油的时候，他的兴奋，一点不亚于我这个受赠者。

那种赠予者的感受，用现在时的深圳金句来表达就是：送人玫瑰，手有余香。

我永远不能忘记这个送我玫瑰，手有余香的水根。

可是，他却在一次掏煤油的过程中，提着马灯误进一辆汽油的槽车，汽油不比煤油，见明火即轰然一声燃烧，将他周身捋了一遍。待得调车员小王等人手忙脚乱将他从槽车里背出来时，水根已然面目全非。

袁江站与机务段的老领导真是不错，水根虽是个人掏煤油，但因是工作时间，所以认定为工伤。上南昌，去上海……高昂的医疗费虽然统统在报销之列，但那烧伤之痛，非过来人不能体会。记得我从省城专程赶去袁江人民医院看他，他一身裹满纱布，偶然发出来的几声叫喊，撕心裂肺，洵非人声。

我的心骤然收紧，泪水簌簌而下。

事后，我听说沈护士也与爱人去看过他，走时在他枕头边放了一沓钱。

回到大学，我频繁地给他寄各种文学书刊，每周誊写课堂笔记寄去。鼓励他：你答应过我，一定要跟我一起毕业的。

很长时间，都是我给他写信，他很少给我回信。一则他手脚不方便，二则，信中看得出来，他对未来的人生很是沮丧。终于，他给我回信说，你别给我寄书了，现在我看不了书，看书不仅头痛、走神，而且一合上书，前面看过的全都忘记了。

我无法判定他不能看书，是心理的问题，还是身体的问题，抑或兼而有之？无论上大学还是毕业留校，我都有寒暑假，还有一些节假日。我回袁江，除了看父母，必定要见的就是水根。掏煤油烧伤，给他留下了严重的外伤，以致夏天他都只有穿长衣长裤，左脸一块亮疤，从太阳穴一直游走到下巴颏，像是卧着一条面目狰狞、蠢蠢欲动的花蛇。他的抑郁症，是我带他到省一附院找专家调过两次药，避开了高血压危象和心动过速的副作用。待水根拿着处方出去取药，我加问了一句，医生，我们留你一个电话，以后有事或要打搅你，有什么新药没有副作用，你就及时通知我。见我对朋友的病如此关心，眼前这位较早谢顶、态度和善的专家提醒我，你这位朋友服用抗抑郁药只是一方面，更重要的是心理调适，如果有爱好、有寄托，专注做一件事，减少胡思乱想，情况就会好很多。他老婆呢？身边人的关心是最重要的。

我往外看了一眼，道了一声谢谢，匆匆离开。

那一年水根才二十多岁，初恋的一颗蓓蕾尚未来得及舒展，就被一场突如其来的事故击打得如轻尘一般凋谢了。再以后就是没完没了的治疗，皮肤修补，以及过早退出职场，无论从女方还是男方，都很难建立起一种两情相契的感情。何况，疾患给水根带来了一副忧郁的眼神，可他的底色却是镀金的四个字：心高气傲。

我曾经把袁江站的老关系都发动了，毕竟水根在那里土生土长，很得人缘。我恨恨道，我前后撮合过几对比牛郎织女见面还难的姻缘，包括介绍一位以上海知青身份入学的大学同窗，与我在袁江站工作的师父的女儿恋爱、成婚，就是一个老朋友水根，高下搞不成！

医生的话给了我一个提醒，既然像水根这样老大不小，又患有身心疾病的人，恋爱与成婚都大不易，只能随缘，那么专注一门爱好总还是可以的吧。

五

1998年12月，我调往深圳，与水根的见面已然少了许多。我去，他来，却是有的。

凭着我与袁江市文化馆多年的感情，鼓动他赓续前缘，重启文学爱好。我不止一次激他，你可是《袁江》杂志创刊号的作者，你在上个世纪70年代末发表的文章，一点不比现时发表的很多文章逊色。后来他果然成了文化馆的常客——这是熊老师的儿子告诉我的，熊老师的儿子成了馆长，熊老师在天有知，会不会平添几分欣慰？只不过，此时水根耽恋的不是文学，头两年跟一位仙风道骨的书法老师，把欧颜柳赵的楷书都临了个遍；后两三年又迷上了水墨画，我叫他到深圳来，拜我的同事画家邹明为师——那一段邹明常常背着画夹在新疆做水墨写生。看了邹明老师满世界行走的水墨收获——戈壁胡杨，陵谷雄鹰，尽收笔端，水根感叹自己出道太晚了，不仅欠缺艺功，也没有体力。再后他迷上了根雕，我不仅请熊馆长就近给他找了一位功力深厚的根雕老师，还请当地林场的一位朋友源源不断地给水根送去新挖的树根，材料费用自然不用水根操心。

三年前，我叫水根来深圳，参观了一个拓荒牛的木雕展。水根眼前一亮，赞叹道，我就应该这样，全心全意做牛雕啊！

是的，他出身农家，从小放过牛，开火车轧过牛，处女作写过牛……他对牛有一般人远远不及的感情。

我对他竖起了拇指，鼓励老友的根雕主攻牛主题。

根雕的创作原则跟写生有点相似：随物赋形。语出苏轼《画水记》："画奔湍巨浪，与山石曲折，随物赋形，尽水之变，号称神逸。"既然是随物赋形，那就得根据树根的原始面貌，或远山近水，或崖石树木，或苍鹰振翅，或老翁带孙……哪里都能雕出一头牛来呢！

水根就有这个本事，当他一心做牛雕之时，眼底胸中，无不有牛存焉。手中的树根，无论虎啸猿啼，山奔水走，松挺石卧，媪慈孙淘……总会在不经意处，见到一头牛。

大牛，小牛，全牛，牛头……有的只隐隐露一张牛脸，你可以说它的身子都潜伏在水塘里了。这个牛之根雕就来意思，也来意境了，目睹者每每要在一尊尊虎豹鹰隼、茅店柴扉的根雕主题里，寻出一头或两头牛来。

从个案上说，牛是配角；笼而统之，牛成了主角。

水根在袁江及省城的根雕展，都很成功，他发图片和视频给我看了，我是他在异地朋友中的第一个分享者。

我却看到了隐忧：他的根雕在内地单打独斗，固然也有一些售卖，经济效益却不高。恰好，我因写了一本非虚构《手上春秋——

中国手艺人》，瞅准的是全国各地一些不同类型的非物质文化遗产的传承人，深圳"非遗周"上我结识了不少新朋友，知道作为改革开放的前沿城市，深圳的近两百个各级"非遗"项目，有不少都属于"非地非遗"——亦即其根不在本地，从外地引进的非遗。我就想，能否把水根牛之根雕引进到深圳来，成为"非地非遗"的一个新品种？

瞌睡送来枕头，恰好！南山区要做一个"非遗会客厅"系列活动，邀请我做策划及主持。开幕式那天，请来好几个非遗传人，我事先跟水根联系，请他也参加开幕式。他头天就乘高铁到了，我到深圳北站接他，没料到他随身带来几件沉甸甸的根雕，用泡沫塑料裹着，装满了两个大袋子。

我半是抱怨半是心疼道，你也太认真了，人来就行了，带上这些木头疙瘩，累不累啊！

他平静道，你把它们看成木头疙瘩，却是我的心肝宝贝！你是靠作品说话的，我也是靠作品说话的；你的作品写在纸上，我的作品刻在树根上。

我拍手道，讲得好！明天的"非遗会客厅"开幕式，你别忘了这几句话一定要讲。

中秋前，"非遗会客厅"开幕式在南头古城的简阅书吧二楼举行，市区两级的"非遗"管理者来了不少，其他的是剪影、锯琴、满绣等"非遗"传人，再便是社区居民、读者及游客。

作为主持人，我概述了与水根相识相交的几十年。这位因事故提早退休的火车司机，如果当年考上大学，文学成就毋庸置疑会在我之上。目前他的牛之根雕，也很有特色，在深圳这座以拓荒牛名世的现代化都市里，他的牛主题根雕如果能以"非地非遗"落地，或者就落地在南头古城，一定会绽放异彩，成为吸引远近游客的一个传统手艺项目。水根平时话讲得少，特地准备了两张稿纸，却也并没有照着稿子念。十来分钟时间，他讲了自己出事故之后的彷徨、抑郁，绝望到曾经两度自杀——一次开煤气，也就是香港人说的烧炭，还有一次是服用过量的安眠药。我惊到了，我知道他有抑郁倾向，还带他去看过医生，却没有朝自杀方面去考量过。我从不知道他先后有过两次自杀的经历！

水根一度哽咽，座下有姑娘抽纸巾拭泪。

水根接着道，既然天不绝我，我就不应该自戕。生命对众生平等，只会眷顾一次。

他接下来讲到了我的助力，他的一一展列，令我羞愧。很多细节我都忘记了，他却巨细靡遗地铭刻在心。一个人对另一个人的帮助，是可以如此被涓滴不漏地记住。对比之下，一路走来，帮助过我的人和事太多了，我何曾像水根这样一件一件如铁钉落盘，叮当有声！

他讲到此生对牛的热爱，直到遇见牛之主题的根雕，他才找到了生命的寄托。

当他把墙边袋子里的根雕——捧出来，场上爆发了热烈的掌声。

我盯着的是几位不同职级的"非遗"管理者的眼神，见他们在会心地交换微笑，不由得松了一口气。小结之时，我特别提醒今天到场的家长，一是，传统文化除了背诗诵文，也可以从日常生活中习得，眼前的这些民间技艺，就是日常生活的一部分；二是，当我们的孩子在高考这条路上走不通的时候，是不是可以像各类"非遗"传人包括水根这样，尝试着走走其他路呢？有些人没有上大学，照样可以有追求，有理想，有成就，如我《手上春秋——中国手艺人》里面写到的十四个传统工匠和一个当代工匠，又如我们今天见到的张水根……

活动结束之后，几个人同时上来询问水根的根雕是否售卖。水根想了想道，就不带回去了，太重了。他不大好意思报价，我越俎代庖，根据根雕大小难易，报了几个自认为合理的价位，几件根雕很快被抢购一空。

似乎马上就成了一体同行，南头古城街上的几个"非遗"朋友热情地邀请水根过去坐坐。刘氏剪影花了二三十秒钟，给水根剪了一个惟妙惟肖的脸部轮廓；余氏丝袜奶茶，请我们吃蛋仔饼，喝奶茶。

事后，我带水根走到小巷深处，寻了一处安静的小饭馆拾级而上。但见窗外一片葱绿，小叶榕、波罗蜜、腊肠树、大叶紫薇……无一不沐浴在岭南日渐灼热的阳光下。有两位保安在波罗蜜树下盘桓，手里擎着带弯刀的竹竿。

他忽然道，你好多年没见过调车员胡哥了吧？他是在铁路分局副分局长的位子上退休的。他有一次问到你，竟然还记得你当年在宿舍前面举杠铃的样子。

我有些激动道，你一定代我问胡哥好！我还记得他吃完一瓶波罗蜜罐头才告诉我们，这个波罗蜜不是菠萝，波罗蜜的味道就是这样的！你看看这里多少波罗蜜树啊。

我再问，对了，邓坦克兵和屠格涅，他们都好吗？

他却若有所思，俄而，不无失落地伸手，划拉手机给我看，问道，你还记得她吗？

手机图片里，一个胖胖的女人，犹有一头浓密的头发，只不过已经白多黑少了，多么熟悉的一张圆圆脸庞啊！我脑子里猝然闪过一个人，失声叫道，这是小沈，沈护士！天哪，她都这……她好吗?!

水根收回手道，她儿子大学毕业都几年了……

我愣住了，瞥见他眼里有隐隐的泪光，人生的初恋，原来可以藏得这么深，藏得这么久啊。

打
镰
刀

一

　　宣江学院艺术系的教师刘寥廓开着一辆银亮的丰田凯美瑞赶到
袁河镇。时过正午，他的学生肖福根早在桥头一家"回头客"餐馆
门口等着，后面还立着一个穿浅色套裙的姑娘。身体较早发福、发
际线也过早后移的刘老师不耐热，肖福根拉开车门，扑面是一股嗖
嗖的冷气，却见刘老师坦荡的额头上沁出细密的汗珠。他便急忙领
着老师沿着窄窄一条过道上得二楼，房间也小，一张本色的杉木圆
桌占了一半面积，空调早就调到最低，当头一只壁挂电扇也同时打

开。刘老师一边用餐巾纸拭汗一边道，这个鬼天气，人在太阳底下都成烤乳猪了！望着老师脱下西装，扯开花格领带，膨出来一圈厚实的下巴，姑娘一旁扑哧笑了。

刘寥廓昂然问道，笑什么，笑我是一头烤乳猪？我是老猪了，乳猪属于你们80年代的新一辈。你是？……

福根介绍道，她就是晓雯，现在袁河相邻的船坊镇下面的一个果园场挂职，听说你今天过来，她一早就赶来了。

晓雯马上接道，常常听福根讲起你，他后悔大四才选修了你一门课，讲你是给他收获最大的一位老师呢！尤其是毕业论文的指导，把他拉上了几个台阶。

真的吗？刘寥廓的一对眼睛原本就与体形成正比，这会儿更是睁得又大又圆，照着肖福根问，福根同学，你真是这么跟你女朋友讲的吗？没待两人回答，他就垂下头去喝汤，一边纠正道，充其量是之一吧。当然你这么渲染，我很乐意听。

喝罢一小钵土猪肉汤，又连吃了几箸香干腊肉炒西芹，扒下小半碗米饭，刘老师嘴里咝咝有声，推开饭碗问，铁匠师傅联系得怎样了？我现时最关心的是这个！

福根与晓雯对视了一眼，道，老师放心，我不仅找到了鹰嘴山的大头张铁匠，还找到了他当年打铁的搭档，二把子魏老伯。魏老伯如今就住在船坊的果园场，那是晓雯的地盘啊。对了，张铁匠以前当过几年民办教师，一半农民一半教师那种的，可他最喜欢人家称他张老师。

晓雯接话道，一个人打不动铁，况且两人岁数都大了。魏老伯身体也差，家里人讲，还没入冬就喘，喘得厉害的时候，一个人缩成了一团刺猬。

那怎么办?! 刘老师蹙紧的眉头，拧成了两条蚯蚓。

老师不要急嘛，福根答应了你的事情，总归要落地的。我已经力劝魏老伯出来为教育事业出力，还准备给他请一位好医生。晓雯站起来给刘老师撷菜，撷的番鸭烧百合。她告诉老师，这几年受香港一个援助妇女组织的眷顾与扶持，当地好几个街镇都大量种植百合。百合药食同源，理脾健胃、利湿消积，可以保健抗衰老，还发现对癌症有辅助疗效……

福根笑道，其实你只要跟老师讲，百合花开之时，过来写生、作画，老师一准更感兴趣。

刘老师颔首道，这个可以有。

福根便打开手机相册，递给老师翻页看，有些是他拍的，有些是他下载的图片，都跟百合有关，还有几张他跟晓雯在百合花地里的亲昵合影。一旁的晓雯见了不大好意思，脸上飞起一抹红，捅捅福根的腰身。

刘老师递回去手机道，有空可以来看看，不过油菜花开才更有气势，更入画！

福根道，那要明年了。

刘老师道，对了，今年最最重要的事情，就是找铁匠，打镰刀、布展。说着匆匆站起来，一把将领带三折两折揣进衣兜，臂弯里搭上西装下楼去，边走边道，现在去见张铁匠，最后一些细节得跟他敲定，他无疑是我个展活动的灵魂人物。我的个展若讲是一炉柴草，他便是那一根不可或缺的火柴！

看见一桌丰盛的菜肴基本未动，晓雯有些不舍道，你们去吧，我来结账，如果有便车我再去鹰嘴山。

烈日当头，车不经晒，入内跟桑拿一般，全身万千只汗毛孔都爬满热辣辣的蚂蚁。刘老师轰响油门，挂上安全带道，这么个火烧天开车出来真是受罪！最好是带上笔墨同宣纸，上庐山，租一套带客厅的宾馆房，读读书，画画画，月照松林卧听涛声……呃呃，你还没拿到驾照吗？

福根赧颜道，是啊，读本科的时候就讲学车，学到现在还是一只三脚猫，主要是没有时间去考驾照。

刘老师不无教训道，凡事不要找理由，行百里者半九十，别做喜欢给自己懈怠找口实的懒人！

坐在副驾上的福根连连点头道，我们这一茬青皮后生，跟老师一辈简直没得比，即便读研了，大多数还是在混，工作与生活都很被动。

福根是由衷地敬佩刘老师，五十五六的人了，依然精力充沛，不停出活，迭有创意。这不，居然策划了下一届的亚洲当代艺术展到宣江市来！宣江市最荣耀的事件，也就是五年前开了一个全省农民运动会，这边还没歇定，又准备在明年搞一个全省运动会。省全运会筹备两年来，那是举全市之力，搞得各行各业鸡飞狗跳，上上下下疲惫不堪。刘老师却是以一己之力，准备搞一个亚洲当代艺术展。亚洲好大一片天！不仅超越了本市本省的界限，甚至也超越了中国的范围，市长都感动了，说是如果搞成了，要给他发一把金钥匙，颁发荣誉市民称号！

从袁河镇上到鹰嘴山，不过二十来公里，一条乡村公路也早修成了柏油马路，只不过马路修得窄，车子多——这些年眼见得农村车市活跃，包括昌河面包、小四轮以及二手轿车嗡嗡营营，一路多如夏夜的蟑螂，错车很是耽误时间。途经一条长长的集市，车子走走停停，如同蜗牛。各式摊贩两侧逶迤铺开，花布、头巾、塑胶鞋、干鲜果菜，过早采摘的梨子、毛栗、猕猴桃比比皆是。电喇叭叽里呱啦的，既有叫卖凉粉的，也有叫卖蟑螂药和老鼠药的。一只芦花大公鸡趁买卖双方讨价还价之际，从秤杆下挣脱出来，咕咕咕，鼓翼而飞，偏转过来一头扎到了凯美瑞的前轮空隙里。卖鸡嫂手疾眼快，奋不顾身地扑将过来。一声尖厉的笛声之后，伴随一片惊叫。

刘老师愕然地看着眼前的一幕：一个卖鸡嫂一手扒在引擎盖上，一手伸到车下去捉鸡。

福根赶紧跑下去呵斥，你是要命还是要鸡？

车子没速度，自然也是虚惊。

刘老师的眼睛忽然一亮，一把方向盘右转，避开人流，将车子开进小巷子口。

福根看出老师不是要跟卖鸡嫂理论，而是好像看中了什么农产品。跟上来问，老师要买什么？天气太热，你就坐在车上，我去买就好了。

刘老师摆摆手，下车之后径直朝着一家为摊贩淹没的店铺走去。

跟进来，福根才发现老师好眼力，这家店铺原来是卖铁器为主，各种规格的铁锅斜码在贴墙的木架上，排头的大锅，直径达一米多。刘老师奇怪地问道，这些年，还有这么多人家煮猪潲吗？大热天也扣一顶鸭舌帽的店主，腿脚不利索地走过来答道，现如今都是吃饲料，还有几个人煮猪潲啵？除非是一些讲究的城里人，在村里定点伺候的猪，只准喂猪潲！那些猪卖的是天鹅价咯！大锅是人家办酒席煮饭菜用的咯！

刘老师指着货架底下一堆积满灰尘的物事问福根，晓得这是做什么用的吗？

福根眼角生疑，答得牛头不对马嘴。

刘老师嗤笑他，你还在镇里当什么民政助理！连瓷坛、明瓦都不认识咯？

福根脸上便有一窘道，老师学语言真快，也会咯呀咯的！嘻，我们这一代才是四体不勤，五谷不分的。

店主过来给他圆场子，现如今，除非山里人家，砌土灶还用铁瓷坛，盖杉树皮屋顶的厨房，还用到明瓦，的的确确，很少人用咯。堆在这里占地方，丢掉又不舍得哟。

刘老师双手抱拳，一边蹲下去抱起一只大铁瓮，复轻轻放下，一边道，要留一点，现在没有人买，不是讲永远没有人买的。刘老师摘下眼镜，这便是触动了旧怀的意思了。他忽然招手，从阴凉而幽深的店子朝门口走去，反转身来，指着屋檐下挂着的物事问，这些东西还剩多少？

福根抬头一看，原来檐下挂着几把锄头，一串镰刀！

店主问，你要买锄头还是镰刀？一个剃着板寸头的小帮手，早已扛过来一架木梯子，嗖嗖地猴上去，大概太久没有人来光顾这个生意了，作势就要解下来。

刘老师急忙叫停，叫他下来，挪开梯子，从裤兜里取出手机，退后在不同的角度，连拍了好几张，这才让他上去。

小帮手再次猴上去，一手一串解递下来，一串没装木柄的锄头，一串装了木柄的镰刀。

福根好奇，镰刀为何是两种，大的大，小的小？

刘老师揶揄道，未知稼穑之艰难者，焉识田垄之器具?！这种大的镰刀是砍柴用的，准确地说，多用于割茅草、蒺藜、杉树刺之类，这种小的才是割稻子的咯。看清没有，割柴草的没齿，割稻子的有齿。

店主跷起拇指道，你们老师才是吃过农家饭的咯！

福根拍拍脑袋道，我们这种生长在城镇里的人，白吃了二三十年干饭，既不懂乡下，又不懂城市，不像老师这一辈，天文地理，无所不知，乡下与城市通吃！

刘老师甚至都没问价钱，就付给店主两张大的整钞。福根正要拎起来，店主得了大实惠，哪里肯劳顾客动手，才扭转身子，还未及发话，小帮手就一手锄头一手镰刀地拎起，快步走到车边去了。

车子总算冲出重围，把熙熙攘攘的集市抛在了身后。

福根耐不住纳闷，问道，老师上次只讲了要很多的镰刀，没讲要锄头啊？

刘老师抿紧的嘴唇松弛了，道，艺展要到年底，我的个展方案现在有一个雏形，万一要添加个一撇一捺呢！再讲，我看见这家店子将锄头和镰刀高高挂在屋檐下，一下就觉得对眼，一股子乡村艺术范儿，扑面而来。就像我春节后去怒江上游，那些檐下挂玉米、大蒜、干辣椒的不足为奇，但一家人檐下挂满了绣花的尿褓子，一下子就吸引我了。尿褓子都绣了花！这是什么人家？傈僳族？怒族？还是独龙族？不重要，总归是普通人家，山里人家，懂生活，懂趣味，懂审美！也许什么都不懂，挂在那里就好，不一样的生活！

福根连连点头，跟着老师一路学知识。罗丹讲得对，生活中从不缺少美，而是缺少发现美的眼睛！老师就是有一对发现美的慧眼！

刘老师心里受用，嘴里却道，你以为这样褒扬我，我就不批评你了！你的写生也好，静物画也好，坚持练习了吗？一天画了几张？这都是基本功，甚至是童子功。不坚持打基础，不要讲画西洋画，就是水彩、国画，你也画不好！

福根连连称是，基层是忙，但不是理由，原因还是怠惰……

刘老师乜斜了他一眼道，也难怪，谈着一个姑娘，白天上班，黑夜怕都黏在一起了吧？

福根呵呵地掩饰，晓雯名目上是挂职，其实在果园场也相当一个村官，事无巨细，也是忙得黑白颠倒的！

说话间，车子迎着一片茂密的茅草土路盘桓而上，所幸对面并无车辆下来，不然错车都是麻烦。二十来分钟之后，跃上一块山间坪地，远望山腰是颇有气势的一大泓清水。在一棵矮松下停了车下来，两人不约而同掏向裤裆，朝脚下的灌木丛浇灌。福根朝右边山岭看过去道，老师看看右边那个山头，像不像鹰嘴？鹰嘴山因此而来，下面的水库就叫鹰嘴山水库。

刘老师一弓腰，抖了两抖，缩回裤裆道，感觉山上气温要比山下低。

福根道，夏天夜里都要盖被子的，老师喜欢，就留在山上避暑好了。

刘老师说，整天忙得脚不沾地，不到退休就难得有避暑的闲工夫啊。

福根推论道，即便退休，我敢赌的是，老师一定是退而不休。

二

车子开到村前一条路的尽头停下，俩人一前一后，沿着一条逶迤的石板路下到村里。

穿过一片翠绿的玉米园子，进到一家门前，白粉脱落的腰墙上还见得到20世纪80年代计划生育标语的残迹：一个女儿能顶一片天。

福根在门外便叫，张铁匠，张老师！我们老师来了！

里屋悄没声息地迎出一个又黑又瘦的人来，刘老师快步上去鞠了一躬道，张老师好，我姓刘，名寥廓。

张铁匠两眼之上有几根稀疏的长寿眉，一双眸子却现出潭水一般的清亮，侧耳追问，叫什么，料库？

福根哈哈大笑道，你当是给你的铁匠房备料来的啵？凑到他耳边去说，寥廓是何意思。

张铁匠进入七十门槛的人了，当年高中辍学回乡务农之后，当过三四年民办教师。那个年代过来的人，最深的词汇记忆自然还是红色的，他信口来了一句：……寥廓江天万里霜。

福根两眼茫然，他这个年龄，并不知此句的出处。

刘老师笑道，还是我跟张老师有共同语言。像我这样60年代出生的人，姓名都会打上那个时代的烙印。

张铁匠也笑道，不要叫我老师，在你们大学老师面前，我还是小学生，就叫我张铁匠好了。

央人做事，开场顺路了，便有戏。此前福根两顾茅庐，反馈给刘老师的信息并不十分肯定，说这个张铁匠，一讲自己年纪大，二讲没得帮手，还有炉子、场地、原材料都要搜集，百事都难。后来请了袁河镇镇长——他是晓雯的大舅，亲自出面说项，道是此事重大，不仅关系到袁河镇而且关系到宣江市的面子，跟他以前搭档的二把子魏老伯也讲好了，这才勉强答应。

故而一路过来，刘老师心里一直焦灼不定。

厅堂陈旧却轩敞，无甚家具，饭桌侧壁，立着一张老式禾桶，一张木梯子从墙角直伸到二楼，禾桶与木梯之间，织着一张硕大的蛛网。张铁匠扯过两把椅子，自己却坐在一条杉木板凳上，又朝里吩咐了一声。便听见黑黢黢的厨房里一声柜门的响动，很快跳出一个四十左右的男子，一手端着饭碗，一手抓着一把冰激凌，分给三人。

毕竟当过教师，张铁匠的言说上路快，刘老师即刻便知晓了他的家庭故事。张铁匠有两个儿子，并无女儿。大儿子四十出头了，常年带着老婆孩子在东莞打工，赚了钱也不肯回来盖房子，却听讲他在东莞买了一套小产权房，做了叶落也不归根的盘算。出去了的尽管出去，虽是打工劳累，老大已经习惯了，况且一家大小在一起，其乐也融融。现在麻烦的是老二彬彬，挨边四十的人了，还没对上象！前几年他娘在世的时节，还会张罗给他提提亲咯，自从三年前他娘得肝癌去世，一家两个光男人，更没有女人趋前张望了！现如今娶亲，没有十几二十万彩礼，哪里张得开口。除此，人家还要看你的一栋房子是不是敞亮堂皇，男人活泛不活泛，挣不挣得到哗啦哗啦流水样的钱……

张铁匠这样述说的时候，几口就将一条冰激凌吮干净了，到门口洗了手顺势就在裤腿上擦干了。彬彬一身夏布混纺的长袖衣裤，端着一碗饭，吃得专注却不是时辰。明明父亲在讲他，他却毫无用心，俨如是听讲一个他人的故事。

刘老师插问，现在农村没有结婚的青壮年多不多？

多哟！张铁匠像是火烧了屁股一样，烫得一下站起来道，我们这个鹰嘴山，一个屁眼大的行政村，百多户人家，起码有三四十个棍子户咯！

都是男的吗？

你这话问得啥子水平！张铁匠面露不屑，指着门口一群啄食的芦花鸡道，难道还有女的叫棍子户吗？还有女人嫁不出去的吗？女的就是瘸子瞎子疯子……只要肯嫁，也是有人要的！

福根圆场道，我们老师从城里来，城里跟乡下相反，倒是女的难嫁，越大的城市剩女越多！

为什么？！张铁匠两眼圆睁出两个大问号，他盯着的是刘老师，他不大相信一个青春飞扬的后生仔。后生仔性喜信口讲大话，用一句老话讲，那是饱汉子不知饿汉子饥。

刘老师讲，如今城市所谓剩女跟以前大不一样，确实因了条件太好，婚姻不为经济走到一起，婚姻就得大自在了。一二十年前参加一些国际性的学术研讨会，听港台还有海外一些教授讲，他们那里的女子不结婚或者晚婚的越来越多，现在轮到中国内地了……难道这也是现代化的因果？是耶非耶？喜耶悲耶？

张铁匠脑子还没有转过弯来，眼神是一派将信将疑，自言自语道，我以前也是当过教师的，也见过一个同事，一个女老师挨边四十了也没有对象，那是因为她成分太高了，祖父是工商业兼地主，那个女老师脾气又古里古怪的……

见福根一旁使眼色，刘老师也觉得到了挑明话题的时候，便道……此前肖助理来与张师傅谈过，我来的目的，张老师大致是知道的吧？

晓得晓得！张铁匠问，你一个当老师的，还是美术老师，要镰刀做什么？而且一口气要打那么多?！肖助理讲你要用镰刀布展，是不是呢？布展不用画画，不用毛笔和颜料，要用到镰刀？而且要那么多哟？

福根道，大头……张师傅，我们刘老师作画跟人家不一样的，他的作品在省内外都很有名的！

刘老师拦住他，蔼然问张铁匠，小肖告诉我，你祖上三代都做过铁匠？我想搞完这个活动，我来帮你申请一个非遗项目什么的。

张铁匠道，是啊，从我爷爷手里起，就是忙时种田，闲时打铁。若不是有这门子手艺，有一些困难年头，还真是熬不过来咯。

刘老师又问，五年前你去宣江体育场，参加过全省农运会？参加的是什么项目？

张铁匠便倏然一窘道，嗯哪，参加的是男子5分钟抗旱提水保苗赛跑，绊了一跤，一桶水泼了半桶，不作数了。

刘老师道，重在参与，五年前，张老师已经六十五六了，精神可嘉，勇气可嘉，得不得名次有什么重要呢！

张铁匠脸上抻开来了，道，下一届再有，允许我报名，我还可以去咯。

刘老师鼓掌道，下一次我来给你报名……

刘老师问他还记不记得上次农运会有一些什么项目，张铁匠想了想，记起了80米搬挑粮食赛跑，60米抗洪搬沙包赛跑，400米集体奔小康接力赛……袁河镇拿了两个项目的奖，一个第一，一个第三，记得第一是女子原地抛秧苗，第三是女子60米抢收粮食进仓。宣江市总起来得了更多，到底有地利之便啊！

刘老师跷起右手的大拇哥道，到底是当过教师的张师傅，记忆和体力一样吃价（很棒的意思）！刘老师趁他兴致上来了，告诉他，农运会跟大运会、省运会、亚运会和奥运会的项目各不一样，美术老师也各有不同，有攻油画，有喜国画，有做雕塑，有搞版画……同样搞版画的，有用木刻，有用石板，还有用芦苇、麦秸、玻璃等各种材料的……他，刘寥廓，以前学的是水彩，后来油画与国画并举，工笔与写意同伴；再后来着眼于各种视觉艺术的打通，平面和立体齐来，装置和行为联手。总而言之，统而言之，不拘形式，也不拘内容，这次想做的艺术个展，最后的成品是什么，事先未必知道结果咯，只有最后才能揭晓啊！或许，你们都是参与者呢！

还有事先不知道结果的艺术啊！张铁匠不能不惊叹了。如同种稻子的，必定是要收获大米；种竹子，必定是要收获竹笋与毛竹；像他这样的打铁师傅，打镰刀还是锤子，斧头还是锄头……待炉子烧得热辣呛脸，一块生铁放在铁砧上，已早有一件家伙在脑子里成型了。至于母猪怀孕三个多月，后腿夹着的那条缝里，生下来的一定是猪崽；母狗怀孕两个多月，后腿夹着的那条缝里生下的一定是狗崽，这还有什么疑问呢！为何你这个画家作的画跟众人都不一样，莫非，你想画一条河，画出来的却是一座山？你想画一个胸前突突的铁扇公主，画出来的却是一个裤裆里带把的牛魔王？

显然，刘老师的"不知道结果"说，触发了眼前这个大头张铁匠的兴趣，话语瞬间顺溜了许多。仔细看去，老铁匠的头未必大，只是额头比较宽。刘老师有一个直觉，这个铁匠虽然生在山乡，人却是聪明的。聪明人能出漂亮的活儿，却未必好打交道。

刘老师告诉老铁匠，他这个搞艺术的跟别的搞艺术的，有同有不同，他以前事事考虑周到，画一幅画，做一个装置艺术，那是事先了然于心，按古人的讲法叫胸有成竹；后来不一样了，在做的过程之中，有加法有减法，还有七拐八拐，曲径通幽，另辟蹊径，改弦更张……他有时为自己不能控制的这种变化烦恼，更多的却是收获，是意外的欣喜。

趁老铁匠兴味渐浓，他单刀直入了，今天过来，一是想定一个完工日期，一是想张师傅给一个报价，会事先支付一点订金的，包括给你搭档二把子，或者还有其他小工的订金，一并给你。

大概是怕老师吃亏，福根摊开双手道，现如今网上什么都看得到，也买得到。网上订货比实体店便宜得太多了……

刘老师一把捉住弟子的手，不想让他横生枝节。

张铁匠踌躇道，现如今开放了，没有哪一扇窗子是关着的，人心都是火一样透亮……但是我做的是手工，手工跟手工不一样；老师你画画跟别的画家不一样，张铁匠打的家伙跟李铁匠也不一样……我打的铁家伙，像是自家养的猫啊狗啊，那也是一件件活物，可以对上话的……

刘老师道，坦率地跟你说，你打镰刀的过程，也是我这个艺术的一部分，我都要录像的。网上买的镰刀确实便宜，可是我不要那些机械化生产的东西。我要的就是手工打制，机械化生产的镰刀，不能表达我这个装置艺术的内涵。

老铁匠似乎明白了一些，招手叫儿子彬彬过来道，你记一个刘老师的电话，你的手机也能上网，价钱你们谈去，我只管打镰刀……时间呢，三四个月吧？

刘老师站起来，伸出一根小指头斩钉截铁道，就这样，八千到一万把镰刀，越多越好，价钱你讲多少就是多少，我也晓得你是个实在人。时间我只能给你三个月，十一月必须交货。我定的是十二月开展。

张铁匠也站起来道，你比地主还狠咯，会折杀我一把老骨头的！彬彬……

刘老师的手机骤然响起。

彬彬举手道，是我打的，你存一下我的号哟。

刘老师的小指与铁匠的小指狠狠拉了一下钩，福根说别动，别动，擎起手机拍了一张。刘老师笑道，村规民约，这就相当于签了合同了!

出门上车之后，刘老师讲到这一家子，父聪子明，你看彬彬自始至终没讲一句话，始终像是一个局外人，居然就记住了他的手机号。

三

师生两人走后，彬彬提了竹篮要去菜园里摘菜，爹爹叫住他，彬彬，你给教授发个短信，就讲打一把镰刀三块钱，他这是批量，所以一把便宜了五毛钱。

彬彬一只脚站在屋外，一只脚还在门里，他讲，爹爹，这个单子大，我怕你啃不动的。

我还不是为了你，啃不动也要啃的。老爹几乎是咬牙切齿道。你现在就发给教授，爱打不打，都由他去! 还有一句话，老爹没有讲出来，彬彬却一字一句隔着他的肚皮都听得出来：老爹闭眼前，总要帮你讨一堂新妇进来，不然如何对得起你死去的娘哟!

彬彬睃了爹爹一眼，掏出手机，无声地摁了几下。

发了?

发了。

爹爹这才放他出去，望着老二的背影悻悻道，他爱打不打……我也是两脚一伸之前，最后烧一次铁水炉子了！他忽然想，要尽快去果园场，去见见二把子魏老头。魏老头比他还小两三岁，身体却远不如他。夏天还没问题，一到深秋就开始喘，冬天更是裹得像一个稻草垛，喘起来赛过拉风箱，叫人害怕。

这种年纪，泛起一桩心事就坐不住，如同荷塘里漂起一片荷叶便沉它不下，他随即拨通了二把子的电话。

原本以为跟先前一样，要么半天不接，要么接起来也是有气无力，听三五句才回应两个字"嗯哪"；这回却很快接了，且是那边先问，大头还在呀？

还在呀！你不走，我哪里敢走哟！每顿吃得光两碗饭呢！攒了劲还要天天下地做事的咯……

那头便揶揄道，攒那么多劲做啥子，白天可以下地，夜里没得地给你下咯，找一块水田，卸空了一堆有机肥，才是一个好哟！

这边便啧啧啧道，哪里有乱卸的！攒足了劲头，还要等到给你做八仙抬杠子上山的时辰哟……便嘎嘎嘎笑得开心。

两个光了屁股一起长大，逶迤到老的交情，下面的话就更加不

堪了。讲这些七荤八素的，看似嘴头子硬扎的大头张，从来不是面色阴沉的魏老头的对手，

一个手劲大。

一个嘴头利。

张铁匠的心里却骤然松弛了，魏老头肯扯闲话，那便是他身体还硬扎的证明。遂告知对方，准备一下，明天接他过来鹰嘴山，开炉打铁！随后张铁匠问到魏老伯那个自小从袁河一只漂浮的脚盆里捡来的女仔藿香，好几年不见了，是准备在家养成老姑娘，还是已经出嫁了？魏老伯便叹道，藿香这几年也陆续谈过上十人家，当兵的，做老板的，开货栈的……都有，不是她眼睛高，就是人家八字硬，总归是丝瓜瓢对南瓜心，不投缘！儿大不由娘，女大不由爹，只能由她。张铁匠心中一动，叫她一道来，也是个帮手。魏老伯当下就应承了。说定了，第二天便由老二开了车去船坊把魏老伯父女一道接过来。

张铁匠在家里用手机跟魏老头扯淡的时辰，他的光棍仔老二正在菜园子里摘菜。

南方下午四点的太阳还很热辣，彬彬头戴一顶草帽就阴凉得多了。这顶草帽印有一轮鲜红的铁路路徽，正似村头劁猪的凯哥哥，

无论寒暑都喜欢穿一身迷彩服——凯哥哥又哪里当过一天兵！彬彬喜欢铁路的标志，他当然也没有当过一天铁路工人，可是他不喜欢迷彩服，生性招蚊子，所以夏天也喜欢穿一领夏布长袖。这一段他也在集市买了两件便宜的T恤，那是有意模仿某人的意思。一个人做过什么与想做什么，总是有距离的。彬彬只要去街镇上赶集，就一定去袁江火车站走一走。就那么一个四等小站，每天一趟上行的绿皮车，一趟下行的绿皮车。听讲到今年年底，这条浙赣线西段唯一的绿皮车也要停运了，高铁已经修到了宣江市东侧，距离袁江也就二十多公里。彬彬的家远在鹰嘴山，夜深人静的时候，能够影影绰绰地听到袁江站的汽笛，尤其小时节听到的是蒸汽机车的汽笛，辽阔而苍老，活像是山谷里水牛的鸣叫。彬彬出去打工，也爱乘火车，切近听火车的鸣笛，又是一种感受，让人想起电影里港口的轮船起锚。

摘了一把豆角，又摘了几条茄子。沿着一条搓得纠硬的草绳蜿蜒攀爬的是丝瓜，南瓜架子则倾斜在园子的坡边，为的是不遮挡菜地里的阳光。阳光洒得足不足，长出来的菜完全不一样。丝瓜花是淡黄色的，黑翅膀的大头蜂子屁股撅起，这朵看看，那朵吮吮，好像一朵一朵的黄色花蕊，就是它这短暂的一辈子须臾不可离开的蜜穴，值得身心以赴，万死不辞。不一会儿，另一只身形比它窄小的蜂子过来了，两只蜂子相互缠绵，双双飞入菜花深处。

挎着一只藤篮子摘菜的彬彬看得入迷，想想，做一只野蜂，或者做一只蝴蝶，命是短命，却未必无趣，不仅不需劳作就有的吃，而且有玩伴……忽然听到一声熟悉的咳响，他一愣之后，悄没声息地蹲下来了。那边，隔着两个豆架子，两个冬瓜、南瓜和葫芦瓜的瓜棚子，传来开关园子门的声响，传来走在石子路上的声响，传来一个人滑了一下又站住的声响。这些动静如果放在闹腾的路上就不是声响，如果换了这边不是彬彬，那边不是那个人，也不是什么要紧的声响。偏偏这边是彬彬，那边那人是一个一团紫茄色的女人——不是别的女人，是这几年，在彬彬眼里逐渐放大，心里逐渐鸣响，脑子里逐渐占据了位置的一个女人，她叫倩倩！

村里人取名字，五六十年代出生的上一辈，爱叫春秀、丽珍、彩霞、小芳、冬梅、秋香……如倩倩一般七八十年代出生的，不仅城市，乡村也有叠着取名的，彬彬便是其一；女子则更多了，比如珍珍、秀秀，甚至珠珠……她不，她偏叫倩倩。

姓名的变迁，分明也烙印了一个时代的暗中流转。倩倩，一个在城市里太普通不过的名字，被彬彬含在嘴里温润，化开，及至咀嚼。倩倩今年三十五岁，比彬彬小个几岁。三十五岁的年龄，对一个女子来说，是一个恰恰好的年龄，没有早一步，也没有晚一步，如同屁股下面带着算盘子大小果实的一朵南瓜花，成熟而盛开，带着这个年龄特有的一股子说不清道不明的迷人气息。

彬彬把盛着菜蔬的藤篮子就势放在脚边，弯腰弓背，蹑手蹑脚，穿过两三畦菜地，他又看到了倩倩。倩倩头戴一顶标有某旅行社字样的小红帽，帽檐鹰嘴一样伸出老长，一把乌亮的头发翘起在小红帽后面，那就是鸟雀骄傲的尾子了。倩倩上身是一件紫茄色的T恤，下身是一条及膝的紧身黑裤。她恰好背对着被瓜棚豆架遮挡着的彬彬，弯腰采摘辣椒。她的腰身裸露了出来的一截也是紧绷绷的，白与黑形成了鲜明的对比。一道宽仅寸余的白腰，与下半身两道黑色的浑圆弧线构成的视觉图像，在任何一座城里都算不上风景，可在山乡，尤其在伊人常来入梦的彬彬眼里，却是百看不厌。

其实，在菜地里，彬彬也不时与倩倩照面——那是一双怎样让人不敢面对的漆黑的眼眸啊。多半是彬彬挑着一担半人高的尿桶，先来帮倩倩浇菜。那些饥渴的瓜果秧子下，浇得人畜肥厚一些些；那些当令青菜秧子下，浇得人畜肥薄一些些。尤其倩倩次日要拔的菠菜，要割的韭菜，那就只浇清水——一勺一勺舀起的是从一段坡渠里跌宕而下的山泉，并非村子前面的水塘。水塘里的水黄中带绿，漂着死猫死老鼠，是村里人洗尿桶，甚至倒垃圾的所在。如果水塘里卧一头从田里汗津津，泥满身过来的水牛，头顶上一堆一堆的蚊蚋如盘香。曾听倩倩皱眉缩鼻讲过一句：哪一天日头从西边出来，出一个精壮的后生仔，将这口熏人的水塘填平了才好咯！就因这句话，彬彬从此再不像其他村民那样，就近挑塘水浇菜了，非但不给倩倩用，自家菜地也不用。倩倩嫌脏的塘水，他立刻也觉得脏了。倩倩头两三次见他帮自己菜地浇水施肥，还会有一两句客气话：谢谢。累到了你呀。不好意思咯。之后就免了客气，只是看着他笑笑，会问他两句别的。她的问话很跳跃，从金甲虫为何特别喜欢吃茄子辣椒，跳到村里在东莞、深圳打工的人身上——那些人远隔千里的生活，总是有一些好的坏的新奇的事情发生，足够鹰嘴山村里的人做茶余饭后的谈资。你想一想，外面的世界有几多热闹。比较熙熙攘攘的城里，灯红酒绿的街巷边，人头涌动的打工生计，村子里的日出而作、日落而息，简直就是一潭死水。

从村头数到村尾，数过来数过去，一个百余户人家的行政村，从过往的后生里细数，没有出去打过工的，只有一个驼子裁缝！彬彬和倩倩都出去过不止一次，倩倩后来不出去了，两三年前的春节，她老公吃了酒之后开了一辆捷达在盘山道上翻了车，白天还是生龙活虎的一个人，夜里就在宣江市医院的急救室断了气。

倩倩一个女儿欢欢当时才六岁，村里还有一个家婆老人需要照顾，就一时断了出去打工的念想，就着先夫前些年做小包工头挣的钱，维系还算不薄的生活。至于彬彬，虽然即将告别精壮后生仔的面容，却远没有到落叶归根的年纪，为何早早回到了鹰嘴山？一来是厌倦或者失望，都讲鹰嘴山村的后生有一半是在外面捉牢了对象，带回了一个老婆——山高水远是在人的背面，待得携了老婆归家，外头精彩世界的她再后悔却是于事无补了；彬彬却不幸属于另一半，打了十几年工，还是落单。二来，是不是倩倩在家里不出门了，他便得以做一个影子陪同，也不出门呢？如果讲，倩倩老公还在世之时，心里就是有念想，也只能望梅止渴、画饼充饥，现如今她老公一蹬腿走了，他为何不可以跃跃欲试，大胆亲近呢？

同处一村，一起玩耍、长大，若讲彬彬心里最有期待的女子是谁，那就是倩倩这样的。倩倩出嫁那一年，他跟着众多伙伴一起去闹洞房，心里就埋下了一个念头，今后若是娶亲，那个女人，相貌可以不如倩倩，性情却必得照着倩倩来打样。

倩倩蓦的一声惊叫，倏然起身。

彬彬赶紧站起来，两相对望。倩倩又是一惊道，你也在呀！彬彬顿时明白，她的受惊并非猛然发现了他，窘问，是呀，你呢……

倩倩扯下衣角道，刚才怕是一只老鼠，作势就从我脚背上跑过去了咯。

彬彬拽起手里的篮子走过来道，是要下老鼠药了，菜秧子日常被啃得七零八落的。

倩倩定了定惊道，老鼠还不可怕，我最怕是蛇了。

彬彬躬下身去，拣去她菜篮子里混进的几茎杂草，又从自家篮子里抓了豆角、茄子填进去道，看到蛇也不要怕，我看到过不止一次了，我们的菜地里都是菜花蛇。菜花蛇无毒，而且是吃的老鼠噢，还吃蛤蟆、鸟蛋、蚂蚱、泥鳅。

倩倩口中啧啧，我一看到湿不拉叽、滑不溜秋的动物就害怕咯，我就想不到还有人敢捉蛇……

日头下，倩倩浑身上下散发出一股子微微的汗香，间杂着纷披在后颈脖的洗发香波的气息，也是淡淡的。凯哥哥除了劁猪，还是一个捉蛇能手，日常得闲不仅捉蛇，还捉黄鳝、蛤蟆（青蛙）、泥鳅……都是手到擒来，赶集的日子常常看得到他吆喝的身影，满脸紫红如关公一般的脸膛。他在山水里捉来的各种活物，除了提到集市上去售卖，还送人，除了送村里干部，便是送给倩倩。作为一介鳏夫，讨好倩倩的意图再明显不过。彬彬这时候一点不要倩倩提到凯哥哥，就是间接提到，也不要。

他问，你日常摘的辣椒都剁了腌吗？

她答，还没剁呢，你明日若有空，就过来帮我剁吧。

他心中一喜道，我现时就去吧，明日要去果园场接魏老头。

她便愣在那里问，接魏老头回来做啥子？有什么喜事请他吃饭吗？

但凡一个男人，心里住进了某位女子，便是喜欢她对自己一举一动的关注，即便来自她的嗔怪多疑，也像一窠蜂巢，只只孔眼里都布满了甜蜜。此时的彬彬，听到她主动邀请他去家里帮忙剁辣椒，浑身的肌肉都有了响应，咯铮咯铮的，说走就走，连同她摘菜的篮子也一道挎起，边走边搭腔。

沿着菜园子蜿蜒的小径出来，朝倩倩家去的路上，彬彬讲了圆头圆脑的刘老师，以及刘老师瘦瘦的学生肖助理，先前就来过一趟的。刘老师要打镰刀，出手蛮大方的，甚至是"价钱你讲多少就是多少，时间我只能给你三个月，十一月必须交货"。

倩倩的家在村西一个略显孤独的所在，踞北而南，只有一条小径通进来五十米。人家是开门见山，她家是开门望谷——盖因地势高耸之故，斜铺而下，是一片绿茵茵的森林世界。

直到进了家门，倩倩还在纳闷道，一个大学教授，打那么多镰刀作画？又讲不晓得最终是一个什么展品？广州、东莞和深圳，我们都去过的，那些大城市抽风吧？洋气吧？也没听讲有用刀锯镰斧做展品的。这一回怕是土老鳖上戏台子——作兴作墨！

倩倩的兴趣，自然勾引了彬彬的兴趣，他趁热打铁地告诉倩倩，价钱他们也没敢要太高，老爹叫他开价三块就够了，他开了一个三四块之间。

倩倩一撇嘴道，你倒心软，你不晓得画家一张画就是成千上万的，三四块之间是多少，三块五还是三块九，这都是三四块之间呀！你看那些店家卖东西，要么2.99，要么3.99……其实也就是一个整数，看起来却是好看咯。

彬彬心里吃了一惊，倩倩不仅长得清新脱俗，轧起账来也是心明眼亮。你看看，平时都没少逛过商场，赶过集市，她就把店家那点小伎俩看得底子透！彬彬发给刘老师的短信是3.5元一把，刘老师十分干脆利落地回了一个字：好。如此看来，上调到3.99也是完全可能的，每把多四五毛钱，一万把就多了四五千呢！

如果讲，在东莞、深圳打工，赚钱不易花钱易，在宣江市打工赚钱就更不易了，更莫讲在袁江镇了！日常给店家送蜂窝煤，给住家送煤气罐，给包工头的工地拖砖拉瓦，从天光累到黑，除掉一日三餐，到手也赚不到一张老人头！

　　这么一想，彬彬心里油然作梗，生出一股子湿柴火将燃不燃的郁闷之气，好比到手的一只肥兔子，又从猎人手里一扭身挣脱了，心下便琢磨怎么再找机会，将打镰刀的价码往上再抬一抬。

　　倩倩的女儿欢欢九岁了，上三年级，见了姆妈回来，说是刚做完作业，出去玩耍。因了天热，小姑娘的头发有些汗湿，却是两只整整齐齐的羊角小辫，一双眼睛精灵活泛，像煞了她娘。彬彬想捉住她，她却一扭身就跑出门去了。毕竟是请人上门来付出劳力，倩倩先是烧了开水，沏了一壶采自鹰嘴山的野茶，此种无名茶吃后嘴里回甘，也不担心施了化肥农药。再排出几个高矮一致的带盖的玻璃罐罐，依次是腌姜、炒花生，还有紫苏等调制的酸筒杆（虎杖草）和南酸枣……如果去袁江镇赶集，诸如此类吃食的提篮小卖或路边摆摊，就少不了鹰嘴山的妇道与小姑。倩倩做小姑的时节，也去摆卖过，现如今自己借着时令采摘一些，自家吃与待客将将好，哪里有富余的再去摆卖呢！

彬彬吃了几口烫茶，便道，先拿了家伙出来剁辣椒吧。

倩倩转身带他到厨房去端了木盆、刀案、辣椒以及大蒜、豆豉等调味料到客厅里。彬彬左手一把将十几只辣椒攥紧在手里，右手一把铮亮的菜刀啪啪两下码齐，咔嚓咔嚓，顿如千百只蚕虫吃食，切得细碎而均匀。以前日子难过，辣椒是一年四季的主菜，虽然现如今大棚菜早已抹杀了时令，但住在山乡，身口同一，还是踩着时令点子的菜园子里的菜香，尤其辣椒一味最是忠心耿耿，不可须臾离开桌边。

很快地，木盆里的辣椒便红浪翻涌，堆成一座小丘，淹没了菜案，也淹没了彬彬一双劳作的手，屋里弥漫了一股呛鼻又诱惑人的水湿淋漓的辣味。

倩倩连打了两声响嚏，赶紧走开去，又走过来，木沙发上摸起一把蒲扇，顺手抄起一只杉木板凳过来。小板凳塞在彬彬屁股下面，蒲扇在他身后摇，倩倩屁股下面是一张竹椅，竹椅高，木凳低，才好给他扇风。眼见得彬彬一领黄色的夏布褂子已经汗湿了，因为用力，两只瘦劲的肩头一拱一拱的……女人的鼻子最是敏感，即使有繁茂的辣味覆盖过来，她还能从中分辨出他身上的汗味，一个童男子的身上发出的气味硬是有一些不同的。她也能闻出那些喜欢吃肉的男人身上的气味，浓烈的腥膻；如果烟酒并进，那种腥膻隔几丈远都逃不掉，躲不开。这么想来，她的扇子摇得更频密了，她也感觉到了彬彬的不开心，是自己随意的打岔，惹动了他的心事吗？便开导他道，其实呢，赚钱哪里赚得够的，如果打得出来一万把，也有三四万的进项呢！若是在外打工，一年累到头顾不到家，刨掉衣食住行，一年也剩不下一万。

彬彬心情骤然松弛，嘴里却道，也不会是我爸一个人得咯，魏老伯是二把子，两个七十的老倌子打铁，总还要请一两个小工烧火，做下手吧？

倩倩手上的蒲扇停了停道，请小工，你做得，若是需要，我也做得咯！

好啊。倩倩的爽快令他开心。他笑道，你一双绣花手，一张芙蓉面，若是经铁炉子一照，会把你一杆蜡塑的身子烤烊的。

说笑间做事轻松，况且又是跟自己喜欢的人在一起谈讲。可是耐不住天气的炎热，加上剁辣椒是一个力气活，彬彬额头上的汗珠子，一粒一粒滚下来了。趁着倩倩进厨房，他赶紧将一领汗湿的长衫给脱了。

待得倩倩过来的片刻眼光一跳，光着膀子的彬彬不好意思道，买了短袖衫子，还没来得及穿咯。

倩倩道，这个时节不穿，要等到冬日再穿吗？要不是等到娶新娘子再穿吗？……说着又是一阵朗声脆笑，笑得唾沫都飞到彬彬耸动而结实的背颈上了，彬彬一张脸窘得跟木盆里的辣椒是一个颜色。

他鼓起勇气喃喃道，我是想咯，不晓得人家想不想……

倩倩一顿，立时转过话题道，你爹对你的事蛮操劳的，他问过春梅她爷娘是不是？我看春梅蛮好的。春梅的爹是杀猪匠张屠夫，听讲张屠夫一心一头想在外村给女儿物色对象。当一个男人面对着一个朝思暮想的女人，百般心思都化作一股苎麻似的绞着，这个女人却为他提起另一个不相干的女人来，这是摆明要他否认呢，还是希望他认可？彬彬一张脸顿时黑了下来，要讲春梅跟他不相干也不完全对，起码他爹张铁匠对任一待嫁女子都是有意思的，甚至托人上门去问过条件，只是这边彬彬颜面冰冷，那边屠夫家也没有回话。张铁匠后来就提起了魏老伯也有一个待嫁的女儿霍香。

她道，我看你家老子倒是蛮喜欢人家春梅咯。

听她挟了奚落的口吻，彬彬的心情顿然松弛道，只要是没出嫁的女妮，他都不嫌。他要喜欢，他娶了去呗。

她咯咯笑道，他是有过一轮了，现在轮到你了，你莫要不领情咯。

就在两人越谈讲越入港之时，彬彬裤兜里的手机一声躁响，刚摸出来一摁，就听得那边大声问道，在哪里哟？摘菜摘得晚饭都不要吃了吗！

彬彬刚应了句，就回了。那边就挂断了。彬彬的满脸喜气，瞬间被席卷一空。听老爹的语气，十有八九晓得了他的行踪。他便边匆匆归置了木盆里的剁椒，边道，差不多了，你收拾一下咯。

倩倩鼻子里哼了一声，无所谓的，我中午就蒸好了一块豆豉腊肉，可惜你没有口福……

临出门，彬彬回过头来，咬咬牙道，你若真有心思，就留下给我明日过来吃。

倩倩恨恨道，有好吃的，哪里还有留过夜的，你不吃，自然有人吃！

四

彬彬回到家，厨房的窗台上放下菜篮子。老爹一双眼睛垂着坐在桌边，一张老式方桌上早已摆出了饭菜，一个肉末豆角炒辣椒，一个清炒茄子，一个蒸干鱼，一碗豆腐番茄汤。在倩倩家剁了个把钟头辣椒，举起筷子来，才觉得胳臂有些发酸，肚子也真是饿了。他不敢正视老爸的目光，没话找话道，明日几点去接魏老伯？下山恐怕要加点油。

老爹眉毛一挑，剌了他一眼道，七八点吧……接了一单大活计，心里就压了一块麻石，早动手早安生。

见他没有提倩倩，彬彬心情松弛道，没关系咯，需要人手，我就上噢。

老爹道，还从来没有接过这么大一单镰刀，况且，也蛮久没有烧炉子打铁器了！

彬彬还是讲，他会帮忙，如果需要，他还可以找几个伙伴来帮忙，譬如小军、五一、花肚子……

老爹嗤之以鼻道，你那些狐朋狗友，一个个顶着高中毕业的帽子，墨水却没喝二两，大事做不来，小事又不肯做……

彬彬不服道，你是打铁大师傅，魏老伯是二把子，总还要打下手的吧，弄煤、采铁、烧火、搬运……我们做下手还不会吗？彬彬想到的是，这几个兄弟，小时节一起上山斫柴，在田里插秧、双抢，后来去深圳、东莞、佛山打过工，比起"九〇后"嘴边冒出了青嫩的胡须站出来，一半在街上闲逛，一半在家里啃老，总还是顶事得多哟！一根树放倒了还是一根树，一茎草，放倒了哪里寻得到！

老爹道，你也拨拉算盘子算一算，总共才几多钱，雇得起那么多人啵？

彬彬一愣，老爸原来是在盘算收成，道，我们开价低了一个坎子。

老爹放了碗摇头道，行有行规，铺有铺价，这个价已经挨到天花板了。要赚点钱给你娶亲，你不能总是一个单身啵，能高一点，哪个不想啊！

彬彬赌气道，单身又哪样，一个人不要活命吗！

老爹走开去道，夜里面对床头你姆妈的相片，无话可说，连梦里都是她追问，有没有给你找到老婆。你姆妈托梦告诉我，讲不要人家笑话我们张家男人无能，只能捡人家的落脚货……

彬彬心想，老爹绕来绕去，不就是猜他去了倩倩家，有了怨怼吗？你以为人家是落脚货，人家就未必看你门槛高噢！这话讲出来，肯定激怒老爸，索性默不作声，将几个剩菜全都扒在饭碗里，吃得肚皮膨了起来，才打着响嗝离桌。

洗了碗筷，抹了桌子，扫了地，随便洗了一把手脸，他噜噜地上了木梯。二楼既是粮食储藏间，更是他的卧室。尽管他的身高连带举臂便触到了天花板，这一方天地却最是私密又敞放，除了他，别无二人。父亲要取粮食及被褥，也是招呼他上楼下楼。当然，做伴的活物还有老鼠与燕子，老鼠只要做得不大过分，不是在夜间呼朋引类，一番鼠宴动静太大惊扰主人的美梦，他就懒得理它。在二楼阳台檐下左右各有一个燕子的巢穴，各有其主，左巢里一只个头大些，颈项一圈白围脖；右巢里的一只小了一轮，尾巴白得耀眼。如果他没有看花眼的话，大小两只母燕供奉同一只公燕，或者说，一只精力旺盛的公燕分别伺候与照管两个家庭。每当公燕将外面猎食的昆虫带回，两个巢穴便一同升起鸣鞭一般的扰攘。在他听来，一边是欢呼，一边是抗议。

你累也不累？伏在杉木围栏上侧目的彬彬，心里其实更多的是嫉恨与感叹。他久久怅望村西那条通往倩倩家的土路，除了渐浓的暮色一无所见。

今晚他没有心情去阳台，手机扔一旁，将一具衣着囫囵，疲倦又亢奋的身子撂在床上。

刚仰面八叉地，手机忽有了声响，他纵身扑过去，一看却不是她，是刘老师发来的短信，说是今天忘记互加微信了，加了微信联系更方便，告知彬彬，他的微信号就是手机号。很快地，彬彬一加刘老师的微信，对方就发来语音留言：时间很紧，任务不轻，有劳令尊大驾，请多与配合和督促，报酬之类请勿担心。

他回了一个OK的手势。

正想着倩倩呢，那边就来微信了，只一幅图片：豆豉腊肉。

彬彬鼻子头立时升起了袅袅的酽香，那酽香是田头地脚吃野食之家猪的魂魄，也是厨间土灶里油茶壳、豆秆与柴火的精灵……还有倩倩那一双漆黑的眼眸，一双灵动的小手和咻咻鼻息的穿插与飘飞。心里顿时有上千只蚂蚁在爬，一双脚早已站起，转背从老式衣橱里扯出一件湖绿色T恤换上，这才后悔没在吃饭前及时洗个澡，那时节就不会引起老爹的怀疑。边下楼边想主意，彬彬真应该庆贺自己的捷思，他装作兴致勃勃地叫了一声老爹，老爹应声从厨房出来。擦着身子的父亲甚至是赤裸的，却满眼狐疑地盯着儿子刚换上的T恤。彬彬闪开眼睛伸手道，给我一点零钱吧，小军那边三缺一，上回是我赢了，他们不想饶了我，我也就不想多带钱去了。

老爹用一条干皱却洗得发白的毛巾揩头抹脸，那是一个适时的拖延，既是想抽一根话头，也是给儿子一个心理迫压。彬彬一脸无辜，上前轻轻拽过来父亲手里的毛巾，帮他从头、后颈、后背一路揩拭。老爹经年劳作，双臂早已不能伸直，反手更是不着力。若是母亲还在，这样的细节，自是母亲包揽。父亲的后腰有一些松弛的赘肉，屁股却依然紧实。直起来再给父亲面对面揩臂膀，臂膀上布满了陈年的烙印，大如钱币，小如谷粒，那是一个老铁匠与炉火多年共舞的结晶，忽然就有一些不忍，他爽声叫了一声，老爹哪天请刘老师画一张模特画！等打好了镰刀！

张铁匠嘟哝了一句，画画，露丑咯！我若是成了一张画，又有哪个作兴看这种又老又歪的丑八怪！

彬彬丢了毛巾，一边从父亲裤兜掏钱，一边道，老爹错了哟，现如今靓仔女妮不作兴上画了，演员里头也作兴拣丑的咯，丑人值钱。

到底你还是讲老爸丑哟?!

趁着老子哭笑不得的空隙，彬彬一溜烟跑出去了。

倩倩家在村西，小军家在村东。闲来无事，彬彬也常被小军邀去打牌。小军有一个舅舅在镇里做过几年副镇长，小军老爹得便做过十几年包工头，包过建筑，包过运输，还包过采石场开采石料，在鹰嘴山其家境显见得傲人一头。尤其十年前砌的一栋房子，三层半高，除了后背三面都贴了大块瓷砖，雕梁画栋，堂堂皇皇，至今村里无人能敌。小军的老爸当过兵，管得严，打牌也不输大，只叫陈驼子的小卖部送来两箱啤酒，输的买单，还要自喝，喝得肚子滚瓜溜圆。按他们的谑语：输家把自己的肚子喝大，赢家把人家的肚子搞大。

彬彬怕父亲在门口张望，出门之后朝村东装模作样走了百把米，很快一扭身，径直朝倩倩家飞奔而去……

老二彬彬是老爹爬上楼来把他从床上拽起来的。此前老爹在楼下厅房里叫了两次，明明听得应声，却不见楼板响。

老二睡眼蒙眬，一边扣衣，一边嘟哝道，过去船坊，一来一回顶多两个钟点，魏老伯动作蛮呆板，去早了也是等哟。满脑子却一径沉浸在昨夜的甜美之中，那是真实，也是虚假。一对忘情男女的真实和虚假的纠缠，他昨晚是第一次领受了。他的急如星火，莽莽撞撞，却又不得要领，毛毛躁躁，肯定让一个成熟的少妇嗤笑了。她后来笑他猴急，像是三伏天蹿到西瓜地里的一只猕猴——他们儿时还见到过鹰嘴山的猕猴，近一二十年再无踪影——捧起一只大西瓜，砸碎了就啃，不仅吃红瓜瓤，还吞籽啃皮。

她那个三伏天吃西瓜的比喻，让他后半夜都在梦中笑醒。

张铁匠恨恨地瞪着儿子，两眼之上稀疏的长寿眉抖了几抖道，我们请人家上门做事，宁肯你等人家，不肯人家等你！你昨夜输多了，还是亏多了？一根伸到冷水里去刺刺冒热气的捅火棍，只一夜就成了一根软塌塌的面条，你讲你，是想成龙还是变虫？！

老二低了头找拖鞋，遮过倏然的腮边一红，他听得出老爹的话里藏话，"输多了"和"亏多了"，意思不在一条田埂的水平上。

他朝楼梯口走去道，被小军几个啤酒灌倒了，起夜几次放水，到现在头还涨痛呢。

老爹狠狠道，放水，放水，你不要放错了池子才好！

老二下楼胡乱洗漱了一下，坐下吃了一碗粥，一个蛋，两根油条——油条是凯哥哥隔壁那个"四嫂子"早点铺现炸的，脆而酥，老爹爱吃，他也爱吃。

很快地，他就打着嗝到院子里发动了那辆半旧不新的昌河面包。老爹一手一只甩进去两个靠垫，告诉他，魏老伯有腰痛的老毛病，上下坎子都要慢慢开。驾驶座上的老二回头道，有一个靠垫就够了哟。老爹告诉他，霍香跟他爹一起过来做下手。

老二笑道，你还不放心我一个人做下手啊。扮一个鬼脸道，你昨晚就梦见人家霍香了吧？

老爹瞪了他一眼道，开玩笑没大没细！砰然一声关了后门。

开车出来，老二脑子里一直盘桓着昨晚的场景，同时体味着身体里一股一股翻腾的又疲倦又舒坦的伸展。

倩倩真是一把家常菜的好手，随便那么三下两下，就端出一盘豆豉腊肉，一盘清蒸拼盘，也尽是下酒的熏腊，还有一盘蒜蓉丝瓜，一盘豆角茄子条。尤其那盘豆豉腊肉，块块连肥带瘦，肥的透明，瘦的深红，身边堆满的黑豆豉、红辣椒和白蒜瓣，混合着一股子诱人的浓香。在杂屋沿着墙根排了一个高矮整齐的阵容：酸枣酒、拐枣酒、杨梅酒、虎杖酒……山里野生果实坐化在了自酿高度谷酒中。最后她却托起一瓶金樱子酒，让彬彬配菜下酒，轻轻道，这个酒男的吃了好。

为什么是男的吃了好呢？他猛然喝了一大口，咂咂嘴，连同眼神一起发问。她坦然看着他，不答。他就擎起手机百度，因念道：固精缩尿，涩肠止泻。

他猛然转头朝里屋看看，里屋门是关着的。她嘴角一扬道，她在里面做作业，做完就自己睡觉了。

他又空出一只手，连夹了两块喷香的腊肉，沉吟道，涩肠止泻呢，针对的怕是拉肚子。固精缩尿呢，固精，怕是扎牢精神？缩尿，什么叫缩尿？

难怪她要嗤笑了，一连串发问道，固精是扎牢精神？你也都三十八九了吧？莫非还是童男子？这个都不懂吗？

他在手机上百度一查，因念道，固精是中医房事养生的一大特色，是保养精气的主要方法。这里的精，既指生殖之精，也指五脏六腑之精。缩尿呢，就是治疗尿频、遗尿。

抬头看她，神色坦然，脸红，那是可以归结为回甘之中，略略带一点苦涩的金樱子酒的发力。

她再给他斟满，不无骄意道，酒好吃啵？

盯着她的脖颈刷上去，她的一双黑眼珠子愈发精光灵动，他困惑道，不管是哪一种精，精气还是精神，我都很饱满；也无须缩尿，除非头晚跟小军、花肚子他们打牌吃多了啤酒，一觉睡到天光，不起夜。

"天光"出口之后，他有一些后悔，应该讲"天亮"。一个人，出去打工跟在家乡讲话，就是不一样。他暗自叮嘱自己，以后跟情倩讲话要注意，不能像跟小军他们讲话那样过于土里土气。

于是就讲到了小军、五一、花肚子这几个好友，讲到了以前几个人一道出去深圳、东莞打工的趣事与窘况，当然还有打牌的耍赖与碰巧……

倩倩坐在他对面，斟了一小杯酒跟他不时碰杯。倩倩也是有酒量的，只不过从不多吃，也就不晓得自己的深浅。老公在世之时，常吃得大醉，那种当众的失态，叫做媳妇的觉得很丢脸，很失礼。以致她觉得，无论怎样热闹的场所，酒吃得刚刚好就好；女人家更不要吃醉，女人家若是吃醉了，丑态百出，以后如何在人家面前抬得起头来呢！

可是今日，她思想里却希望眼前这个童男子放肆地吃酒，吃醉了也不要紧，大不了她帮他揩拭，做一碗酸汤帮他醒酒。有时节，活得太清醒了，太有尺寸了，好累人啊……

她忽然道，你就准备跟几个老庚在一起打牌过一辈子吗？你们五六个老庚，小的三十五六，大的都四十出头了，都不要一个自己的家吗？

这一问，有如杉树刺扎到了手。围菜园子之时，彬彬要砍很多杉树刺铺在四边，防止鸡鸭钻进去啄食菜秧子，手背常常被扎得刺痛红肿。

彬彬想告诉面前这个像秋季炸开的石榴一般妖娆而饱满的女人，太想了！就像天上的月亮盼十五，有哪一个成熟而健康的男人不想女人？除非他是凯哥哥剿刀下的阉猪，不讲夜里，就是白天有一个模样周正的女人从他身边走过，他脑子里都会闪过抓进派出所也不敢坦白的肮脏的念头！

彬彬道，你又不是不晓得，一个家，想要就要得来的吗？话没讲完，鼻头一酸，想哭。

倩倩过来，站在他身后，双手做梳子，在他永远没有理顺过的头发上来回篦着。他一则有些紧张，二则也是受用。轻轻将头靠近她的微微腆起的肚子，听她分析村里那些个男大不能当婚的各色各样——有的是性格蔫，有的是家境差，有的是游手好闲，有的是邋里邋遢……慢慢捋下来，现如今村里的光棍真像是叫花子身上的虱子，见多难怪！这也是彬彬头一回听一个甚是体己的女人，一一评价自己十分熟悉与大致熟悉的男人。这才悟到，男人最好的一面镜子，未必是家人，未必是朋友，却是一个双眼如刀又满腹柔软的女人。

反身自观，由上而下，由外而内，论性格、论样貌、论钱财……彬彬都觉得自己乏善可陈，遂感觉眼前这个丰饶的女人，根本不应看上自己，那么，她为何又贴上来一个温馨的身子？且备置了这么一些可口的酒菜呢？

终于谈到你了，张彬彬，在村里，家境不高不下，算一个中等，人却勤劳，也能干，家里的一应家具都是自己学着打的，无师自通啊，这就是聪明吧。男人可以坏——小坏，但不可以蠢。还有算是老师的后代吧，得闲还会看看书。刚才点起的那一溜欢喜打牌的主，若是家里有书，要么是发蒙时候的课本，要么是上面应景发的各式学习材料，只怕页面泛黄了，也从不曾翻过……

彬彬一声不响，只听她讲，心下也是感动。他打的几件日常家具，算不上精致，却没有用钉子加泥子，件件都是榫卯结构。这一点爱好，被她放大到了聪明。至于读书，高中没毕业就辍学出去打工了，家里有百把本书，有老爸读的，也有他读的，随心所欲，无聊消遣，哪里算是正经读书呢！并不记得倩倩何时跨进过他张家的门槛，却都被她一件件收进眼底了。

放下碗筷，鼓起勇气，反身抱住她的腰身，嘴里呜咽了一声：我要跟你，做成一个家……天塌了，地陷了，暴雨倾盆，鹰嘴山水库里的清水满溢了。待得风平浪静，一只小船儿在水中漂荡，上面是月光，水里是星光。就他两在水库里，那样自由自在，一个在有一搭没一搭地划桨，一个斜斜地躺在船上，两只白皙却结实的手在水里捞星星，一颗一颗地捞，再一把一把地捞，直捞得两手湿滑，浑身疲软。他把桨板扔了，回过身来再一把抱住她。

一声尖叫把彬彬从若真若幻的绮想中拉了回来，右脚下意识踩下急刹的同时，把手刹也拉起来。这才见是路口几个毛伢子玩耍，一只皮球滚到了路中，一片大呼小叫。要是换在往常，被吓到的彬彬，一准会啐一口：作死啊！今天因了心思缠绵，甚至停下车来，下去把皮球抱起扔给路边不敢吭声的毛伢子，笑道，以后再不敢到路边耍球啊！

五

一路好心情，赶到船坊果园场。

果园场有一大片柑橘，还有梨、桃、板栗……魏老伯在鹰嘴山住了几十年，年纪大了，五年前随儿子搬迁来了果园场。他儿子在果园场做了十年场长，有自己的一个砖瓦厂、一个水泥预制件厂，手头宽裕，难怪一栋白瓷砖贴面的轩敞住宅砌了五层半，在果园一大片绿荫中格外耀眼。

宽敞的院子里，左边停了一辆奥铃货车，右边停了一辆奥迪。背已佝偻的魏老伯和藿香早在门边等候了。

怕有两三年未见老爹的老庚魏老伯了，一张脸煞白，背越发驼了，一对白花花寿眉下的双眼慈祥而精明。彬彬客套道，魏老伯还是这么健旺！霍香还是这么……水灵！

魏老伯嘿嘿一笑。

霍香两片胸脯胖得一件黄花衬衫都兜不住，直往下溜，瞪了彬彬一眼，并不买账道，你是往反的讲，横的讲作直的哝！

彬彬扶魏老伯左边入了座，霍香早已将两件行李自右边丢进了后座。她双手又拖过一件大蛇皮袋，彬彬正要上去帮衬，霍香胳膊肘一挡，双手擎起，一把塞进了魏老伯的右侧。彬彬啧啧道，没想到你还有这样一把好力气啊！刚要拉门，霍香一纵跳了下来，直接钻进了驾驶室副座，把遮住胖胖脸庞的一绺长发随手一撩道，如果你开累了就我来！我可是有B牌的！

彬彬心里吃惊，这么一个胖姑娘，不仅有一把子力气，还可以开得货车。车上路之后，故意逗她，驾照不是你哥哥找关系径直到车管所买的吧？

一句话惹恼了霍香，举拳就在他肩上一擂道，三月我还开奥铃去过赣州和深圳，你一个三脚猫，开车我还不放心咯！

彬彬调侃道，是啊，我应该把这辆昌河丢在河边，开你家那辆奥迪回鹰嘴山。

美得你啊彬哥哥！霍香一手牵起衣领，一只胖手伸进去掏，从肥硕的胸脯前，掏出来的是一个翠玉坠子，伴同翠玉坠子的还有一把车钥匙。

彬彬转过脸去，趴在方向盘上笑喷了，你呀你呀，真是一炷香啊！哪里见过把车钥匙当坠子挂的！

霍香低头一看，却见鼓囊囊的胸脯崩散了两粒纽扣，赶紧一把揪住，嗤笑他，少见多怪！见了关公当菩萨！还有挂猫挂狗挂蛤蟆的呢！

彬彬道，猫啊，狗啊，蛤蟆啊，只要是金的、银的、玉的，都可以挂，但不可以挂车钥匙，你又不是穿开裆裤的毛伢子。

霍香又捶了他一拳道，你才是穿开裆裤的毛伢子啊！

说说笑笑，回来也快。

张铁匠见了魏老伯，不是握手，不是拥抱，却是你一拳我一脚，互把对方当沙袋，又笑又骂。说是还能吃还能困觉，健健旺旺……有几好啊！

一个道，铁老大，你再能吃能困，还不是抱一个孤枕当伴耍！

一个还击道，二把子，你不也是一根冲天炮，打到没有云的天上，哪里落得下来雨！

幸有一个大姑娘在边上，俩老庚也就收了唇枪舌剑，牵了手进了屋。魏老伯站在客厅中间叹道，没有女人的屋，就是乱咯。

彬彬放下手里提着的大包袱，四下一看道，魏老伯啊，这还是你跟藿香来了，不然的话，比这个还乱十倍不止咯！

叫彬彬不要以丑化老爹为乐事，张铁匠不客气地瞪了一眼儿子道，还好意思讲，人家藿香又能干又孝顺，比你强得多。哪个娶得到她，是前世修了福咯！

事先已做了安排，客厅对面大小各一间卧室，张铁匠与魏老伯困大的一间，两张床相对，好讲故事。藿香困小的一间。

藿香进去一看，退出来，两道浓浓的卧山眉一竖道，彬彬困哪里？

彬彬的下巴朝天花板一昂道，我高高在上，给你做瞭望。

藿香噔噔上了梯子，因重，梯子咯吱咯吱响，张铁匠连声招呼，小心啊！

藿香很快就下来了，不管不顾地将自己的一件行李甩在背上，边上边道，彬彬下来，我上去做瞭望哨。

楼上很快就传来归置物品的乱响。

楼下三个男人都愣住了。张铁匠耳语老庚，她真是未许婆家？

魏老伯摇头道，许了婆家作兴你还想这次她来打下手？

见霍香将彬彬的衣物团成一团，在楼梯口作势要丢下来，张铁匠摆摆手道，不要丢，就叫彬彬也在上面，再开一张床困。

霍香将一团衣物天女散花，嗤道，做梦吧！要是他在上面欺负我怎么办？困到半夜三更，我又不好叫醒你二老吧？

她谑语中透出的一本正经，将二老笑得跌倒。

张铁匠道，我就希望你二人不要下来了，等到再下来，给我抱一个孙子去派出所上户口咯！

霍香哈哈道，要得，生一个孙子跟我们家姓魏咯。

张铁匠赶快答，要得，要得，只要是我的孙子，姓赵钱孙李……都没得问题。

大致整理了一下卧室，四人一道移到厨房东侧的铁匠屋。那里已经熄火多年了，蛛网尘封，可锤子、火钳、夹子、铁砧……一应物件都抹了黄油之后用大张的油纸包裹，一点未生锈。张铁匠说，油纸都是采石场管炸药库的老颜头给的，原本是生火用的，现在都不烧柴煤了，他就把包炸药雷管的油纸一张张都留下了。现如今，要特意去买一些东西譬如油纸，有钱哪里去买呢？

炉膛清理干净了，风箱也拖出来了。魏老伯问，煤炭呢？打铁可要上好的块煤咯。

张铁匠叫他放心，其实在刘老师来鹰嘴山之前，他听镇政府肖助理过来传到了大致的意思，就着手备料了。张铁匠先前做民办老师的一个学生，现如今就是一个煤场的小老板，不仅块煤，还有木炭，他找那种上好的柞树炭、檀木炭，收拢来有两三百斤，也真是破费啊。

张铁匠领头，弓着背的魏老伯随后，两人出厅门左拐，一低头进了尘封已久的铁匠房。这是前几日陆陆续续收拾出来的。此前的几年成了一间大杂屋，堆满了长长短短的木头檩子，全都被清理出去，有用的码放在屋檐下，没用的归置一边劈成柴火。至于打铁用的炭、煤、生铁，以及铁砧、火钳、錾子……一样一样归放到位。虽然好些年没抡锤打铁，走进来却闻到一股子袅袅的炭火气，从铁砧上、屋檐下，传来隐隐约约的叮叮当当。

两人凝神静气站立了片刻，十几秒？还是分把钟？是谛听，是张望，也是回想。很快地，魏老伯赞曰，铁老大还是一把好力气，床上不得施展，进得这里来才是铁匠不用锤——一把好手。

张铁匠双眉一拧道，我再是一把好手，也得你帮扶。若是你这次不来，我哪里敢接这么大一摊活。

常年烧炉子看火候，魏老伯左脸被日积月累的烟熏火燎，烙下了一块永远洗不干净的黢黑。他侧脸看老大，左眼总是眯起，那神态如同看火一样。在他的眼里，怕是老大与炉火同属可以点着之物，便似炉火的温度，他觑两眼就能估摸一个八九不离十。两人你一锤我一锤打铁之时，老大的心思和行动，二把子完全靠一只眼，外加双手的震动来感知。那时节，耳朵是关张的，嘴巴也很少开启。铁匠的世界只有叮叮当当，时大时小，单调却丰富的打击乐。

此刻两人一个启炉，一个添柴；一个开砧，一个取铁；一个拧风箱，一个备水桶……

二把子卷起一张油纸，正要擦燃点火，彬彬促忙促急地跑过来道，等一等。他后面跟着的藿香也叫道，老爸耶，莫要着急，彬彬要拍照咯！

魏老伯停了手，一撇嘴道，一不是彬彬讨亲，二不是我女儿出嫁，拍照为了何事？

彬彬举起手机道，先前肖助理和刘老师都发微信来讲，点火的时节，最好他们都来，实在赶不过来，要录个视频，他们要做用场的，下面打镰刀的过程，他们也要一段一段录下来，越多越好！

待得彬彬开启手机的录像模式，魏老伯已将一张点着的油纸塞进了灶膛。

早已架空的炉腔里，一层松脂柴火上面是敲起来当当响的柞木炭，柞木炭上是黑得发亮的无烟煤，但听得轰然一声，整个腹腔内出现一条火舌，自左向右，从上到下，猛地一舔，瞬时熊熊燃烧。二把子将手边的生铁依次递上，老大有条不紊地一条条码进火里，那接力了松脂、木炭和无烟块煤的炉火，蛋黄一般的纯净，溪水一般的透明，晚霞一般的妖娆。

看见这一膛美丽的炉火，宛如精壮的后生仔在碧绿的茶园里，望见了一位唇红齿白的姑娘，情不自禁想喊一嗓子，然后张开双臂迎着微笑的姑娘奔跑。

炉火是一个引信，同时点燃了两个老手艺人遥远又切近的记忆。伴随着叮叮当当的锤打声，两人默契的动作便是昨日的对接和延展，一点点生疏也无，一点点遗忘也无，一点点迟疑也无，全都是熟门熟路，是认真的手作，也是认真的把玩。那种熟练与利落，像飞瀑一样流畅，完全举重若轻，根本觉察不出这是两个古稀之年老人的配合。炉火不时映现在两个人的脸上，雕刻出两尊铜像，却富于色彩和线条的变化。

一圈儿都看得呆住了。

彬彬当然是看过老爹打铁的,不仅小时候看见他日夜在铁匠炉前挥汗,即便后来歇业了,一年到头,也会有几次,或自用,或外请,看到老爹开炉生火,打一两件趁手的家什。犹记得,那一年冬天,老爹就因得袁江街上一个老裁缝赠送了一块好钢,生火打了一把铮亮的菜刀。拿着这把心爱的菜刀,他拖过一块又厚又重的枫树砧板,剁了一脚盆干硬的红薯藤——以备栏子里三只嗷嗷待哺的肉猪的猪食。

每次,别人用过他打的铁器,赞一声:好用!他就欣喜无比,一整天的眉目都是舒展的,给钱的多少,倒是一个次要。

彬彬一边举着手机环拍,一边招呼霍香道,你要不要进来也搭一把手啊?将来刘老师是要把录像和图片都放进美术展览里去的咯,两个白发老子,正是要一个姑娘搭配,才有颜色。

霍香眉梢一挑道,我就那么出不得镜,只够得上搭配白发老子?却也弯下腰来,到一边去搬炭添煤,还不时抬起脸来,让彬彬拍她的侧面。

彬彬道,都讲男女搭配,干活不累。我看两个白发老子蛮可怜咯,以前二三十年是他两人搭配,现如今还是。

霍香盯着他道，话是可以这么讲的吗？我们彬彬现在挑水浇园子，是哪个七仙女在水沟边舀水，绾扁担绳子？

彬彬眼前瞬间闪过一团紫色的身影——那天晚上，彬彬就讲过，特别爱看她穿紫色。见到他身穿紫色衣衫，就觉得像是满园子的蚕豆花盛开了，且她就是菜花丛中最紫最艳的一朵。这时节他当然不会将倩倩端出来，在一个多少对你有些意思的姑娘面前，提另一个待嫁（失去丈夫岂不也是待嫁）的女人，那是自找挨打！老爹对霍香能进张家门，自然有圆梦的意思，昨天晚饭时节魏老伯也讲过，若是多年的老庚亲上加亲，待得两个白发老子两脚一伸，也就没了牵挂。可是感情的事情，岂是赶住猪崽上街赶集——捆绑捉得牢的！

彬彬嘴上却道，今日能看到的七仙女就是船坊果园场来的霍香，黑黢黢的铁匠铺里，飞进来一只花蝴蝶。

霍香双脚一叉嚷道，花蝴蝶若是飞进来铁匠铺，那是飞蛾扑火自找死咯！我是馍馍端上桌，冒充点心！

三个男人都为她这个不伦不类的自拟逗乐了。

张铁匠放下锤子，揩了一把汗道，要是早些年霍香就到张家铁匠铺子里做伴，我跟你爹打铁也会轻松得多。

魏老伯也放下手中给镰刀錾齿的切片，端起一只脱瓷的搪瓷杯喝水，意味深长道，世上的事情，好比人的出生，哪里有早晚，早有早的好，晚有晚的好。早几年藿香就没有现在这样懂事，玩耍起得飞咯！现如今，家里哪里离得开她，种菜弄饭，服侍老人，若是没得她在身边，我两老子作兴早都死翘翘了！

张铁匠父子都听得出，这是一个老爹对女儿最高的褒奖。

张铁匠自然是附和，跟进表扬道，现如今的女孩子家家，有几个做得来家务事的，藿香是一个例外！

彬彬管自嘿嘿乐。在另一个女子占据他的脑子屏幕的时刻，其他女子很难进得来。不过，他也认可藿香尽管粗粗拉拉，做事情还是勤快的。他甚至暗暗比较：倩倩做事手巧，藿香做事卖力。

一个时辰下来，脚下七横八竖地堆了二三十把镰刀，散发出幽蓝的烟火气。

魏老伯顺手从墙角拾起一把干草，弯成两折，举起一把镰刀当中一拉，干草齐齐地被割成了两截。

藿香拍手道，留两把给我去地里割菜！

张铁匠看着老庚这个胖乎乎的女儿，一个女大未能当嫁的姑娘家，用嘴朝彬彬努了努，却道，你家地里种了些啥子菜呀？莫讲一把两把镰刀，拿个十把八把去都是可以的。割完了你家割我家的，我们两家并作一家好啵？

霍香是真傻还是装憨呢，回道，你们家离我们家有十里八里远，我哪里割得过来呢！

张铁匠笑了，道，那就叫彬彬开车拉你，两头跑呗！

霍香一撇嘴道，他是贵人，我乘坐他的车不起，还是我自己开咯。

魏老伯忽然蹙起眉头道，按照现时的速度，这万把镰刀，要打到猴年马月去？

张铁匠的脸也沉下来了道，是啊，开始的进度已经算快的了，后来只会越来越慢的。

彬彬举起一把镰刀想了想，鼓起勇气道，我觉得刘老师用这么多镰刀只是做一个艺术展览，并不是真用镰刀去割稻子割油菜，不要打得那么细致行啵？譬如讲把手圈，可以不要；还有，镰齿不要打得这么细密，要不了七八十个细齿，有三四十个就够了！

张铁匠的铁锤猛地往铁砧上一敲，瞪大眼睛看着儿子道，这是你的意思，还是刘老师的意思？

彬彬吃不住老爹这么强蛮，诺诺退道，我是，这么想的，也可以跟他讲咯。

你讲个屁！臭气熏天！他老爹咻咻然，这是小件，不錾字，先前我打的菜刀、斧子、锄头，哪一把看不到"张铁匠"三个字，那是你老爹的脸面，由不得自我作践！

彬彬双颊倏然一红道，我这只是一个建议，也没讲一定要这样做咯。一根椿树，刚发一茎芽芽，就被你劈断了。

鸭子煮烂了，还剩一张嘴硬！老爹倒转一把铁锤，作势就要用木把子敲他。

耶耶耶！霍香这时节显出了难得的机敏，一手拦住张铁匠的锤子把，一手护住下意识抱头的彬彬。

张铁匠犹自愤愤道，我活到这把子年纪，打大件与打小件一样，打一件跟打千件万件一样，打给熟人同生人一样。细崽耶，这三个一样，你将来要给老爹刻在墓碑上的！

说着，老铁匠声音一颤，落下两滴浊泪来。

魏老伯调笑道，彬彬啊，你老爹把自己的名声，一径看得比小老婆还重咯！

彬彬也笑了，我老爹要有个小老婆，我也就有个小妈可叫了。

魏老伯嗤道，每日有得你去倒她的洗脚水哟！

彬彬道，讲正事，铁匠屋里，霍香在，我也在，可以再约我的几个伙计过来。我是看着老爹打铁长大的，早些年，睡觉做梦都是叮叮当当的打铁声，有老爹和魏老伯在一边做指导，我们一定打得好，对得起天对得起地，也对得起老爹的三个一样！

张铁匠还在犹豫，魏老伯拍板道，我看要得！现在一些年轻人，回来没事情做，闲得憋火，像是一块炉膛里的熟铁，淬在水里都是一股白烟。

彬彬看出老爹转动的心思道，钱是赚不完的，没定我们打出了一批好镰刀，就有更多的客户找上门来咯。

张铁匠害羞了，摆摆手道，我一把老骨头，要那么多钱做啥子！你去把人攒得拢来，明天就叫来。

彬彬得令叫好。

霍香抄拢手，冷冷道，那我就回去了，没得我事了。

彬彬急道，那么多人来，你正好大显身手啊，一大桌饭菜，等你来御驾亲征呢！

于是，张铁匠和魏老伯头碰头商量，停下打刀，赶紧再砌一只炉子。

六

三天后，跟随彬彬过来打镰刀的，是小军、五一、花肚子……他们都是彬彬小时候的玩伴，再后来一起读书，小学、初中、高中一道闹学堂，在女同学文具盒里放蚂蚱，在女老师背上贴大红喜字。也曾结伴出去深圳、东莞打工，在工厂里追过外省的女孩子，有的追到了，譬如小军带回家的就是一个广西梧州妹，细嫩得像是还没抽条的椿树芽，大多数却是两手吊吊一个光棍回乡，既无积蓄在身，更无妹子在侧——这是最要命的，两样都带回，村里老少一定刮目相看，若是带一个妹子回来也少不了啧啧赞叹，一样都没有，你出去打工一年，两年，三年，图哪样呢？

回来也好，只要有老屋可住，有新米可吃，后生仔——三四十岁了还算得是后生仔啵，是容易将忧愁丢到脑门后的。这不，一群进不去大学，在城里打工也站不稳脚跟的后生仔，前呼后拥到他张铁匠家来了，又齐声叫道，张老师好！

一群后生仔原本就有攒足了无处发泄的气力，不讲个个心灵手巧，却也是心思活泛，按照张铁匠的讲法，是眼眨眉毛动，做起学徒来也快。更何况张铁匠和魏老伯分做两头，各带两三个帮手，各守一炉红火，这就有比赛的意思了。

因了只有一个鼓风机，新砌的炉子就将墙角一只早已废弃不用的手拉风箱装上了。

待得风箱呼啦呼啦，铁砧叮叮当当，还有一把把煅烧、锤打、錾齿、淬火、定型的镰刀带着火的欢欣、铁的冷峻飞到脚边，累积、叠加、码高，几个后生仔脱得只剩下一条裤头子，周身犹自汗爬水流。两个老铁匠师傅也是短裤加背心，挥汗如雨，心情却是愉悦的。想当年抢锤打铁，左右不过他二人，至多有几个毛伢子自门前探头探脑，或两条狗在院子里追逐，何曾有过这样六七个人在铁匠铺打铁的热闹场面！

这样的场面会让张铁匠产生瞬间的幻觉，仿佛原本旷废的沟渠、荒芜的农田，因了年轻面孔的回归，重新焕发了勃勃的生机。

魏老伯则喃喃地哼着一首打铁谣，原本这首满溢着肉身男欢女爱的词曲，因了藿香不时地进出，他便窜改了，加入了街面村口的宣传广告语，听起来遥远而切近，流淌着滑稽的欢快。

藿香当了大厨，小工也是她。老灶台也启用了，烧柴，柴火烧饭好吃，原来闲置不用的煮猪潲的大铁锅也用上了，边上的瓮坛便有时时的热水。一大壶凉茶冲好送过去，还不时端去水果和饼干——这都是彬彬事先备置了的。

一顿中饭，有辣子鸡，有红烧鱼，还有一大盆烟熏腊肉，一桌人居然吃得盆尽钵干。

张铁匠道，人多吃饭才有味道。

魏老伯道，我都蛮久没吃两碗饭了。

彬彬道，晚上，等到晚饭，我还备了酒。

下午继续干活，张屠夫的女儿春梅来了，送了几样自己熏的腊味过来。凯哥哥也来了，愿意在铁匠铺做替班。彬彬还记得凯哥哥的那门子日渐衰落的手艺——劁猪的稳准狠，猪好似也通灵性，一见劁猪匠抄起那把伤天害理的刀，就嘶声竭力地大叫，宁死不做阉猪。凯哥哥急眉恶眼，将刀对准公猪下身的卵子，刺啦两声，伴随令人掩耳的哀号，一对像极去了外壳的荔枝似的肉蛋蛋，顿时滚落在了凯哥哥事先准备好的草纸上。一个过程几分钟了事。也许是让一直拼命控诉的小猪惊扰了，凯哥哥总是累得满脸发白，双腿微微发抖。待得他刚起身，小猪立即后腿一蹬，亡命奔逃……有时节，凯哥哥甚至忘记涂一把灶膛里的柴火灰，那为的是把小猪的伤口敷住。

魏老伯故意盯着凯哥哥的裤裆，眉毛一颤道，劁多了猪的肉蛋蛋，你要小心自己的蛋蛋被别个劁了咯！

面对一个远近出了名的铁嘴二把子，凯哥哥自知不是对手，敛眉低声道，魏老伯，我是来跟你打下手的咯，你还硬戳我。

晚饭前，一堆人在厅屋，吃茶的吃茶，抽烟的抽烟，也还有闲着等饭嗑瓜子的。

彬彬一伸脖颈，忽见倩倩远远过来了。前两天他告诉了倩倩，老爹自开炉以来，精神抖擞，好久没见老爹那么来劲了，倩倩不请自来，还是令彬彬既意外又高兴，况且她提了一大屉菜过来。待得在饭桌上一样一样热气腾腾端上来，是一大碗豆豉腊肉，一大盆滚糯米肉丸子，一只硕大的堆满红辣椒的剁椒鳙鱼头……

一群人齐声赞道，有好口福！

倩倩后面跟着她九岁的女儿欢欢，欢欢一甩小辫子道，我妈妈昨天晚上开始就在做扣肉了。

彬彬摸摸她的头问，妈妈做的扣肉好吃吗？

欢欢答，好吃。

倩倩再后端出了两只泛黄的竹筒，说是自酿的竹筒酒，都放了三年了。

欢欢叫道，她要在这里跟叔叔伯伯一起吃饭。彬彬连忙给倩倩使眼色，那便是让她也留下来的意思。

倩倩也就顺势坐下了。

彬彬开启竹筒酒的时候，不经意在她耳边道，不是金樱子酒吧？

倩倩斜睨他一眼，大声道，竹筒酒里既有黄芪、白术，又有当归、熟地，吃了大补气血，你们好快快打刀。

小军是结了婚的人，话里带话道，像是彬彬、五一和花肚子，白天打刀要气力，晚上的一身气力用到哪里去哟？又没得一块肥地种！

倩倩恶狠狠道，再多气力就去鹰嘴山种树，这几年砍得多，种得少，不愁没得荒地给你们一起种咯，种杉树、松树、梓树都要得！

小军鄙夷道，只要人家种那样的树啊！

一桌都听懂了，大乐。

藿香从灶房里端出晚饭，忙问，什么事那样好笑？见了倩倩的手笔，大叫不好意思，说这才是正宫娘娘的大菜。五一就开她的玩笑，原本你才是正宫娘娘，若是你不赶紧把饭菜做好，正宫娘娘的位置就不保了咯。

藿香一撇嘴道，你们以为正宫娘娘是做饭菜的呀，她是使唤丫头端菜送水的好吗！

倩倩端端正正地看了她两眼，却也不恼，转移话题道，赶紧开吃吧，扣肉冷了就不好吃了。边筛酒边道，这个竹筒酒是谷酒做的酒基，滋补药材也有五六样，度数不低，却不上头的。

一顿饭，因了男男女女，老老少少的人多，吃得杯盘狼藉，宾主尽欢。

张铁匠两颧通红道，好久没跟这么多人在一起热热闹闹地吃饭了。

魏老伯接话道，人多好做事，人多也好吃饭。

因了倩倩在身边，彬彬最是高兴，不停地给一圈伙伴斟酒，自己也喝多了，他的话稠，舌头就打不过弯来。

魏老伯眯细眼左看看，右看看，戳着筷子头道，你们后生仔，女仔子平日都要走勤快些，都趁着血气旺旺，扎实对对子，成个家。有了一个家，老人家才放心，子女才叫一个孝顺。

小军就站起来，左右数数，嘴里念道，一是一，二是二，三是三⋯⋯

彬彬红着一张脸道，什么叫一是一，二是二⋯⋯你是百合网还是世纪佳缘派来的呀？

小军不服气道，怕我乱点鸳鸯谱是啵？你们哪个跟哪个，是老鼠看王八——对得上眼，我心里都有数。

藿香一口笑没咽下，扑哧一声，一口汤全喷在小军身上了，喘着粗气问，我们要不是老鼠，要不是王八，你是啥子呢？是不是一只王——八——蛋！

小军怨怼她，你还是一个黄花大姑娘，连门都没过，哪里生得下一只蛋咯？

五一和花肚子一道起身，左右扭住小军的臂膀，讲他错话连篇，罚他吃酒。

小军连连求饶，却被捏住鼻子，连灌了两小盅药酒。

张铁匠摆手阻止了，一脸严肃道，都坐下。待得各安其位，不吭声了，他又觉得过于一本正经了，缓缓道，论年龄，我是彬彬的爹，自然也当得你们的爹。论资历，我在学校那几年，你们也在学校，算得是你们的老师。所以你们一进来就叫我张老师好，算是懂得礼数。若讲见世面，你们都去过广州、深圳，有的去过上海、苏州，都在外面工作过，打工也是工作啵。你们见的世面肯定比我们多。今日难得的，一个是你们来帮我们做事，打镰刀。我答应过宣江学院的刘老师，要准时为他出货的。他是搞艺术的人，要这么多镰刀做艺术品，我一个是惊奇，一个是支持。我跟魏老伯是多年的老搭档，小时节在一起，公社拿工分在一起，铁匠铺打铁在一起，老了才分开。魏老伯刚才讲的话，也是我的心里话。扎实对对子，成个家。有了一个家，老人家才放心，子女才叫一个孝顺。你们会讲，不结婚就不孝顺吗？一样的孝顺。上一辈，老人家的心思，就跟铁砧上的刀一样，敲打起来，当当响，不会拐弯的……所以咯，这次打镰刀，先是要感谢你们帮大忙，我张铁匠可以按时保质，完成一个大单的活儿。同时呢，你们男男女女在一起，这么些日子好好相处，都给我擦出几点火花来。真能结成几个对子，那就比我赚几块辛苦钱更开心。我们大家赚的钱，一起拿出来给你们摆酒咯！

座下便响起了噼噼啪啪的掌声。

一直没开口的春梅道，张老师的一席话，真像是亲生父母讲的，句句暖心。一扭头，眼圈都红了。

七

这一向打铁，肖福根前后来过几次，多半是一个人过来的。每次都送来了刘老师的慰问。中秋节前送来的是几盒广式月饼。后来因为炭火告急，刘老师又不知从哪里弄到一车上好的柞树木炭，及时送到鹰嘴山。还有一个秋雨的日子，叫福根送来两盒全是洋字符的西药，说是针对哮喘有特效，把一个魏老伯感动得啧啧啧，眼角都冒出泪花来了。藿香惊问，平日里刘老师忙得脚不沾地，怎晓得我老爹有哮喘的？

今天周末福根带着晓雯一块儿进来鹰嘴山，通知大家，自己与晓雯先过来，刘老师随后便到。

张铁匠便招呼大家赶紧收拾一下铁匠铺，不要让刘老师看见一地邋里邋遢。

彬彬说肖助理一个前来督阵还不够，还要带一个娘子军咯。

福根纠正道，一个女人不能叫娘子军，只能称娘子。你们这里有藿香、倩倩、春梅……三个以上了，可以称娘子军了。打铁跟打仗一样，原本靠的是张老师和彬彬这样的父子兵，现在加上了魏老伯的父女兵，还有其他的娘子军，晓雯你应该给她们做一个报道呢！

晓雯点头道，这个阵仗估计先前不曾有，以后也不会有了。我有个同学在省报驻宣江记者站，我看看是不是叫他来采访一下，估计他会有兴趣。

藿香摇头道，我们姑娘家，不是打铁，主要是搞后勤的。若是他们人手不够呢，我们捡芦棘扎扫帚——也来凑个数。

小军道，你们娘子军可不是凑数的，你们来了，既是给我们补充粮草，也是给我们精神鼓励。你们娘子军在，不仅彬彬、五一和花肚子几个青皮后生一团火热，连两个老倌子也作兴是老树发芽，枯木逢春咯！

魏老伯啐他，打一张矮脚凳高过了桌子——没大没小！

藿香大大咧咧道，你呢？像倩倩这样的俊媳妇在你面前晃来晃去，你会像是昌山庙里的泥菩萨不动心啵？

小军两眼一眨巴道，我想动心也没得条件呦，早晓得有倩倩这样清秀水灵的夫人在钓鱼，就算是头上有把刀子，我也要挣起去上钩咯！

藿香就作势拿了一把菜刀递给倩倩道，你就把刀架到他脖颈上，看他真心还是假意？

倩倩很快斜睎了彬彬一眼，淡淡道，我担待不起。转眼对小军道，你不怕今夜归家要跪在杉树刺上吗？

他们闹腾的时候，福根和晓雯一个拍视频，一个捡拾混乱的地下。

张铁匠问到刘老师近况，福根看出他或有担心，回答道，刘老师最近忙一些，但对打镰刀的进度很是关心，几乎每天都问。他们过来拍照片和视频，不是对彬彬拍的不放心，主要是有些画面，彬彬不一定晓得，譬如男人埋头打铁，女人辛劳后勤，各种素材多拍一些才好。

张铁匠舒展的眉头，忽然一弹，问，刘老师只关心进度，没有问到质量吗？

福根顿时被问住了，略一停顿后道，刘老师是不晓得你有这么多帮手，怕你忙不过来，影响进度；至于质量呢，张铁匠的铺子是一个品牌，拿出来的镰刀，莫讲割禾，就是割草、割树枝都没得问题的！

张铁匠摇头道，水车车水，碾槽舂谷，一样家伙只能做一样用，我这次打的上万把镰刀都是割禾用的，要割草、割树枝，那得另外给你打咯。

福根赶紧点头道，那是的，我这里每天给刘老师上传图片和视频，包括彬彬发给我的，他人不在这里，对这里的情况可以讲是了如指掌。

张铁匠顶了一句，那你刚才还讲刘老师不晓得我们这里有这么多帮手？

小军便起哄道，质量过硬，又如果按时或者提前完成任务，是不是要加薪啊？原先我们在深圳、东莞打工，老板是给奖励的噢！

福根窘道，这个权力不在我，我可以跟我的老板反映一下。

藿香道，是咯，现如今到处是老板，大学老师也叫老板了吗？什么时候，我也有个老板好叫就好了。

小军嘴角一拉道，你不晓得吧，现如今老公都叫老板，老婆都叫老板娘。我们都晓得有一个老板娘叫魏藿香，至于她未来的老板是哪个，你肯告诉我们啵？

藿香一愣，很快醒悟过来，一对热辣辣的眼眸子朝小军脸上一扫，转过身去道，除了你小军，其他几个都可以给我叫老板！

倩倩道，还是我们藿香福气好，小猫跳到酒席上，想吃哪样拣哪样！你们几个青皮后生仔这次都要好好表现，不但要藿香对上眼，还要魏老伯相得中咯！

五一、花肚子便都起哄，讲是愿意为未来的老丈人魏老伯烧炉子，拉风箱。

彬彬也凑趣道，按顺序来，也该是我先做挑担子的沙和尚吧。

倩倩飞快地狠狠剜了他一眼道，沙和尚可以评一个优秀社员，却是没有老婆的，只有猪八戒才一天到晚想娶亲。

讲笑间，炉火升温，铁砧开打，约莫两个时辰过去，门口一声笛响，一辆银亮的丰田凯美瑞开过来了，戛然而止。

一颗发际线悄然后移、颅顶也见出偃伏的脑袋伸出驾驶室，然后是一个胖大的身躯移出门外。福根和晓雯早已快步过去，一个扶着老师，一个关闭车门。

张铁匠也摘了手套，迎上去道，才个把月没见刘老师，好像又胖了咯？

刘老师摇摇头道，真没办法，越忙越胖，我每天还在学院操场上快走一万步呢！

进得铁匠屋，福根伸出一根指头，一一介绍，刘老师跟着复念名字道，都晓得的，在福根同学发给我的图片和视频里，他都标注了。又道，我不仅叫得出他们的名字，也晓得他们多半都是单身，这下好，燃烧一单炉火，成就几对良缘！

晓雯拍掌道，我们刘老师出口成对。

张铁匠似乎在等待刘老师对他所打镰刀的夸赞，墙角扯起一把干草，举刀一割两段，换一把干草，换一把镰刀，再是一割两段。

刘老师啧啧称赞，接过一把镰刀，用左手大拇指轻轻刮过，赞道，淬火均匀，手感沉实，镰齿细密，确实是好家伙。握着这样的镰刀，我都想杀入广阔的田野，收割金黄色的秋天。

魏老伯眯细眼问他，你拿粉笔头的手，会用镰刀吗？

刘老师两眼一瞪，右手抄刀，左手反转，一弯腰，嚓嚓嚓，连续做了几个收割的动作。

张铁匠一跷大拇指道，漂亮，一看就晓得是做过田的人。刘老师啊，你看看我们魏老伯錾的齿，又多又密实，每把镰刀都有六七十颗齿咯。

刘老师伸出了大拇指赞道，真是用心啊！我家往上数三代都是地道的农民，不过我老爹也跟张老师一样，60年代吧，也当过几年民办教师。没得工资拿，只拿工分的那种。我打小就放过牛，耕过田，上中学之前，春插和双抢，一次也没逃脱！

倩倩问，一个农村青年，做到了大学教授，刘老师莫非是天才？要不就是有亲戚帮了你？

刘老师摇头道，我们那个渥江大村子，往前推十年，都只有我一个大学生，撒一把红花草籽到田里，任其自生自灭。我现在出来了，大概可以帮到一些亲朋好友。

福根道，刘老师当大学老师这二三十年，他们那里陆陆续续出来了不少大学生。他给家乡做了好多好事……

刘老师制止道，读书的事情，帮不了太多的忙，主要还是靠自己，不过呢，榜样很重要。为什么有的村子古代出举人出进士，一出一大群，没有的就一个都没有？这就是因为有榜样。我当年是害怕像老爹那样，一辈子脸朝黄土背朝天，所以想到读书走出来。我娘呢，成日念叨，你读书不好，将来就娶不到老婆，是一根树就要栽进好土里……

忽然觉得如斯场合，这样讲不对。刘老师转圜道，其实呢，在哪里生活都一样。要是我留在乡里，可能是一个好木匠，我两个舅舅都是木匠，走村串户，好吃好喝，因为都有一把好手艺。现在手艺人中的佼佼者都在评非物质文化传承人，张老师和魏老师，应该好好申报一下。福根同学，你看看行吗，推动一下？

福根马上点头道，我去找相关文件看看，如有可能，一定申报。

张铁匠和魏老伯都摆手道，老了老了，不操那个心咯！

彬彬道，两老倌子有点事做，聚在一起就开心。一身打铁手艺是不是"非遗"，做不做传人，他们不关心，往下传，传给哪个哟？

刘老师伸出一根指头几乎戳到了他的鼻头道，张老师就传给你，魏老伯就传给藿香。我也带一些大学生过来实习，挂一块宣江学院实习基地的牌子。

倩倩捂嘴笑道，那就好！铁匠世家不仅有了后生接班，也有了娘子接班！

这会儿轮着彬彬咬牙切齿瞪着她道，我看最合适接班打铁的不是别人，就是你了！

倩倩挤眉弄眼道，若是我有个老爹是铁匠，我会一天到晚把炉子烧得通红，把锤子砧子擦得铮亮，打了镰刀打菜刀，打了菜刀打斧头咯。

彬彬看出她是有意把自己和藿香捉弄到一起调笑的意思，这是他不情愿的一种感受。且无论倩倩是真情还是假意，他心里头只盛得下她。通常讲，一个女人心里装有一个心上人之时，那个人就是她全部的世界，现如今，彬彬掉转来也是一样：倩倩在不在他眼面前晃动，他心头都不曾暂住过别的女人。即便是藿香这样口无遮拦、性情活泼的妹子，在他眼前也是一阵风，一片云，一渠流水，驻停不了。

彬彬一挥手道，好了，好了，谈谈归谈谈，不耽误做事情！

即刻，鼓风机和风箱一起开启，两只炉子同时烟火升腾，后生仔与娘子军一起上阵，叮叮当当的奏鸣曲，山泉一样流淌。

这场景，比在视频里看到，又是不同。刘老师顿时瞪大眼，后悔没带摄像机过来。他横举手机快速倒退，选择不同角度边拍边道，百闻不如一见，此前看了那么多图片和视频，都不如亲临现场有感觉。早晓得是这么好玩的打铁气氛，我就应该快来多来常来。

藿香道，刘老师真要晓得常来咯，不仅好玩，还有好吃的呢，我们倩倩做的竹筒酒、蒸的豆豉腊肉，都是一等一的味道！

刘老师吧嗒着嘴道，好吃，好看，好玩，有可能的话，我还要在鹰嘴山买房子或自建房子，作为一个创作基地。

福根紧跟道，是啊，鹰嘴山好山好水好寂寞，正适合老师修身养性画画写字搞艺术！

小军头一昂道，给刘老师在鹰嘴山找一房媳妇他就不寂寞了。

福根怪道，你怎么晓得我们刘老师离婚了？

小军诧道，刘老师还真是单身啊？我也是瞎猜的，鹰嘴山往东山十里地有个营山钨矿，钨矿里蔡老板的老婆是我们鹰嘴山的，蔡老板在宣江还有一个老婆咯！没有哪个不晓得，只瞒着了他老婆跟他女儿。

张铁匠不信道，这样的事情连细伢子都瞒不了，更瞒不了天瞒不了地，蔡老板老婆不想离婚，也就睁一只眼闭一只眼。我就听她讲过，丈夫嘛，一丈之内是夫，一丈之外就懒管他，只要每个月有钱进账就要得。

倩倩便不屑道，要是换作我，早就一把扫帚叉他出门去咯，不要讲就是一个屁大的钨矿，就是一座金山银山又如何！我们刘老师是堂堂正正的男子，从不会家里留大的，外面养小的是啵！

刘老师收了手机，揩一把额头滴滴答答成线的汗珠，啧啧道，你们今天是吃到羊肉卷了，拿我放在火锅里涮是吗？

众皆笑了。

平素寡言的五一不紧不慢来了一句，刘老师这么优秀的人物都要来鹰嘴山找媳妇，就更没有我们什么事了咯。

刘老师一愣道，不会都来，宣江学院就我一个人来，而且，等你们挑拣得剩下的，我再抱一个回去，行啵？

藿香两眼一亮，替刘老师打抱不平道，早都婚恋自由了，既然刘老师是单身，那就都在一块操场上竞争呗，哪里有让人家拣剩下了的道理！

晓雯拍掌道，听话听音，好像藿香眼前有山，心上有人了噢！

藿香并不掩饰道，我眼前只有人，没得其他。只要你我对得上眼，有屋没屋，有田没田，有钱没钱，都没得关系！屋是一砖一瓦砌起来的，钱是一张一张挣到手的，只要手脚勤快，好日子迟早会脚碰脚，赶进家门来。

霍香的这番话不像是故意唱高调，却让一圈人都有些意外。魏老伯也略感吃惊，抬头看了女儿两眼。

刘老师摘下眼镜擦了擦，看着霍香问，像你这样想事的姑娘如今还多不多啊？都讲无论城里还是乡下，女要嫁，算一下，房子、车子、票子，一样不能少啊……

八

待得鹰嘴山张家铁匠铺提前将一万把镰刀打好，田野里的晚稻已经收割完毕。

鹰嘴山海拔不高，或因四周皆山，此地的气候不仅气温比宣江要低个四五度，较之一二十里之外的袁江镇，也更早进入秋凉。镇上周边的晚稻已经翻晒归仓了，这里的农家田里才进入收割、脱粒，再用机动三轮车一箩一箩地运回，在屋前铺上宽大的篾垫，开始晾晒。

今年打立秋以来就没怎么下过雨，有利秋收。黛青色的山边，一块块姜黄色的田地，露出一茬一茬稻禾的残梗。原先的农民会把脱粒后的禾草一捆一捆扎牢，再堆成一个高高的草垛子，留作牛的饲料。稻草垛是彬彬、小军他们年少时的记忆，孩童捉迷藏，慵懒地躺在又软又香的散发出太阳与禾草混合味道的田里，眯细眼望着远山、白云和蓝天，既可以做白日梦，也可以什么都不想。

现如今，一般农家都不养牛了，稻草的作用也很少了，要不留在田里，待烧草木灰，要么白送给那些讲要造纸用的人拖走——什么时节了，还用稻草造纸吗？一块块的山地好多年前就被远近的商人都买了去，杂树灌木被砍得干干净净。风吹柳一边走，全都种上了桉树和马尾松。那都是为造纸机的巨大胃口准备的。收割之后的田野，除了一群一群的麻雀还在干燥的泥土里啄食散粒发出的叽叽喳喳叫声，现时的农村比原先安静得多了。

彬彬和倩倩玩起了儿时的游戏。晚饭后两人约好，一前一后出了村，相约就在自家田里，堆满稻草的某个田埂边见面。通常倩倩会背一个紫色的布袋，从里面扯出一个单人床的被单抖开，被单就降落伞一般降落了，那是楚河与汉界。两人的要闹只要一开始，便是围绕这条界河的躲闪与进攻，藏匿与寻觅，跳跃与俯冲。无须彩排却都是步骤。一旦进入成人的嬉戏，楚河与汉界顿时消失，撒满红色碎花的被单以及被单下贮满金色阳光的禾草，转而成了祭坛，两具肉身精力充沛，如春潮饱涨的鹰嘴山水库，相互搏击而攫取，跃如却盘桓，紧张但松弛，矛盾反默契……祭奠且流连的是即将逝去的青春吗？

当彬彬发现在事毕甚至就在过程之中，倩倩会默默地堕泪，初起以为不小心把她哪儿伤到了，不停地问，不停地道歉，但见她只咬着牙关不语，却蓦然蹦出一句，你真是一个大傻子！这才反忧为喜，以更有力的拥吻和进取，来回报她的嗔怪。

后来回想，镰刀打好的那一周乃至十天，是他俩最放松、最恣意也将在日后长久咀嚼的时节。

是不是因为玩得入迷和张狂，彬彬就忽略了老爹的需求咯？

扯白了讲，彬彬的需求主要发乎身体，老爹的需求主要发乎精神。论讲呢，万把镰刀提前打好，刘老师不仅没有拖欠一分一厘，还用一床被单洗脸——大大方方，额外多付了3000元钱，其中给张铁匠和魏老伯各1000元奖励，剩1000元，给他们一拨儿后生女仔吃一餐、喝酒抽烟。

能不皆大欢喜？！

开始是刘老师租用了一辆货车过来，将镰刀整个拖走，他自己因在外开会，没能过来，叫他的学生肖助理过来点数押车。张铁匠购买了二十多个编织袋，每袋盛装五百把，十把一扎，一扎一扎用禾草裹紧，怕的就是运输途中相互碰撞，撞卷了刃，撞缺了齿，撞脱了把。

二十袋镰刀整整齐齐码在大门口等待货车到来，张铁匠并未收口，为的是肖助理从副驾位跳下来，他可以一把把展示给肖助理过目。你看看这月牙似的弯钩，你看看这均匀密实的细齿，你看看这钢蓝色的淬火……这么多年没有操铁锤了，手艺一如往昔的过硬，打出来的家伙，件件经得起检视。肖助理却无心多看，只敷衍道，好好好……赶快收口，装车。待得装货，他却头也不抬，手也不伸，退到一边去拨拉手机。

看见货车颠簸着扬尘而去，张铁匠下巴一松，耷拉下来，两眼无限怅惘又无限空洞地望着它消失在道路的尽头。魏老伯站在他身边，手搭凉棚，安慰老友道，蛮好，早些拖走，我们也了却一桩心事。

后来彬彬将这一幕描述给倩倩听，倩倩垂下眼皮道，她出嫁那年，站在村头的爹也是这样的表情。那一年，她才刚二十。

这么讲来，一辆白色五十铃厢式货车将一万把镰刀拖走，好比是张铁匠的女儿出嫁咯。

此之前，魏老伯一直待在鹰嘴山，吃住在张铁匠家里，藿香陪伺在侧。只有镰刀拖走了，他才觉得自己的功德完成了。老搭档的托付，这辈子还能遭遇得到吗？

几个月的镰刀打下来，两老倌子都看出来，彬彬和倩倩是互相对上眼了，藿香当然也晓得的。既然藿香都不以为意，两老把子再莫要鸡孵鸭蛋——操那份空心！

原本魏老伯收拾行李，跟了货车去袁江镇返回船坊。未料藿香想跟车去宣江看看，肖助理居然也撺掇她去宣江学院耍一回。藿香简单捡拾了几件换洗衣物就跟车去了。魏老伯大概还不适应女儿的抬脚就走，整个下午心神不宁，到晚上给她挂电话，她说在那边要得蛮开心，要明日上午回来。魏老伯免不了嘴里嘟嘟囔囔的。

惹得张铁匠笑他，藿香平日不出门吧，你怕她在家里菜腌过了头，酸在缸里，现时出去了呢，你又怕她一架风筝挂在树上，成了别人的伴咯！

九

亚洲当代艺术展，在宣江新落成的美术馆开展，展出时间为年头岁尾的最后一周。

除了国内包括港澳台的艺术家参展，还有日本、韩国、印尼、印度等亚洲国家参展。艺展甚至冲出了亚洲，展品欧洲来了英国两件，法国一件，还有卢森堡一件。总共四十五组（套）九十八件作品，涵盖装置、行为、雕塑、声音、影像、动画等多媒介方式。

刘老师是整个艺展活动的策划人与执行者。开幕式上，他破例穿了一身红色西装，一条蓝色洒白花的领带，站在各路领导后面，不时支使肖助理和晓雯跑东跑西。大厅里那么强劲的冷气，彬彬犹见他额头冒汗。这次开幕式，不仅彬彬领到了印制精美的邀请函，倩倩、藿香、张铁匠……凡是在铁匠铺里拿过锤，烧过火，洒过汗的男人女人，都领到了一张印有隐形镰刀的 LG 徽标的邀请函。这其中缺席的只有魏老伯，两个多月的锤打、炙烤和操劳，透支了一个七旬老者的体力和健康，他现时需要的是女儿照料下的静养。可是开幕式前一天，他却毫不犹豫地放走了魂不守舍的藿香。

一个历经沧桑的老爹，不可能不从女儿的眼眨眉毛动中，窥见一池荡漾的春潮。

彬彬站在偌多的嘉宾一侧，除了和倩倩手扣手的小动作，他俩也瞥见了霍香及时给刘老师递上擦汗的纸巾，以及落落大方地接过他解下的红西装。

无限啰唆的开幕词、贺电与贺信、领导及嘉宾讲话……总算结束了，参观开始，人流开始散入不同的展厅。刘老师一招手，鹰嘴山的一干人跟随他进了演播厅。硕大的电子画面，足足霸占了三丈宽的一堵墙。恰是打镰刀的画面！张铁匠、魏老伯，一个抢，一个錾，彬彬、小军、凯哥哥、五一、花肚子……待得倩倩、霍香、春梅一一露面，每一次都是一阵惊呼，既有大惊小怪，亦有由衷赞叹。他们都没看过自己在电视里的表情，且是在一堵宽阔的大墙上展播！

他们需要这样的放恣，即便是在需要安静的美术馆。

随后参观了两个装置艺术，一个是五花八门的铁丝缠绕球，当头空挂，还有一个既像麒麟又似龙的高足两米的不锈钢构件，逶迤而卧。

都摇头讲看不懂。

刘老师摆摆手道，不急，下一个你们就一定看得懂了！

进了一个教室般大小的厅房，一地堆满的镰刀，足有尺把厚！迎面照壁上的钉牌说明：

　　题目：田野。作者：刘寥廓，以及一群即将远去的铁匠。

一群来自鹰嘴山的男女观者全都惊住了，眼前的镰刀一把把全都锈迹斑斑，这是个把月前出自鹰嘴山张家铁匠屋里的镰刀吗？原本一把把攥在手里，便能听得到风行飕飕，禾草纷纷伏偃的镰刀，怎么会褪尽幽蓝，锈蚀成一大堆破铜烂铁?!

彬彬刚问了一句，这是我们打的……家伙吗？

便闻得背后老爹鼻息咻咻，追问道，怎么？怎么全都……糟锈了？

刘老师淡定地解释道，张老师放心，不是我保管不当生锈，是有意为之咯！收到镰刀以后，我全都请人精心做旧了。刘老师手臂一挥道，这是一个意图通过镰刀表示田野，曾经存在却即将远去的田野，镰刀当然应该生锈，生锈才有无数次的收割，锈是无尽的沧桑，锈是连绵的岁月，锈也是历史的沟壑纵深……

听他这么解释触目惊心的锈，其他听众的表情都有一些复杂，唯独藿香的目光从疑惑转为了崇拜。

怎么可以这样?！张铁匠呼哧呼哧喘息道，那么好的淬火的镰刀，一把把都像上过油一样铮亮，你却故意把它们做成一把把废刀了！

说着一个前仆，险些摔倒，彬彬和刘老师手快，一边一个架住老伯，扶他一旁坐下。

刘老师不紧不慢地跟他解释，既然是艺展，一切都应该服从艺术的需要。无论大或小，新或旧，美与丑，只要有艺术在主导，就是美的。在艺术家眼里，未必新的才是美的，有时候恰恰相反，譬如罗丹的《老妓女》，一个形象丑陋、枯干如柴的女人，还有凡·高的《农鞋》，又脏又破……却被艺术家的手笔，点石成金，流传久远，令人震撼。

一脸涨红的张铁匠喝了藿香端上来的水，才歇匀了气道，我不管你什么美和丑，如果你能退回我那一万把新崭崭的镰刀，我就把钱都退给你好啵?！

刘老师双肩一耸，摊开两只手道，我不能返回了，我没有让他们返老还童的本事。

此时节，又陆续进来了一拨儿观众，还有几个来自日本还是韩国的老外，叽里咕噜配合着手势问，能否拍照。刘老师站起来，做了一个OK的手势道，可以，随便拍！

刘老师的外语明显不如当今的学生，他请晓雯过来做翻译。作为作者，他语速快捷地介绍了《田野》的构思、创意及表达。他当然不吝介绍身边一群"即将消失的铁匠"。除了张铁匠还坐在一旁生闷气，年轻人很快转变过来了，自觉成为这个装置兼及行为艺术的一部分。无论老外还是内地观众，都情不自禁地抬手拍掌。

等到他们送走了两三拨客人，回头一看，张铁匠不晓得什么时候悄然离开了。他此前坐着的长凳，已经有两三个观众在歇脚、喝水，评头论足。

刘老师若有所思道，老人家思想一时半会儿转不过弯子，以后我找机会再给他解释吧。

深冬的鹰嘴山飘飘洒洒地下了头一场雪，将山岭和水库装点得分外肃穆。马尾松和毛竹林不时传来一两声脆断，弹起一片粉雪的同时，惊起一两声雀鸟的啼叫。

天晴了，因肺炎住了半个月院的张铁匠，回家调理了一周，自觉好多了，才迈出家门想晒晒日头，便听得下面一声车笛。一辆银亮的丰田凯美瑞跃然而上，迎面开来。除了驾驶舱里刘老师那颗硕大的脑袋，副驾驶窗口还伸出了肖助理招摇的手。

吱的一声锐叫，车子猛然就刹在了张铁匠的身边。

后座两个姑娘先下来，左边的，是抿着嘴微笑的晓雯；右边的，是一脸灿然的藿香……

竹管风铃

1

大宝跟玲珑都是二婚，一年前两人办理结婚手续，接受一拨儿老同学庄谐不一的祝福与厚薄不一的贺仪。大宝已经过了五十八岁，玲珑才四十岁出头。洞房花烛夜，大宝很真诚也很温情地跟玲珑说，从今天开始，头一二十年，我还可以照顾你，或者说相互照顾，再后，就剩你照顾我了，你要有心理准备啊！

玲珑一撇嘴道，不爱听你在这么美好的夜晚讲一个"剩"字，要剩也是剩你，不该剩我。你当我是剩女啊?!

大宝乐道，在我认识的朋友里面，剩女多，剩男也不少。你是提前剩下的，我是老早就剩下了，所以你将来照顾我，也是没有办法的事情。

大宝的儿子大学毕业之后，去了瑞典留学并工作，孩子他妈从来都是一路陪读，从一座四季无冬的城市去了一个冰天雪地的世界也无怨无悔。玲珑的女儿跟随她爸生活，在实验中学住校。两人的生活倒也简单，不像其他拖儿带女的二婚生活，总是有一些剪不断理还乱的缠绕。大宝目前在一家投资公司任CEO，忙的时候，个把月都难得在家里吃一次饭；再婚之后，除非工作太忙，他每天坚持要在家吃一顿饭。盖因玲珑从一家台资企业辞职后，居家寂寞，虽然家里有一只八个月的泰迪，到底还是无人对话。大宝能想象他不在家，玲珑百无聊赖的样子，一边听书，一边洗涤。喜欢洗涤，是因她有洁癖，无论外面是否有太阳，总是要在阳台上挂满飘逸着洗涤香波气息的衣物才觉清爽。常常听书，是因他推荐她读的任何书，她都难以坚持一刻钟，要么眼累，要么走神，只有听书，似乎才可以从早到晚不厌倦。

大宝一面叹息道，你又不是"九〇后""〇〇后"，读荧屏长大的，怎么会读不了纸本呢？另一方面又为她终究还能听书庆幸，况且她听托尔斯泰的《战争与和平》、肖洛霍夫的《静静的顿河》、福楼拜的《包法利夫人》、陈忠实的《白鹿原》……说明老婆口味不轻飘啊，尽管她走进时装店试衣的沉迷，会把听书的劲头甩下两条街。

这天下班之后，大宝眉头不展，心事重重。直到玲珑把几个香喷喷的小炒端上餐桌，他也没有像平日那样喜上眉梢。玲珑在他的空碗里夹了一箸辣椒小炒肉道，你尝尝这个螺丝椒辣不？

大宝虽然是湖南人，可来深圳近三十年，口味慢慢变得清淡，虽然还能吃辣，却早已是粤菜有力消费族的一员。

他心不在焉道，还行。

她漫不经意问，在单位碰到事情了？

他抬头道，你认识的，老同学李富阳患了脑梗送去医院检查，今天进了ICU溶栓。

玲珑一愣道，上次见他，不还是好好的吗？

他道，那还是半年前了，之后再没见过他吧？

玲珑点头，是啊，时间过得太快！

那次婚礼，当年中文系毕业在深圳的几个老同学，另有一些单位的同事，总共十几个人过来凑热闹，最活跃的就是李富阳。

任何同学或朋友聚会，总有一个灵魂人物，话稠而俏皮，活跃氛围。玲珑一望而知，富阳是宴席中的一个转盘，可以把话题转到任何一个人跟前。他的插科打诨也是一流，说汪曾祺在一篇散文里讲到乃父当年续弦，汪生母的一个远房兄弟送来一副对联：

"蝶欲试花犹护粉，莺初学啭尚羞簧。"

这副对联摘自唐代诗人皮日休《闻鲁望游颜家林园病中有寄》一诗的颈联。只不过，皮日休原诗中的一个"飞"字，据说是郑板桥改成了"花"字。李富阳道，郑板桥这么一字之改，不得了，就有多种意味了，本来是一幅春光图画，汪老却在父亲的婚礼之后很久，读出了很"黄"的意思。汪老说：我父亲年轻时的朋友大都有些放荡不羁。富阳当时道，我也比照皮日休这副联，给大宝兄送上杜甫一首迎接客人律诗的颔联。说着他有意避开玲珑，挨个在客人耳边传递杜诗的颔联，最后才跟大宝咬耳朵。在座并非都是中文系出身，不是人人都能听懂李富阳两句诗的弦外之音，但大宝立时听懂了，杵了他一拳道，再好的经也能被你这歪嘴和尚给念歪！富阳道，我是一个彻底的流氓无产者，但今天这个闹洞房的场合，也不能念给嫂夫人听，不然就有调戏之嫌了！有几人才悟过来，笑得东倒西歪，便是一阵杯盏乒乓乱响的干杯声。

几天后，玲珑才想起这一出，问大宝，那天李富阳念了什么歪诗？把其他人给乐的！

大宝呵呵道，你就当他讲了一个黄段子吧！

大宝极为欣赏富阳的才华，说他左右开弓，左手写旧体，右手写新诗，都好，对联自然也不在话下。一般人论旧体诗词，多半不离李杜，要么苏辛，再或者李煜、李贺、李商隐……他却喜欢一些少有人知的诗僧——亦诗人，亦僧人，如东晋的支遁，唐代诗僧三大家皎然、贯休、齐己。还说他没看到这些诗僧的传记，材料太少，如果有生之年有余钱，他最想做的事情，不是给汗牛充栋的李杜苏辛之类的研究续貂，而是给这些一生落落、生活枯淡寂寞的诗僧立传。

他最喜欢的是清朝一位只活了三十五年的诗人黄仲则，曾为他的一本诗传撰写了大致的目次，陆续积攒了不少资料。大宝还资助他去黄仲则的老家常州武进考察过，却开了个头就搁浅了。

大宝家里张挂的唯一一张书法就是富阳撰写的：

"万贯家财岂如腰系同心结，千般富贵难匹耳闻解语花。"

这句诗就是富阳从黄仲则的一首《感旧》化裁而来："风前带是同心结，杯底人如解语花。"富阳的毛笔字也好，行楷兼得，笔法飘逸而沉稳。大宝将这首诗的意思解释给玲珑听，玲珑心生感激道，老同学是在提醒你，任何时候都不要忘记懂你的人。大宝将她一双手握紧，举起道，所以我大宝才会装裱张挂。我还有一些名家字画，都一一压在了箱底，就为这位老同学不仅懂我，也懂你啊。

富阳除了送老同学一副自己撰写的对联，还送了一串自制的竹管风铃。风铃是他从内地带来的，用的是家乡的小山竹，两个手掌长短，一共十八支，上面火烙了一些诗僧的诗句。竹管高低错落，风过耳，常会鸣响有节奏感的曲调。神奇的是，北风吹过，铃声铿锵，金戈铁马；南风吹来，铃声柔婉，如怨如诉。

玲珑把竹管风铃挂在北窗，她认为这个新家需要多多拂过阳刚之音。挂风铃的时候，她忽问，这串风铃是不是富阳当年做了想送给一位心仪的女朋友？我很少见男人张挂风铃的。

大宝一愣道，有可能，但也不知为何没有送出去，来不及吗？

玲珑道，找一个他开心的时间，可以问问。

知晓大宝对一向落魄的富阳多有资助，玲珑并无一丝一毫的怨言，甚至提醒过大宝，是否找机会，把一直没有固定职业的富阳弄去他们公司上班。

大宝摇头道，先不讲本公司的人事并不是我说了算，也不想让人用挟私的眼光看我；再讲，富阳离开固定职业太久了，已经回不去了。我对他太了解了，一只森林里的鸟儿，尽管觅食不易，你把它抓进笼子里，整天好吃好喝，它终究还是喜欢自由自在的蓝天。

大宝告诉玲珑，虽然在医院临时给富阳找了一个护工，但不是自家人，难得尽心的。

玲珑道，那我去呗。

两人并未多商量，第二天玲珑就去医院照看李富阳，先把已经带出了感情的泰迪犬二宝寄养给了闺密春旗。

2

富阳比大宝大两岁，已经六十岁出头了，相比大宝的肤色白净、斯文俊俏，富阳则黑肤宽脸，连腮胡子，落拓不羁也邋里邋遢。结过三次婚，都接二连三地离了，带来的是不断加剧、一路狂奔的清贫，直到赤贫——按大宝的评价：除了一身才华之外，一无所有。大学毕业之后，他被分回老家县一中教书，不知是不是书教得太才华横溢、风流俊俏了，居然诱发一位高中女生由暗恋老师，到明恋吾师，到满城风雨，一发而不可收拾。如此下去，要出大事情。富阳在一个寒风瑟瑟的冬天，一袭秋衣，墨镜遮掩，不辞而别，仓皇南下。

就这样，李富阳辗转泉州、珠海、海口，直到投奔大宝而来，于十多年前到深圳定居。说是定居，其实也是居无定所，全靠大宝约起一拨朋友从旁助力，让他编企业报刊，编街道宣传资料。如果顺利，拿到一位愿出钱写自传的老板的高稿酬，便可维持一年半载体面的吃喝。

可是凡事都有顺逆。李富阳太有个性，无论是编写公家书刊，还是撰写私人传记，他都是拂逆多过听从。用现在医生讲的一句话就是，依从性不大好。常常为一个词要改，或者一段话要删，便怫然作色。那次给一个在家乡办水电站的老板写传记，说好千字3000元，他不署名。老板看了头两章，万把字，还比较满意，但觉把他拔得不够高，顺口说了句，你写完之后我还可以找人加工。富阳当即恼火，说是改动什么也要征得原作者同意啊。老板不悦道，反正又不署你的名，你也不要名，你管我怎么改呢！我管付钱，你管写就是了！

富阳大怒道，我不要名，可我还要脸啊！从此一刀两断，连即将到手的几万首付也没拿便拂袖而去。

富阳不是一个可以攒够粮食度饥年的人。任侠纵酒，千金散尽——手头略有几分银两，便很快挥霍干净。加之熬夜、抽烟、饮食无节……故而原来的三高，现在讲的五高，他样样顶格占全。

李富阳却认真嗔怪大宝道，我看病都是检查出来的，检查仪器越精密、设备越多，检查出来的毛病肯定也越多。以前也只有高血压、高血糖、高血脂，现在倒好，多出来高尿酸、高同型半胱氨酸，五高……我看这种递增速度，很快就会有六高、七高、八高！

如果不是头天来了一位内地做到厅官退休的老同学小聚，吃饭之间，富阳一直在高谈阔论，忽然之间就哧溜摔到了桌底，大宝也不至于次日强迫他去孙逸仙心血管医院做体检了。富阳倒是当即爬了起来，嘴角泛出白沫，一只手还在摸酒杯，被大宝不客气地端走了。厅官同学吃得很节制，席间讲了很多养生道理，并提前告辞，为的是去完成每天一万步的快走指标。

虽然在体检报告出来之后，大宝督促他一定要谨遵医嘱，按时服药，并给他买了标注从周一到周日的分格药盒，以利自我服药。身边无人，他哪里有这种觉悟！常常是大宝周日过去检查，他居然还没开启过周四的药格，气得大宝要他几天的药量一顿吃了。富阳也就真的一把吞，惊得大宝一巴掌扇过去把他满嘴的药打得吐出来。

云积必雨，该落下的终究会落下来，富阳中风了。

玲珑道，见过同学感情好的，也见过兄弟感情好的，你俩的感情好得赛过了兄弟！

玲珑后来跟闺密春旗讲，最初就是被大宝与富阳同窗之谊感动了，大宝心高气傲，被他看重的同龄人不多。

春旗点她的穴道，看来你是真爱他，才会为他去伺候一位同学，你在家里哪里不是爸妈的一把金钥匙，藏在兜里怕硌着，挂在颈上怕凉着。

玲珑受用道，是啊，他也讲我乐意做他的灶下婢，他已经蛮感动了。这个"婢"字，我常常读成"啤"，啤酒的"啤"，他纠正了我两次，我也转不过来。他讲，你从我厨房里的灶下婢，到我老同学富阳的病房里的床边婢，这个跨度有点大，你要有足够的心理准备。

玲珑头一扬道，你以为只有你们"五〇后""六〇后"才吃过苦，"七〇后""八〇后"都是温室里的花朵啊！

玲珑进到市二医院神经外科的ICU，四下张望，倒是富阳先看到她了，左手抬不起，右手指着她，嘴里含糊地叫她。

男护工身穿一件浅蓝色工装，背有点佝偻，动作却很麻利。他告诉玲珑，幸亏哥送来得早，溶栓很顺利。又端来一张凳子招呼道，姐坐。

玲珑看他一眼想，这人嘴巴倒甜，叫大宝哥说得过去，叫我姐是不是太装嫩了？嘴里道，劳烦你多用心啊！

一边调试点滴的护士已经人到中年了，快人快语道，这个时候的用心不用心，靠的两块儿，一是经济实力，二是家里人多。那些个不愿生孩子的人，一旦送父母进来，看了这个阵仗，就有痛感了！

玲珑心里一动，道，不愿生的原因很多，实在是从小到大，从幼儿园开始，小孩和大人都累得不行。

她们议论之时，床上的富阳都听见了，他一脸落寞。玲珑听大宝说过，他有一个跟了母亲的女儿，远在兰州，给她打过电话，告知爸爸病了，女儿回了句知道了，会给爸爸打电话，便把电话挂了。

平时是男护工做全天候看护，玲珑在家做饭熬汤送来，还会带上他爱吃的坚果大列巴。看似就多了一个送的过程，便多出了很多事情，路上来去打车，有方便也有不方便的时候，上下班时间不仅堵车，医院电梯也常常得排队等候。很快疫情有了反复，医院加强了管理，规定只能有一个家人看护，且需持有72小时之内的核酸检测报告。

夜晚好一些，玲珑如果白天不能蒙混进去，要么叫男护工出来接去饭盒，要么叫他出来，置换她进去。

还是护士在走道上告诉玲珑，难为她这么用心做饭、送饭，病人不知是胃口不好，还是情绪不好，她进来则好很多，护工在一旁的时候，吃不到一半就不吃了。

玲珑心里有数了，以后她每次送饭都尽量将护工置换出去休息，她守着富阳吃完饭才收拾碗筷离开。

生活最在琐屑细微处磨人，更何况是照顾一个重病号这样费时费力的事情。大宝很快发现了玲珑精力透支，夜里睡不好，讲梦话。大宝心疼地握着她的手道，富阳很快转普通病房了，我也正在给他找一家养老机构，你做不动就不要每天去了。

玲珑道，你这么放心这个护工？

大宝道，不行就再换一个。

玲珑道，再换也不如自家人。

大宝道，他的自家人远离了他，我们也不算是他的自家人。

玲珑道，既然我去了，我就是他的自家人，谁叫你们曾经是大学四年上下铺的兄弟呢？谁又叫我嫁给你了呢！

大宝道，你这话我爱听，我既怜惜他，却也心疼你。

玲珑道，去医院照顾了他一段时间，才晓得他真的无所不知。一个那么抗拒体检、抵触吃药的人，中医的典故倒知道得不少。说着，玲珑翻看手机，念了几句诗："我多长卿病，日夕思朝廷。肺枯渴太甚，漂泊公孙城……"

大宝道，这是杜甫的诗，长卿病就是现如今的糖尿病。西汉的文学家司马相如，字长卿，患有消渴病，糖尿病是西医的讲法。富阳在我们班聚会的时候，念过这首诗，这首诗很长，他都能背诵。我们班的人一半过六十岁了，所以患长卿病的也不少，大概有一二十个。

玲珑道，他的知识面宽，医生有空的话喜欢听他天南海北地闲扯。也有不爱听他唠唠叨叨的，有个沉默寡言的护士小玉，长得一般，看得出来富阳很喜欢她，一见到她就眉眼生动，捉住她的手滔滔不绝，说有一个中医方子，做成的药丸叫青蛾丸，是慈禧太后做给宫女吃的。小玉就杠他说，给宫女吃的，又不是慈禧太后吃的，你当我是宫女啊！富阳说，慈禧固然是为了宫女吃了青蛾丸体态轻盈，容貌娇美，好照顾她，宫女不也喜欢自己好看吗？你看看慈禧那么热衷权力那么操劳的一个女人，在那个内外交困的年代都活到了七十三岁，她是懂得养生的！小玉再一次杠他，你要是也懂养生，哪里会不到六十岁就住进ICU！

男人喜欢一个女人，无论她如何戗他，都舒服是吗？我看你就不是这样的啊！玲珑侧脸看着大宝的表情道，那天我见他偷偷塞了一个小挂件在小玉的工作服兜里，小玉没有拒绝，也不知她是不是知道。如果她事后不知道，富阳的这番殷勤岂不是白表了？

大宝直言道，富阳不可能有多值钱的挂件在身上，是一个小意思吧，感谢护士们每天辛苦地护理，至于她是不是知道，不那么重要吧。

我看很重要，不然他为何不给其他人呢？医生护士不止小玉一个啊！

这是一件很值得在乎的事情吗？大宝疑惑地看着玲珑。富阳是一个单身，小玉是不是我就不晓得了，总之，富阳给一个小护士偷偷送了一个小挂件，可能仅仅表示感谢，也可能是对小护士有好感。仅此而已。我的老同学目前虽然经济拮据，甚至可以讲是朝不保夕，可他爱一个人的权利还是有的吧？

玲珑不语。一开始她只是对富阳此举感到好奇，凭一个女人的直觉，一个男人送礼给一个刚认识的女人，一定是心有所动。但为何是小玉？她在护士站看到的几个护士中，小玉并无任何出众之处。接下来她想到的是，一个刚从ICU病房出来、经历过溶栓的病人，如何会在男女之情上有感觉？她父亲就是在七十岁左右中风的，幸得及时抢救脱险，之后回到家里俨然变了一个人，以前那个谈笑风生、行动利索的父亲不见了，代之以木讷寡言、行动迟缓、兴趣索然的人。出院后的几次检查，医生都说恢复得很好，加强锻炼会恢复得更好。他却直到逝世都没有变得更开心，也不想做任何康复训练，包括站立和走动都要屡屡劝说，勉为其难。难怪在中学当生物老师的母亲说，一个人的身体是自己把握的，精神更是，如果他自己意识不到，没有主动性，旁人再怎么劝，都是徒劳。

后来母亲与父亲两相隔膜，母亲纯粹是在尽义务。父亲在八十岁还差三个月时去世了，母亲恍然有一种解脱了的感觉。玲珑其实早知道母亲在外有一个相识很谈得来，是她在做深圳植物摄影展中认识的。母亲一直在克制，等到父亲去世，母亲压抑在心中的那一份爱恋却似乎也消磨殆尽了。作为女儿，玲珑一直不知道如何描述更不知道如何帮助母亲，故而看到同样中风的富阳依然朝气勃勃——姑且这么定义吧，心中自然感慨——既有好奇，也有好感。

可是这一切，她觉得没法跟大宝说，虽然，她的身心早已托付给他了。

3

半个月很快到了，富阳即将出院。

医生说，他的病情已经稳定了，回家之后一是按时吃药，定期检查，再就是注意生活方式。大概是看出监护人大宝的犹豫，医生追加了一句，如果还想住院，先出院几天再住进来。

富阳摆摆手道，医院又不是疗养院，有哪个倒霉蛋出院了，马上又想住进来的！连胡子也不愿刮净，抬脚就要走。随即自嘲地吟了起来："樵父貌饥带尘土，自言一生苦寒苦。担头担个赤瓷罂，斜阳独立濛笼坞。"这是贯休用诗歌给一个打柴人画像，我就是这样一介樵夫。

玲珑开车，大宝坐在副驾上，富阳独自坐在后面。他嘀咕道，出院的感觉真好，头上的太阳都比医院的真实。走了一段忽问，我们这是去哪里？

大宝抬起近视镜前的墨镜镜片，反身道，前天不是跟你讲过送你去一个养老机构吗？免得你独居要做饭，万一发病了，也没人知道。

富阳努力回忆道，前天跟我讲过去一个养老机构？我可以做饭，做一天吃两天的。养老机构很贵吧？我发病了，可以给你打电话啊。

大宝道，贵不贵你就别管了。你病了不是感冒发烧，就怕你到时候连打电话的能力都没有了。

富阳这次脑梗，自己并没有觉察，是大宝多次打电话给他，未接，下意识感觉有事，这才赶紧过去，一见之下吓了一跳，富阳嘴角歪斜，口齿不清，大宝立刻就打120叫来了救护车。其间，富阳尿失禁，淅淅沥沥尿了一裤裆。

为了安排富阳出院之后进养老院，大宝和玲珑都没少花心思。深圳的养老院大都门槛高，昂贵的入门费动辄百万，不仅他俩会觉得有压力，富阳自己也会心生抵触；低廉的排队人太多，不得其门而入。终于找到龙岗一家民营养老院，有个很诗意的院名：爱晚园。

一栋六层楼，每层有十来个房间，是旧厂房改造而成，仅朝走廊的一面有窗，很像上世纪七八十年代工厂的单身宿舍。富阳被安排在四楼顶头的一间，房间里还有一位八十多岁的老人，姓祁，耳背，有点老痴，行动也不方便，借助一个步行器去卫生间或出房门。

事先有过联系，玲珑径直在后门的一栋小楼里找到爱晚园的陈老板。他五十岁出头的年纪，秃顶而壮实。玲珑恭维陈总实业做得大，听讲在外面既经商又办厂，忙得一塌糊涂。陈老板呵呵一乐，自嘲是叫花子拉胡琴——穷快活。得知她先生大宝与富阳是同学而非亲人关系，陈老板"啧啧"两声道，这年头同学肯帮衬同学到这个份上，也是针尖上落芝麻——难啊！

遂答应给富阳入住打八折。

大宝和玲珑事先已经将一应床上用品及日常所需备好，放在后备厢，分两次提上来。玲珑铺床之时，跟大宝交代，还要买一个塑料桶给富阳晚上泡脚，墙上需要一组粘贴挂钩晾挂毛巾，再是深圳到了十二月也有天冷的日子，买一双绒毛防滑拖鞋，袜子也要多备几双，他的旧袜子有两双都露出后跟了，扔了吧……

大宝对富阳道，玲珑心细，我想到的，她先想到，我没想到的，她也想到了。以后她还会常来，你有事也可以随时跟我打电话。

富阳坐在一旁的折叠椅上，神态颓然道，难道我竟要在这样的地方了此残生？

大宝赶紧安慰他道，你别想太多，这里毕竟有护工，还有医务室、理疗室、食堂等，等过了这个阶段，照样可以出去的。一次脑梗之后，很容易复发的，我不敢叫你一个人住了，像上次那样，吓死人的，起码身体稳定之后再说吧。身体好了，你想上哪儿上哪儿。我还等你一道乘坐一次俄罗斯的宽轨火车，穿越西伯利亚，横跨欧亚大陆呢！对了，你要买的相关黄仲则啊，皎然、贯休、齐己等的资料，我也检索出来了，在当当网和旧书网上下单了。

见房间足够大，大宝跟玲珑商量，很快打电话让相邻的家具店送来一张最宽的电脑桌，一个可以调节的仿皮转椅，也没有忘记叫附近的医药公司送来一张轮椅，富阳的腿脚其实不利索了，站久了支撑不住，走远就更不行了。大宝安慰他道，这是聊备不时之需。

富阳看着轮椅蹙眉道，但愿永远不要有这样的不时之需。

让富阳在康复过程中写写大字，当不至于太寂寞。富阳行书喜欢颜苏，楷书临过欧柳，平时他在大学班级微信群里亮相的也主要是自己的书法，七律与楹联，要么是原创，要么是集句，无论书法或创作，总能迎来围观与喝彩。

看到桌上很快备齐的笔与纸，富阳眼前一亮，双手在床上撑起，慢慢走过来。大宝倒出一碟浓黑的墨汁，玲珑抻平纸下的毡子。富阳想想自问道，写什么好呢？我这脑子完全锈住了啊！

大宝赶紧鼓励他道，写什么都好！

富阳想了想，一笔一画写下：

"似此星辰非昨夜，为谁风露立中宵。"——这是黄仲则。

"长啸归林岭，潇洒任陶钧。"——这是支遁。

"应物非宿心，遗身是吾策。"——这是皎然。

"水尔何如此，区区砭砭流。"——这是贯休。

"觅句如探虎，逢知似得仙。"——这是齐己。

虽然手还不是很得劲儿，顿挫的斜逸较为明显，笔墨依然称得上饱满。

大宝鼓掌道，宝刀不老啊。头一句听你念过，黄仲则的？

富阳点头道，是的，你的记性不坏，是他《绮怀》中的一首。前面两句是"几回花下坐吹箫，银汉红墙入望遥"，后面几句是……

大宝打断他道，可以了，刚出院，无论体力还是脑力，都不能用得太过。你既能写字，又能背诗，跟过去样貌差不太多，我已经很满意了。

富阳要强，将起左胳膊，又将起右胳膊，一字一顿道，无记忆，毋宁死！原本他《绮怀》组诗十六首我都能背下来，现在只能记住一些零星片段。大宝想想，提醒了两句。富阳摇摇头道，那是我们上世纪60年代初生人的嵌入记忆，梦里都不会背错。大宝又提醒了另一首，也是同一路径。富阳仍不买账道，如果我只能背诵那一类，这副臭皮囊即便现在抛弃在荒郊野岭，也不足惜啊！

说着，他忽然念念有词：

逝水韶华去莫留，漫伤林下失风流。

美人自古如名将，不许人间见白头。

这是一首清代的诗歌！诗歌作者叫赵艳雪，是天津佟宏的小妾。她的同乡诗人查为仁的妻子金夫人病逝，于是作了《和查为仁悼亡诗》。袁枚在《随园诗话》中也极为称赞此诗甚佳。

大宝夸道，好记性！

富阳大受鼓舞，双手撑在电脑桌上，朗声道，好啊，只要记性还在，一息尚存，绝不浑浑噩噩，苟且残生。大宝兄有何事，尽管吩咐就是！

是夜，大宝与玲珑激情缠绵之后，握着她的手道，你晓得我这位老同学人生最矛盾的是什么吗？

玲珑道，心有余，力不足。

大宝忽然手上使劲，玲珑叫道，你捏痛我了，你坏！

大宝道，他想做的事，没有效益；他不想做的事，勉为其难。如此这般，他心里不痛快，抽烟，熬夜，不规律地生活，病痛就找上门来了。

玲珑问，他最想做的事是什么？

大宝道，写点旧体诗、个性化的散文，还有为他欣赏的诗僧做传记。总之不是命题作文，不是千篇一律的公文。要他去写企业家传记那种有偿报告文学，真是明珠暗投，勉为其难。

玲珑道，我看他最适合的还是教书，他的古文底子那么好！现在我们的中学教师，动辄就是名牌学校的本硕连读毕业，我看未必比得上他一个省级大学的老本科生！

这么有个性的一个人，叫他教书也难，学生喜欢的老师，学校未必喜欢，你以为他当年逃离家乡的县一中，仅仅是规避桃色新闻吗？

那你讲，给他找点什么事情做才好？你认识那么多朋友，从政的，任教的，都有，当老板的更多。但是他们未必都对旧体诗感兴趣啊！哎，我想能不能这样，让他给你的朋友每人写一副嵌名联怎样？或者给公司写楹联，叫他们付钱？

大宝沉吟道，找几个人友情演出并不难，难的是一直演下去。

资本都是逐利的，资本家并非都是慈善家，也不能要求人家都当慈善家。

玲珑点头道，也是。

大宝道，不过你这个点子倒是提供了一个思路，可以缓解一下他的燃眉之急。

次日傍晚，大宝、玲珑请富阳出来在附近一家火锅店吃饭。富阳起初畏难，认为走不了那么远。大宝说就在爱晚园出门往右三五百米，况且还有一张轮椅啊！

富阳不肯坐轮椅，情愿推着轮椅走。大宝说，他母亲九十四岁那年去世的，此前十年都靠一个轮椅维持活动和出门晒太阳。有个轮椅自己推着走，她就不怕摔跤，不过那种轮椅跟这种轮椅不一样，走累了就反身坐下来休息。

富阳说，那好，我也推着走，走累了就坐下来歇会儿。

没走多久，他就感觉双腿不得劲，心跳上来了，满脸通红，只好反身坐下来，由大宝在后面推。

富阳感慨道，你看我几乎成了一个废人，同班同学，大宝还在社会上飞扬，我却需要一个轮椅！什么叫毕业三四十年后见分晓，这就是啊！

玲珑知道这是讲给她听的，安慰道，有得必有失，有失必有得。大宝讲过不止一次，你们班上七八十号人，他最佩服的就是你！他还讲，天才就是偏才，以你为例。

大宝道，谁叫你把自己弄得满身才华！满招损，谦受益。这是出自《论语》吧？

富阳道，"满招损，谦受益，时乃天道"，此言出自《尚书》。才华是可以兑换银两的，我这样穷得乒乓乱响，还是别辱没了才华！

大宝和玲珑一左一右推着富阳到了火锅店。竹篱茅舍的装修，颇显陈旧，却是借了一个公园的形势，绿荫环绕。三人在一楼选了一个角落坐下，窗外一大簇琴叶珊瑚，粉红色的五瓣花骨朵，灼灼耀眼，各种鸟儿雀跃枝头。

富阳坐下之后，来了兴致道，鸟儿一要安全，二要啄食，这两样保证了，它们就高兴。

玲珑道，我曾经在福田皇岗公园看到一些松鼠，细小瘦弱，攀爬在高高的木棉树上吸食木棉花蕊。那些东西哪里能填饱肚子啊！

富阳道，松鼠的种类很多，全世界有两百多种，中国有二十多种，常见的如红腹松鼠、长吻松鼠、岩松鼠。松鼠最好的食物当然还是坚果类，松子、榛子之类，吸食花蕊也可解饥。当然他们最好的觅食场所是针叶林。南方的松鼠不冬眠，活动量大，需要更多的食物才行。

大宝道，深圳很少见到成片的针叶林，是不是在公园里适当投放食物才好？

富阳道，适当投放我以为是可以的，但也会带来副作用。物竞天择，适者生存。不适合生存的，最后终将被淘汰掉的。

他交叉抱着双手，垂下头来。

大宝与玲珑交换了一个眼神。玲珑忽然指着窗外草地的鸟雀，捂着嘴问，那是什么鸟？前面两只小的，一蹦一跳的，后面一只大的，一步两步地走。

富阳定睛看过去道，黑领椋鸟，前面两只是雏鸟，后面那只大的是成鸟。那棵美丽异木棉树上的是一只红嘴蓝鹊，一身黑白相间的长裙，像是随时都要赴晚宴去啊。玲珑姑娘，你看鸟儿跟人一样，或者说，人跟鸟儿一样，都喜欢把自己打扮得靓靓的！

玲珑笑道，有一点不一样，它们都是天生丽质，不像我们需要涂脂抹粉。

见老同学兴致高涨，大宝跟富阳讲了一个思路，跟一些公司、单位做嵌名联之类，也写一些大字。挣钱是一方面，另一方面是不让脑子生锈。流水不腐，户枢不蠹。

富阳看着大宝，一脸狐疑问，我的字有人要吗？

大宝告诉他，前一段与一家文化公司打过交道，他们是专做这些事情的。委托他们就是了，一切随缘。

富阳道，好吧。那就试试，免得我总是依赖你这位老同学，时间长了，也是寝食难安哪！

大宝和富阳击掌。玲珑也凑上来一把，一起道：耶！

左右邻桌都好奇地看过来。

4

玲珑当然知道，大宝并没有事先遇到一家需要人写字、做对联的文化公司。大宝纯粹是灵机一动，想到了该有这样的公司，于是便开始在办公室的电脑桌上，抽空查阅百度，寻找电话，打过去咨询。

果然很快遇到了一家，谓之云里云外文化传播有限公司，且立刻就有需求，主要是做楹联，取店名、人名，乃至择取开业的黄道吉日……只不过价格都很低廉。

大宝道，你这么低的价格，也太不尊重文化了吧？亏得你们还叫这么一个声震九霄的名称！

对方回答，你如果能找到文化名人题写，我就随行就市，无名之辈写的联、取的名，这个价格就不错了。你看看现在网约车乌泱泱的那么多，各种压价就出来了！这就是竞争的结果，供大于求。

大宝道，我这位朋友的古典文学水准，写的字，比很多名家以及书法家都强！

对方笑了，名人的名字是镶了金边的，字好坏，联好坏，还在其次啊！

大宝也知道对方讲得没错，只是心里憋屈，嘟囔道，好吧，好吧，就先按你的来。

他将"云里云外"发过来的订单表格下载，将黄道吉日之类的甄选都画掉，到家给玲珑过目，叹道，太便宜了！两三百块钱一副联，还得提供多选，选中了才付钱！

玲珑拿起订单仔细看过后道，黄道吉日之类也别画掉，给我来做做这些应试题吧，百度百科加上网购几本《易经》之类的书籍，他们通得过就算是我们资助给富阳的，通不过就权当做了一些文字游戏呗。

大宝拥吻她道，心地柔软者才有最大的福报啊！

玲珑推开他道，一是受了你的影响，我从没见过大学同窗可以好成这样的，不是兄弟，胜似兄弟！二是想起父母亲在世的时候，我排行老四，尽孝不多，现在想起总是遗憾。忘了是哪一年，我鼓起勇气打电话进了深圳电台一档《夜空不寂寞》节目，倾诉的时候情绪一度失控，泣不成声。主持人胡晓梅一直在那头安慰我，后来我特意去了一趟电台感谢她。

大宝道，难为你能理解！你和胡晓梅都是上世纪70年代的人，她在头上，你在尾巴。

玲珑讶问，你连她的年龄都知道啊？

大宝淡淡道，我认识她舅舅，我们都是同一所大学毕业的，只不过他高出我好几届，大师兄。我们是在一次校友会上认识的。

玲珑问，你们校友会里大老板多吗？

大宝道，一所综合性大学，从77级到现在，毕业了40多届学生，什么人才都有，比如胡晓梅，原本是学食品工程的，后来成了一位远近闻名的金话筒主持人。

玲珑若有所思地哦了一声。

玲珑常去爱晚园，看到了一些老人形状，每令她触发"子欲养而亲不待"的感喟和忧伤。

四楼楼梯口住的是一位七十多岁的妇女，阿尔茨海默病中期，要么呆滞，要么暴怒，常常将大小便拉在身上，护工才给换过裤子，转身又尿湿了。玲珑每次从门口走过，都会感受到呛鼻的味道。她问护工，不能给她穿上成人尿不湿吗？护工没好气道，她哪里听你的，穿上她就连裤子一起脱了，把尿不湿给扯了！有时候尿不湿就是穿在身上，裤子也是湿的，不晓得怎么搞的，你讲气不气人呢？！

碰到连续几天阴雨，不见日头，过道里晾着的老人衣裤，总是散发出一股未曾洗净的气息，令人无可逃避。

这位老人有一双很大很圆的眼睛，双眼皮很明显的一圈儿大，一圈儿小，这个样貌与玲珑远逝的母亲很像。每见她眼神里流露的无奈与迟滞，玲珑就会想起妈妈在世时的情景。玲珑还看到一个八十多岁的男子，因为老是尿裤子，护工就想了一招，干脆把他的阴茎套上两层塑料袋，再用橡皮筋扎牢。扎了一夜的阴茎肿胀发紫，他家人过来发现了，对护工一顿痛斥，还扇了护工两个耳光……经历过养老院生活的人，会发现，吃，固然是老人的一个问题，拉，才是老人更大的问题。小便能否控制，大便能否顺利排泄，对不少老人来说都是一个日日新的课题，一道道难以逾越的坎儿。

这一天，玲珑又到值班室反映能否配两台烘干机，给几个尿失禁的老人烘烤衣裤。服务员没好气道，我们老板回来了，你去跟他反映好了！

玲珑便到后楼。陈老板独自在房间里打电话，见玲珑进来，挂了电话说，请坐，随手泡上一壶工夫茶。玲珑问，陈总好像不是潮汕人吧？也喜欢喝工夫茶？

陈老板笑道，经常与潮汕人打交道，喜不喜欢，都会沾染上这个习惯。

玲珑见他案头上散放着一些书，还有《论语》《易经》之类，便说富阳对古典文化很精通，如果有兴趣可以就近向他请教。陈老板挠头道，自己是猴子戴眼镜——假装斯文，没什么文化，高中都没读完就出来混了。这两年受疫情拖累，外面的生意大受影响。不然，也不可能有闲工夫坐在这里喝工夫茶！

玲珑见他笑得勉强，想起前不久与大宝去金融大厦吃饭，在座一圈人，无论做实业的还是做培训、咨询与投资的，都在大叹不知如何是好，年底年初，发得出工资的公司就是好公司了。

玲珑还是忍不住说了，爱晚园护工素质有待提高，卫生条件有待改善，硬件有待提升。譬如能不能多买一两个滚筒洗衣机，一层楼起码一个。还有烘干机也需要，这一段阴雨天，爱晚园到处都是湿气和尿臊气。

陈老板道，我晓得，有待提高和改善的地方很多，包括需要朋友和银行给我注资，需要给护工加薪，不要年年给我的租金加码，还需要所有老人的家人多点对我的理解，也多来看看他们年迈体衰的父母……

陈老板坐在一张吱吱呀呀的老藤椅里，头一仰，两鬓的白发被阳光映射得分外耀眼，疲惫的眼神里却溢出一道傲慢。

玲珑怒道，办养老院跟办实业还不一样，这是一个办慈善的事业，不能光想着挣钱！即使你现在外面的厂子都关门大吉了，你也不能总想着用养老院的钱，补窟窿眼！我还有一句话没讲，你这里的伙食越办越差，一点指头大小的腊鱼腊肉，就算一顿！前几天冬至，送几颗汤圆是没心没馅的，几只饺子全是素的！老人吸收功能原本就不好，没有一点优质蛋白，譬如鲜鱼、蛋奶，哪里有足够的营养？

陈老板瞪圆了眼睛，半天才道，我的奶奶，我可以把后勤跟整个爱晚园都交给你打理！尤其厨房，自己难做，外包也不满意。

玲珑没好气道，我是可以试试，只要你放心！

陈老板鼓掌，我相信你，皇帝后宫用太监——我一百个放心！

玲珑说干就干，先接管了食堂，其他的能管多少是多少，跟陈老板说，先试一个月，工薪由他定，他愿给多少是多少，能给多少是多少，本人不计较。她只要管理权、指挥权，干得太差的她会毫不犹豫地裁撤。食堂连同后勤原有四人，一个大厨，三个帮工，买、烧、洗一条线。玲珑觉得需要从源头抓起，亲自带了一个湖北籍帮工去周边菜场转悠，比较一番，发现菜场的菜看似更新鲜，却普遍比超市贵出百分之一二十，只好来到一家富源超市。肉的价格依次升高的是后腿肉、前腿肉和梅头肉。玲珑的理解，肉价的高低跟肉质的好坏成正比。

玲珑平时给大宝做菜，主要用里脊肉，要么雪花牛肉，当然最好的是山姆会员店的澳洲牛眼肉，怎么弄都好吃。玲珑一一给小湖北讲肉类蛋白质含量的高下排序。小湖北听完笑笑道，我不晓得哪种肉蛋白质最高，哪种肉好吃我却是晓得的。我们大厨原先给一个房地产大佬做过私房菜，我跟他打下手四五年了，吃过的山珍海味可以写一张长长的菜单了！

小湖北将玲珑点购的荤素及调料一一打包，扔进那辆蓝色的电动三轮车。她就坐在他驾驶位的右侧。今天她最满意的还不是亲手挑了猪肉、牛肉，而是挑了一些猪下水，比如猪肥肠、猪腰子。记得有次大宝做东请一群朋友吃火锅，富阳最爱的并非涮羊肉和肥牛，却是猪下水。那些肥肠涮着吃有何滋味？玲珑不敢恭维，但见富阳咯吱咯吱地嚼着生吞一般吃下去。

那一定是童年或少年的味道，唤醒了他多年沉睡的味蕾吧？

玲珑要亲手为老人们做一顿好吃的猪下水，老人们应该很久没吃过这些"糟粕"了吧？谁讲偶尔吃一两回猪下水就会"三高"或者"四高"呢？

大厨烟瘾极大，从早到晚嘴里都叼着一根烟，不管点没点火，总归得叼着。他先是瞅见一堆新鲜好肉，眉眼一舒，粉红的烟头都掉下来了，他一接居然很快又叼住，却又立马一口啐掉烟头道，我可是好久没上手过这么多像样的食材了！

玲珑道，袁枚在《随园食单》里说了："一席佳肴，司厨之功居其六，买办之功居其四。"重要的还是大厨师，采买得好当然更好，巧妇难为无米之炊不是？

大厨斜拍拍手里一条颤巍巍的肉道，有了又滑又嫩的里脊肉，谁还愿意吃槽头肉！

玲珑招呼帮工一起来搓洗猪大肠。一边准备清水及清洗配料，一边念叨，猪下水的清洗很关键，直接关系到烹制以后的味道，要加上面粉、盐和醋，反复搓揉抓捏，外面搓洗干净了，再翻一遍继续搓揉。大厨那边可以同时备齐花椒、八角、桂皮、香叶、小茴香、姜、蒜，当然还有料酒。我妈当年也用家酿米酒，放老了烧菜。现在老人家不在了，没人得空酿米酒，我就用黄酒，客家娘酒也行。

玲珑动作利索，嘴没停，手脚也没停，说话间，已经冲洗出两条肥肠了，条直气爽。三个帮工，一个拿起扫把在那边有一下没一下地划拉，一个过来了，蹲在水盆边叫好臭啊！只有小湖北有样学样，也跟着清洗出了两条肥肠。

玲珑瞥了那个吸着鼻子的帮工一眼道，只有自己清洗的猪大肠，你才会吃着放心，香喷喷的。你们跟着做一遍，以后就晓得怎么清洗了。帮工道，这么费事，我情愿吃萝卜青菜啊！

大厨见玲珑如此投入，看不下去了，也挽起袖子过来帮忙。到底是什么灶边活儿都干过的，两手青筋暴露，十分有劲儿，三下五除二，洗毕还用大手掌揉碎一把花椒，顺势上下捋一遍，随手拎起，让玲珑闻闻。

玲珑啊啊道，好香啊！

大厨毕竟是老手，洗净的一大盆猪大肠，冷水下锅，焯水，撇浮沫，下料酒，烧开几分钟，捞出，重新在锅中添水，依次放入七八种香料，加老抽及白糖，煮焖约半个钟点再捞出切段爆香，煸干之后加豆瓣酱翻炒与上色，半勺白酒，一勺沸水，加生抽继续炖煮半小时，收汁出锅。

大厨在做菜之际，玲珑也没闲着，她领着三个帮工搞卫生，从灶台、地板到锅碗瓢盆、油盐酱醋的瓶瓶罐罐，一路乒乒乓乓地大搞清洁。她想起大宝讲过上海有个老报人郑逸梅，近百岁才去世，他的长寿秘诀之一，就是如果跟儿女出去吃饭馆，儿女首先要去探视一下其后厨是不是干干净净。如果不干净，掉头就出门去择下一家。她在跟大家讲这个细节之时，没有提大宝，大厨和帮工当然也见过她老公大宝，她只说是自家一个亲戚，活到百岁，秘诀一是很少吃饭馆，二是如果下饭馆，必定看后厨是否干净。末了总结道，如果让他们看到我们的厨房，一定还没坐下就走人了！

大厨呵呵道，健康人千万别到这里来，但凡到这里来的，已有百十种的无可奈何。

5

中午这顿饭，当然不仅仅有又酥烂又有嚼头的红烧肥肠，还有小炒肉、攸县香干、清蒸鲈鱼、粉藕炖筒子骨……光是这一道肥肠，就令爱晚园的老人们喜形于色。对富阳来说，简直是欢欣鼓舞了。

玲珑叫大宝也赶过来陪富阳吃饭。

陈老板也闻讯过来了。

一起在食堂吃围桌。富阳连吃几箸肥肠，啧啧道，这样的饭菜才叫饭菜，这样的生活才叫生活。

玲珑脸上飞笑道，你的评价这么高啊？你的要求也太低了点吧！

大宝也高兴道，今天是我们家玲珑督厨第一天，不可无酒啊！陈老板止住他起身，随即叫帮工去后楼取来一瓶茅台，斟上三小杯，道，这是真酒，放心喝，在一个做酒庄的老朋友那儿提的货。

富阳一杯饮尽了，直咂嘴。大宝只抿了一小口道，玲珑在这里使出了浑身解数，气力耗尽，以后我要么在单位吃饭，要么在这里开伙，免得她一心顾两头，太累了。

陈老板鼓掌道，欢迎欢迎。

富阳给大宝竖起大拇哥道，坚持在家吃晚饭的是个好男人！

三个男人在一起，不免经商从政、国际国内一通乱扯，说到意见相左之处，富阳和陈老板争得面红耳赤。大宝赶紧在桌下踩富阳的脚。富阳叹道：不是一路人，不进一家门。我们不是一路人，却进了一家门了！囊中没钱难死了英雄汉，哈哈哈……富阳好酒，也易过头，很快就现出醉态，却还频频举杯。大宝制止道，他发过脑梗，不能再喝了，回房休息去吧。说着便扶他起身上轮椅。

陈老板感慨道，见过子女孝的，见过夫妻好的，但见同学这么亲近相助的，还是头一回。说着抽出手机连拍了几张，说是要发给自己当年一群发小看看。如今的年青一代，难有这么好的友情了吧。

大宝推富阳进电梯的那一刻，陈老板反身走到桌边，对正在收拾的玲珑道，我有几句话想给你讲。

玲珑见他脸上忽然严肃，一愣道，什么事？是不是我哪里做错了？

陈老板挠挠头道，你没做错什么，站在任何一个食客的角度，尤其是爱晚园所有老人的角度，都应该向你跷起大拇哥……只是站在我的角度，天长日久，怕是会难以承受。

陈老板递给她一张手写单子,他说是大厨写的,是今天采购的菜单,还不包括油盐酱醋水电气及人工。

玲珑采购之时,也估量过各式菜蔬的价格,下意识没有碰海鲜等大菜,没想到辛辛苦苦做完,老人们吃得高高兴兴,换来的却是一张拉黑了的老板的脸。

玲珑问,你觉得超支了多少?

超支了百分之百。陈老板道,爱晚园在深圳同类养老机构里,收费几乎是最低一档,若是讲住宿水电费用是固定的,波动最大的就是伙食。年底租赁合同就要到期了,房东不但不准备降价,还说要提升租金,这个我就更难承受了。现在有谁想接盘吗?我分分钟都可以原价转让。要不然这一群无处可去的老人就太可怜了。

玲珑盯着陈老板的双眼,一个"七〇后",两鬓已经生出不少白发。他的眼神有一些躲闪,一览无余的无力与无奈,也是真实的。

玲珑答应回去之后,好好想一想,若是能够找到一位大老板,或是一家慈善机构赞助就好了。

陈老板双手合十道,等你的好消息,要是能找得到,我一定烧三炷高香!

大宝午饭后去了公司。快到年底了,玲珑下午想帮着搞搞楼道与走廊的卫生，做到一半，忽然觉得头晕，赶紧在一间客房里半躺着休息。

回家路上，淅淅沥沥下起了小雨。一进门，泰迪很乖巧地过来蹭她。玲珑边换衣服边喂狗粮，边琢磨晚饭该做点什么，厨房里没见什么剩余，才想起这段时间一心扑在爱晚园，已经很久没去山姆采购了。原本十天半个月是必定要去一趟的，牛眼肉、银鳕鱼、整只烧鸡及大瓶酸奶，是不会错过的猎取。加上进口的各式水果，直到把一个双门冰箱塞满才心满意足。

望着冷清的锅灶，她心底忽然生出萧疏的感觉。哪里有点儿不对？是大宝对同学太好了，自己也希望通过助力他的同学，讨得大宝高兴？还是自己原本也想做成一两件让别人尤其大宝刮目相看的事情，证明自己真不仅仅是一个只会洗洗涮涮的家庭主妇？就像今天，原本一早与小湖北亲自去买菜，也不是没有权衡过高低贵贱，一样海鲜都没买，便是量入为出的缩影。劳心劳力，也搭帮大厨与小工，配合做了一顿大家都欣赏的美食，却没想到换来的是陈老板的一张苦脸。

如此这般，还怎么继续下去呢？若是把这个把月的生活看成一场演出，布景从医院转换到养老院，人物从一位同学过渡到一群老人，最后，一束追光却紧紧盯住了一个孱弱的表演者，那就是她自己，不能谢幕，又不得不谢幕。

做好一碗热气腾腾的面条，红的是番茄，绿的是鸡毛菜，还卧了一只白嫩的荷包蛋。直等到天黑尽了，打一次电话，大宝没接；过一刻钟再打一次，他说马上回来。再过了半个钟点，他才回家。

见他一脸疲惫，连笑意也勉强，她问，怎么搞得这么晚？开会？

他略一迟疑道，没呢，下班径直去了富阳那里。坐下后道，今天中午吃得太饱了，现在还不饿啊。

她瞪大眼问，是富阳还是陈老板叫你去的？

他道，都没叫我，是我想跟富阳说几句话。那个狗屁文化公司把富阳递交的对联之类都否了，我很生气，在电话里跟他们吵了一通。可他们是买方，吵归吵，吵完了，我还得去找富阳，做点迁就。我跟富阳说，阿猫阿狗都能办文化公司，这种人偏偏没文化！咱们不跟他们计较……富阳当时一张脸就阴了，说是我们不跟他们计较可以，那就脚脖子上系腰带——拉鸡巴倒！富阳多有教养的一个人，生活走在刀尖上，也很少听他讲粗话。我安慰了他很久，他才慢慢平复，答应继续修改。我原来想到，就不叫他改了，就说通过了，暗里支付一笔钱给他。又虑及他终究会知晓，那对他的打击会更大，况且也非长久之计，所以……

玲珑叹了一口气道，富阳多自尊的一个人！这种小公司的钱也确实不好挣啊！玲珑原本琢磨着如何跟他谈爱晚园入不敷出的现状，见他卡在富阳的事情上好没情绪，欲言又止。

他翻看手机，眉头蹙紧了。

她问，谁来信息了？

他略一犹豫，将手机递过去。

原来是富阳发来的一段微信：

"大宝老同学，你走了之后，我想过了，我不能再这样苟且下去了。一则苟且是生活的苟且，未到残年，却是一支风烛，这么些年，全赖老同学你的帮助，得以苟延残喘！二则苟且是精神的苟且，包括以前写过的和推掉的，那些卖文不留名的所谓报告文学，也包括最近你给拿来的这么些冠以'文化'的活儿，我相信写得越好，自己越满意，距离他们的口味和腔调越远……我越来越觉得，自己活着也是一具行尸走肉，给老同学添累，给自己添堵。To be, or not to be, that is the question. 我要么就放下身段，市场需要什么，我就写什么，要么就别苟活着，免得既拖累朋友，又污脏了自己。可以得人一时之助，不可受人一世之扶。我要好好想一想，往后的路如何行走，再告诉你。"

玲珑看着看着，身体一阵发冷，问道，他不会真有什么不好的举动吧？

大宝摇头道，不会的，起码不会刻意去解决自己。毕竟这么多年的艰难，他都走过来了。

6

周末睡到半夜，一阵大风吹来，窗前的竹管风铃砰然奏响，繁弦急管。

玲珑醒来，意识到昨晚忘记关窗，便蹑手蹑脚起来。正要关窗，大宝也醒了，叫道，别关……再听一听。

玲珑在犹豫间，大宝侧耳道，你听到了吗？不是平时那种铿锵的金属声了。

玲珑一听，果然，仍是北风，为何作柔婉幽怨之音了？这是什么兆头？

大宝倏然坐起来，未必是坏事，可能老天爷也在为一身才华的富阳抱屈呢！刚才我正做梦，梦见给富阳找了一条不苟且的路子，马上开写他爱写的出版社又需要的书稿，譬如《黄仲则诗传》，还有皎然、贯休、齐己等一群诗僧的评传……出版社看了他写的一段文字，很是欣赏，一拍即合啊！

玲珑道，是吗？虽然是梦，却很可能暗合了需求，真可以找出版社去谈谈！

大宝兴奋道，不知为何，以前我老忘记的那首《绮怀》一首里的两句——"似此星辰非昨夜，为谁风露立中宵"，梦中却背诵得一字不差！

玲珑想了想道，我也做了一个梦，梦见自己把一皮箱的金银首饰、珍珠项链，还有多余的一柜子衣物全部挂在网上售卖，卖了二十八万九千六百零五块钱，奇怪，为什么会零五块钱？我把钱都给了陈老板，问他，这些够不够大厨改善伙食一年的伙食费！起码让爱晚园里的老人们每天增加一盒奶、一个蛋、二两鱼和肉，进补一下。陈老板的脸色，立刻阴转晴了。

大宝抚着她的肩头，让她倚在自己胸前道，原本感觉你有些娇气，你要求去照顾富阳也好，要求去爱晚园也罢，我没有阻拦，也是希望让你看到人世艰辛的一面。现在你比我期望的走得更远，我真的不想让你那么辛苦，也真的有些感动。我知道你很久没有去山姆会员店采购，更是很久没有去一些品牌服装店逛了……一个有自尊的人，谁愿意长期受人资助呢！我和富阳的秉性一样的：更愿给予，不愿收受。

七点起床，他俩吃罢早餐，玲珑到对面的面包房，给富阳买了他爱吃的三明治和坚果大列巴；大宝将自当当网购买的《僧诗与诗僧》《唐诗笺注》《芭蕉文集》十来本，一本本塞进背包，这些书都来自富阳提交的书单。

出门那会儿，连续几日的阴雨天开晴了。

大宝左手握着玲珑的右手，眯眼望着乌压压的云层中透出的一缕阳光，问玲珑，你说富阳看到我买的这一大包书高兴，还是看到你买的大列巴高兴？如果他高兴了，我们可以问问他，那串竹管风铃当年是想送给谁的啊？

没见她回答。

大宝一回头，见玲珑双眼盈满泪水，却是一脸灿烂的笑容。

海

钓

像老客这样上了一定年纪，移居大鹏半岛的深圳人原来不多，近几年却有越来越众的趋势。

　　老客跟他们相比，有两点较为明显的不同。一是别人多为退休过来，他仅四十出头即迁居于此，且选择的是大鹏顶南边的南澳东涌村。2000年之后老客居住的鹿丹村开始拆迁改造，他便跟老婆商量，市区越来越热闹，鹿丹村挨着滨河路，车水马龙乃至于喧闹通宵达旦，实在是扎心得很！老婆晓得他不爱热闹，自己当年嫁了一个喜欢阅读与写作的人，便是嫁给了安静！只有点头，答应去大鹏。再一个不同，别人多为到点退休，甚至不乏希望延聘的，老客却是在壮年毅然辞职——说"毅然"有点夸张，他虽然叨念了一句"风萧萧兮易水寒"，却哪里有荆轲出征前"慷慨羽声，士皆瞋目"的昂扬与悲壮！老客向来低调——他原本就没有调子可以起高，也向来与那个喧腾的事业单位落落寡合。一旦辞职，家人无论远近亲疏，一起反对，老婆常萍只能算投了一个弃权票。她原本在内地一家企业做会计，几年前辞职跟他南来深圳，若说炒单位的鱿鱼，倒是老婆开了先河。

当他与常萍带着十几大箱篓的书，车辚辚地搬到了南澳，那一幕说是夕阳残照，落荒而去，并不夸张。

租赁的是村尾一厅两卧的老式客家屋宇。门前一个小院，一年四季的繁花盛开，紫荆、簕杜鹃和白兰树各踞一角，争妍斗香。居中一个厅房，两厢是卧室，留下左边一间入寝，右边一间则成了老客的书房。后面是一间穹顶高升的厨房，上面有两块亮晃晃的明瓦，朝外隔出了一个卫生间。老客说，进到这种老式房子，他便找到了童年的感觉。略事粉刷整理，不几日便开始两人的新居生活。

为何是两人呢？

老客和常萍婚后两年，老婆曾经有过一次流产，以后就再没能怀上。老客大度安慰她，怀不上也不一定是你的错，根子可能在我身上。两人世界也挺好，你说呢？

老婆幽幽道，只要你能接受就行，不然，不然我们就试试去做一次试管？

老客断然摆手道，不做，有和没有接班人，都是上帝的旨意，不给我们，就不强求了。

说是两人世界，并不确切；两人之间，还有过阿猫阿狗以及鸟们。常萍就是以爸爸带你去遛遛，妈妈带你去走走之类的语气，来界定人与宠物之间的亲密关系。

老客很快适应了这种安静的读书兼写作生活，常萍也很快适应了跟一个安静的人到安静的海边的居家生活。

老客平时写诗、散文和随笔；深圳内刊多，总有约稿，也常常见诸外刊，虽然短诗小文，稿酬不多，对付绝非奢华的日常生活，还不至于感到拮据。况且他俩小时候听说过"备战备荒"，多少存了一些积蓄在箧底。但若要虑之久远，仍得拓展一些进项。

老客在大鹏逐渐认识了一些当地的干部和文人，陆续接了修订族谱、村志以及编撰内刊的活儿。常萍从旁帮他整理资料，打印或送达，此间的生活，逐渐比住在市内更为丰满起来。顺便说一句，老客本姓柯，大鹏人念成了老客，始作俑者是老罗。

从去年开始，为写一本十来万字的《大鹏非遗风景线》，老客一直在大鹏老罗的带领下，四处采访及搜集资料。老罗年过七旬，头上终年扣着一顶鸭舌帽，生得高大魁伟。老客说，你一点不像本地人，像是北方的种子啊。

老罗朗声笑道，可能先前是北方的种子，随蒲公英一路飞来了岭南。我们这里本来就是客家人啊，客家人很多就来自四面八方。这里的原住民，大多是明朝以来，当地迁入驻军的后代。所以，我们讲的是白话和客家话的混合体，虽然语音、词汇和粤语很接近，也有和客家话相通的地方。大鹏话还保留一种独特语调，来自北方的将士及家属和当地人在交往中，逐渐形成的一种很特殊的普通话，也就是所谓"军语"。

出生在大鹏村的老罗，早年当过大鹏镇的头儿，20世纪80年代自考毕业于中大中文系，写得一手好字，也喜欢作七律——虽然这些律诗在老客看来，不免流于一般颂唱，却也合辙押韵。老罗尤喜写粤剧，多从当地历史题材入手，如《抗日英雄刘黑仔》《袁庚打响第一枪》……一位来自广西的小肖，带着一拨儿业余演员，是老罗粤剧剧本的舞台传导者。动漫年代，视屏早已先声夺人，在内地不少城市，戏曲的大众化演出迅速式微，而深圳大鹏，以西皮、二黄作为基本曲调的粤剧反其道行之，甚为热闹，此也深深鼓舞了老客。他感叹，外人看深圳，以为就是一个现代化的都市，白天，车水马龙；夜里，灯灿如河。其实，深入内里，还能看到不少原生态的物事，土则土也，津津有味啊。

老罗对老客这样的文化人迁居大鹏，深表欢迎。他素喜结交朋友，尤其爱与老客这样知识渊博又比较谦虚的人东扯西拉，谈天说地。

在老罗的带领下，老客夫妇，还有他家收养的儿子兵兵——那是一条英俊的黑黄相间的罗威纳犬，年满五岁——逐一见识了大鹏民俗，光是歌咏类，就有山歌、仙歌、渔歌、嫁歌……更有一些好吃的啊，濑仔粉、大米饼、葵涌茶果、南澳海胆粽……

常萍原本是严格给兵兵吃狗粮的，去超市一买就是一大箱。后来老客忍不住在餐桌边，偷偷给它吃鱼、肉、菜。总而言之，既然是儿子，不能总是分灶吃饭，兵兵吃出妈妈柴米油盐烹调出来的滋味了，对那些严格按照科学配方生产出来的高价狗粮掉头不顾，只能随它。

这不，五月的一个周二——平时小聚，尽量避免人多嘈杂，一般在南澳海胆粽非遗传人张长妹的南天阁酒店，楼外西侧有一个连廊的简易餐厅。张长妹用非遗食品年糕与海胆粽接待老罗、老客和常萍。太好吃了，连妈妈也不忍，用牙签戳着煎制的年糕片送到兵兵凸起的嘴边，一条粉红的狗舌弹出、卷入，风一般敏捷。妈妈一脸慈爱，那是在分享儿子品咂美食的欣悦。

酒楼外便是一湾渔港，满是斑驳的渔船。桅杆一根根直立如画笔，戳向湛蓝的天空。张长妹一边沏茶一边接受老客的提问。听讲她出生在南澳的半天云村，常萍赞了一句，好诗意的名字啊。

张长妹回道，什么时候，我带你跟柯老师一起去看看。小时候不觉得有多好，走出山来，才晓得那里像是世外桃源。

老罗笑道，长妹早年家里穷困，父母都去了香港，她没有跟过去。这几年做海胆粽远近闻名，见多了外面的热闹，把山里老家想象成世外桃源了！

尽管有老婆用一支录音笔、一台手机在录音，老客依然不放心，这么多年来，他都坚持边采访边记录。只有常萍知晓，为了给她减轻负担，但凡能够根据采访记录写稿，他就不让她一句一句辛苦整理。

老客发现常萍有些走神，她老盯看对面墙上一张褪色的年画。老客便问张长妹，这张画满鱼儿的年画，是年年有余的意思吧？

长妹还没开口，老罗接话道，你可以讲是年年有余，这条粉红色的鱼还有一层意思，它是送子鱼。你看那条粉红色的大鱼是母的，身边环绕十几条颜色不一的小鱼，小时节是灰黑色的，长大了就变成粉红色的了。

　　常萍哦了一声，在我们内地，把大鲵叫作娃娃鱼，它的个子大，叫声像娃娃，听说早年也有人家把娃娃鱼叫作送子鱼。

　　张长妹脸上漫过一道红晕道，这确实是我结婚那年人家给送的，老罗不讲，我还真不晓得有这层意思啊……

　　担心下面还会问出什么话来，让至今不曾当妈妈的常萍尴尬，老客赶紧起身道，闻到了厨房里的饭菜香，真的饿了。

　　张长妹赶紧起身布菜。此时同在大鹏葵涌的文巧环也到了，常萍高兴，站起来跟她握手。巧环是葵涌茶果的非遗传人，这么多年下来，坚持用柴火土灶蒸煮茶果。前天过去采访，她揭开锅盖，霍然呈现的是一只十来公斤的糖红色的大年糕！常萍问，不是逢年过节，还有人吃这么大的年糕啊？巧环反问，有人就喜欢一年四季吃年糕怎样？就像你去肇庆，一年四季都能吃到当地的裹蒸粽是一个道理啊。常萍要跟她上山捡荔枝柴，跟她学做茶果。巧环当即表示欢迎，告诉她，葵涌客家喜事常做的三样茶果是：喜粄（起粄）、尝头圆、青圆仔。此外，逢年过节，各有不同，譬如清明做艾茶果，端午包粽子，十月初一吃糍粑，冬至品菜头角……过年的主打自然是年糕了。现如今年轻妹子不爱这些，连生火做饭都不爱，有个姐妹跟着学习，几好！常萍讲，看见她土灶上烧柴火，就想起小时节跟着姆妈挑井水，烧鼎罐，先是烧柴火，后来烧煤球、煤砟子，再后烧蜂窝煤……待得烧煤气罐了，她就离开赣州家乡了。她的老家与来自惠州的巧环，其实都是客家一脉。

见老婆跟一个素昧平生的大鹏葵涌女人谈得热火，讲着讲着两人眼圈都红了。一旁的老客心里也温热呢，心想常萍辞职先是到了深圳，再是到了僻静的大鹏，大不易，都是为他做了牺牲的。老客情愿老婆在本地多结交几个朋友，若是真有心去学习，跟巧环也好，长妹也好，制茶果，包粽子，老客一定全力支持。老客不指望老婆赚钱，目下他的收入，能够维持一个家庭的日常周转，但愿她开心——这也是老罗的口头禅，有自己想做的事情，快乐就好。

长妹上菜，问喝什么酒。老罗讲，五月天就热了，老客和我，都喝点啤酒吧。你们喝茶就好。

上的菜都清淡，一盘白灼沙虾，一只只都不大，红里透白的那种小指长短的野虾，什么调料都不要，鲜甜！依次是紫菜蛋花汤、腌菜焖肉、蛋炒苦瓜、猪肚鸡、客家酿豆腐，最后上的是一条清蒸老虎斑。

老罗跟老客碰杯，忽问，你钓过鱼吗？

老客一愣道，钓过啊，不过那是在内地，水塘、水库和河边都钓过，大海没钓过啊。

老罗道，找个时间，我带你去海钓，与河钓有一样的乐趣，却有不一样的味道。

常萍鼓掌道，太好了！我从小就跟我爸，在赣州的章水贡水，还有附近的水库都去钓过鱼，鲢鱼、草鱼、鲤鱼、鲫鱼都钓过。到海边来落户，一直就想去钓海鱼。

老客一愣道，你还有这样一个美丽的梦？过来都几个月了，从来没听你讲过呢？

巧环帮腔道，她过来做你的生活秘书、文字秘书，哪里有时间绽放自己的梦想！

长妹也笑道，我一看常姐姐就是那种克己奉公的人，柯老师不提，她哪里敢开口啊！

常萍一张脸忽地涨红道，也不是，没人带，我们也不敢随便去海边钓鱼啊。

老罗仰头喝了半杯啤酒道，小常这个奉公的公，是公家的公，更是老公的公，她是三陪秘书啊……钓一次海鱼又不是爬雪山、过草地，有这么难吗！明天我就带她去绽放梦想。你们两个八点在家门口等我。

次日，刚吃罢早饭，老罗就搭一辆半新的皮卡车到了老客的家门口。开车的正是那位广西后生，扮演过抗日英雄刘黑仔的小肖。

老罗那一身行头，俨然换了一个人：一顶黑色的宽边太阳帽下面，佩一副大而圆的墨镜，一件亮黄的钓鱼背心，可以自动充气。脚下噔噔作响，是一双齿深厚重的防滑鞋。

老客赞叹，我感觉你不是去钓鱼，是去冲锋陷阵的。

小肖告诉他俩，老罗这样的穿着是对的，海边待久了，太阳会晒脱几层皮，防护要严密；再就是鞋子要有抓力，防止滑倒落水。老罗的海钓背心，落水之后，可以自救。

啧啧赞叹之余，老客和常萍反身到屋里，做了一番调整补充出来。老客嘟囔道，比不了老罗那样的打扮，他的一身行头价格不菲啊！

老罗伸出食指顶顶墨镜道，是啊，这副路易威登太阳镜，没有四五千下不来的！

老客吐舌道，乖乖！我这副才几十块钱，你的是我的百倍！我们外来户都是打工仔，本地人有屋有地，才是土豪！

老罗道，那还是得益于改革开放，退回去几十年，这里一贫如洗，所以才有那么多次的大逃港。那时节请你来，你也不会来的！

谈讲间，车子开到了海边。除了对面一个小小的岛礁，四下开阔。无风无浪的大海，绸缎一般铺向天边。天上盘桓着一些鸟儿，不时次第落水，又很快振翅起飞，像是嬉戏，又像是捕食。

老罗道，我们叫这里榕树岬。原先有一棵老榕树，老死了，地上还有很多暴露的根茎。说着在虽死犹生的粗根上踩了几脚。

早有一艘机动船在等他们，开船的是一个精瘦乌黑的男子，把船交给小肖，交代了几句就离开了。小肖叫他放心，老师傅了。

待大家上来，小肖突突地发动了船，便朝对面一个岛礁开去。

常萍赞叹，小肖能干啊！能开车，能开船，还会演刘黑仔。

老罗道，他岂止是会演刘黑仔，还扮过袁庚、叶挺！还会演反面角色，还会男扮女装！海钓也是一把好手。

看得出老罗对小肖这个日常的助手很是欣赏。作为一个外来户，小肖到大鹏这么多年，也是如鱼得水，不做归计了。

距离岛礁还有二三十米吧，小肖熄火抛锚，开始准备钓鱼的家伙，鱼竿、鱼叉、打窝桶……三根长短不一的海钓竿子，均为黑色的底子，有隐约的色彩区别。常萍取了一根最短的紫色竿，老罗取了一根最长的橘黄竿，一根中等长短的粉红竿递给了老客。

老客扬起竿子，话中有话道，谢谢老罗给我做一个粉红色梦的机会。

老罗举起那柄银亮的鱼叉道，这是一种新式海钓工具，一个是叉子有松紧，再是套了橡皮套。若是钓到了大鱼，叉牢它，又不容易弄伤它。

常萍鼓掌问，我们真能钓到大鱼啊？对面那个岛礁叫什么名啊？

老罗回答，那个岛太矮小了，像不像一根粟米？你叫它粟米岛就好。粟米岛挡住了南边的风，跟我们泊船的北岸形成一湾深水静流，一些鱼儿喜欢到这里来停歇、产卵。

一旁的塑料打窝桶里盛了小半桶的诱饵——活的沙虾。老罗一边蹲下来示范如何挂饵，一边道，海钓竿跟河钓竿不一样，河竿有二点七米到五点四米不等，还有更长的，海竿的长度比河竿反而更短一些，长度在二点七米以下的称短竿，二点七米以上的就是长竿、大竿了，这是因为海钓一般都是在船上。海上风浪比较大，海钓鱼线稍粗一些，直径都应在零点五毫米以上，线长六十至七十米，分母线和子线。海钓的钓钩应多准备几个，对付不同的鱼种。海竿的坠子大多为活动式的，鱼吞钩后线自由牵动竿梢，鱼坠也要重一些。

老客认真听着，提起挂了饵的竿子就要甩竿。

老罗用嘘声阻止他，给他示范上投、斜投和侧投的区别。还有坐投、跪投、单臂投等多种方式。

老客哎哟一声我的妈耶，赶明儿你办个海钓讲习班好了，头一回下海就吃这么多，消化不了啊！

三根竿子在渔船的前面、左右两侧下竿了，分三个小马扎坐下。风平浪静，钓竿漂浮在水面，日头上来了，有点猛劲儿。小肖又叉开腿，站在那里抽烟，四个人唯有他没戴遮阳帽，油亮黝黑的脸上开始淌汗了。

一二十分钟以后，老客坐不住了，起身道，早晓得这么磨性子，该带一本书来消遣，也是一举两得啊。

老罗眯细眼，老僧入定一般盯着前面道，小时节看过《小猫钓鱼》的动画片吗？只怕你书没看进去，鱼又没钓起来，一举两失啊！

常萍嘘了一声，眼见得鱼竿尾梢鸡啄米一般，一沉一沉的，老罗叫她别急。再过几分钟，鱼竿已有被拖拽的感觉了。老罗道，可以起竿了，两人一起发力，一尾银亮的挣扎跃然而起，很快从空中荡至船上。

小肖拎着盛水桶过来，取钩，放鱼入桶，用戏腔唱道，半斤以上的收获，海鲈鱼一条！

老罗鼓励道，不错不错，旗开得胜的是女将。

常萍兴奋道，我这个紫红色的梦最低调，接下来看你们橘黄梦和粉红梦的了，我先进球了，就没那么大压力了。

此时，有几只灰鹡鸰从粟米礁那边的灌木丛飞过来，显然是想来讨赏的。更有几只硕大的苍鹭在粟米礁的灌木丛中，盘桓，起落。

老罗用抄网在水里捞了几捞，将一些小鱼虾抛撒在海面。灰鹡鸰簌簌而下，旁若无人地抢食。

老客不甘心道，我是有个粉红的梦，压过紫红的和橘黄的梦。愿者上钩，大鱼上钩来。说着，巫师变法般在空中挥舞。

老罗道，我小时节，这里什么鱼没有啊，又大又多，入夏以后海胆随便捞。本地有一句俗话讲，无钱买鸡蛋，餐餐食海胆。

常萍惊讶道，现在到南澳来吃一顿海胆炒饭可不便宜了！又问，你钓到最大的鱼有多重？最贵的是什么鱼？

老罗道，那时候主要是捕捞，一二十斤，二三十斤的都有。现在没有了，碰不到了，若是能碰到一条大黄鱼，那就是被幸运之星砸到了。看到前几天的报道没有，一个宁波的渔民捕捞到一条七斤的野生大黄鱼，卖了四万多块钱！

常萍睁大眼道，我们有这样的运气吗？

老罗瞥了她一眼，不忍浇灭她的梦想，肯定道，既然是运气，就要靠碰啊。做什么事都要有耐心，持之以恒就有收获。

从早上一直到下午，三人都有收获，收获了海鲈、海鲋、鱿鱼、鳗鱼、梭鱼二十来条，最大的还是常萍起始钓的那一条，小肖用弹簧秤称过，近七两。

老罗安慰道，今天天气不算好，天气好的时节，船钓的收获总比岸钓要大，因为水深，范围也广啊。有时候很长时间没有鱼上钩，两个原因，一是确实没有鱼，再一个可能就是有一条大鱼来了，把小鱼吓跑了。还有，如果钓到一条大鱼，要先顺着遛鱼，不能用蛮力倒扯，那会导致断线、断钩，甚至断竿。小时候放过牛的话就晓得，牛要是发脾气了，你只能往一边拉，不能完全逆着拉，都是一个道理。

老客拍掌道，要是我们这种菜鸟级别，海里能钓到那么一条大鱼，岂不是天上掉下来的馅饼！

老罗眯眼笑道，心想事成啊。

此行，却成了四人联手的第一次也是最后一次船钓。

此后，老罗与小肖都忙于自己咿咿呀呀的新编粤剧剧目排练，老客与常萍只能自己过来岸钓。

虽然没有了渔船，所幸老罗给他指明了几个岸边的垂钓点，经验是钓出来的，也是总结出来的。每次来海边，都不至于空手而归。

逐渐钓起了兴致，两人约好，没有特别的赶稿编书任务，每周来两到三次，一则为休闲乐趣，二则为改善生活。现如今疫情起伏，都讲最需要补充优质蛋白来提升免疫力，野生海鱼那就是优质蛋白来源的首选了。三则，两人都想到了，若是持之以恒，果然钓到一条大黄鱼或别的什么名贵鱼类呢？

常萍起竿时嚷道，还我一个紫色的梦啊！

老客起竿时嚷道，还我一个粉红色的梦啊！

收获好好坏坏，总还是有的。连身边摇头摆尾的兵兵都感受到了收获的喜悦，不停地跑来跑去帮着捡拾好不容易才上钩的鱼儿。

个把月过去了，既没有钓到一个紫色的梦，更没有钓起一个粉红色的梦。

紫色的梦和粉红色的梦，静静地蛰伏着，它们在等待什么呢？

海风吹红了他俩的脸膛，海水泡白了他俩的腿脚，海腥味浸透了他俩的双手。不仅仅是手脚，时间长了，次数多了，连头发里都是一股子腥咸的气息。每次，她洗净了吹干了头发，在他面前撩一把，都要问，洗干净了吗？还有味儿吗？

他嗅了嗅道，还有啊，不可能洗干净了，既然做了渔家姑娘，渔家姑娘在海边哎，织呀嘛织渔网……

她笑道，你都跑调了。

他激将道，那你唱啊。

她喝口水润润嗓子，模仿某位女高音歌手起势唱了一句：大海边哎，沙滩上哎，忙着摆手道，不行不行，起高了，唱不上去了。

他鼓励道，比我好多了。我的嗓子已经是一面破锣了，你的还是一面招展的旗。

她摇头，我要真是做了渔家姑娘，就要买网、织网，到海里去撒网，那才能捕捞到更多更大的鱼。

他道，我们钓鱼不过是消遣，你还当真啊？

她认真道，要是我们真钓到了金贵的大鱼，卖了换钱，我先要给你买一条机动船，这就是我紫色的梦。不让你在岸边跑来跑去，海蛎子割破了鞋，割伤了脚，我心疼。

他呵呵道，船钓固然好，岸钓也有岸钓的乐趣。

她追问，我现在把紫色的梦告诉你了，你粉红色的梦是什么？

他逃避道，我也是说说而已，不像你，已经有了雏形。不过，你这一问，也给我压力了。你的生日是八月十五，到时候我再告诉你吧。当然，也最好能通过我们劳作的手，将梦想变成现实。

两人沉浸在有条不紊的写作、编辑与垂钓交叉的生活当中。俗话说，人有旦夕祸福！忽然一天，常萍在海边摔了一跤，人摔到水里了不说，竟然痛得嗷嗷直叫，左脚站不起来。

老客赶紧驱车将她送去市内医院，拍片后发现左脚脚面三处骨折。医生给出两个方案，一是开刀动手术，二是敷药、固定，等待自动愈合，后一个方案时间比较长。

两人略一商量，选择了后者。因为采写"非遗"，知晓龙岗平湖的叶氏正骨也是一项非遗，便去那儿诊疗、取药。叶氏告知，没有外伤，不是很厉害，只要按时敷药、换药，后期跟进理疗，效果会比较满意的。常言道，伤筋动骨一百天，要有耐心。

怎么了，疗伤和钓鱼，都是一个调子：要有耐心！

为了出入方便，老客给常萍备了一张简易轮椅。她的脚敷药之后，套了一个白色固定板夹。老客拍掌道，看起来，就像刚从前线下来的女兵！见她满脸阴郁，赶紧转圜安慰道，南澳水好，水产好，空气好，你就在家里安心养伤。兵兵跟我去海钓，不会出事的。就算我跌落海里，它都会舍身救我，何况我还有一身好水性。

　　常萍不准他讲晦气话。叮嘱兵兵，一定要照顾好爸爸。

　　兵兵蹲伏在客厅，朝上努努嘴，那个坚定的表达就是：妈妈，晓得了，爸爸交给我，您就放心吧！

　　潮起潮落，日复一日，海边垂钓如常。

　　老客保证了供给，每天都有不同品种的海鲜清蒸、煮汤、红烧、盐焗……他认为，轻易骨折的大敌是骨质疏松，海边不缺太阳，需要同时给常萍补充更多的钙质和蛋白质。

　　眼见得常萍日渐白胖，连带胖起来的还有兵兵，不用说，它跟着蹭食了不少海鲜。

　　黑瘦的是老客。

　　常萍心疼道，你悠着点，写稿、编书、钓鱼，都别太拼。

　　老客答应着，距离八月十五渐近了，他心里一个粉红色的梦也逐渐清晰。他不能懈怠，他相信，概率总是跟频率成正比的。

这天老客刚要出门，常萍忽然单脚站立，给他一个吻别道，我真希望早点好起来，跟你出去当助手。老客低声道，会的。旋即到院子里将两扇车门打开，待兵兵自己跳上副驾座位，一脚启动，发车，径直驶往榕树岬。兵兵的屁股与俩后腿踞坐，高昂着一只狗头，忠实得像一名训练有素的职业哨兵。远远看见红灯，它会迅速转过脸来看着老客，直到老客伸手摸摸它的头，那是明白的意思。它才回正，双目炯炯地盯着下一个红绿灯。

连过四个红绿灯，便到了榕树岬。

对面的粟米礁矮了一截，表明海水上涨了。老客不由心中一喜。通常，水深比水浅好，水深才可能有大鱼。

太阳老大，老客选了一个阴凉处嵌牢一张黑色的四方大马扎，接着到一旁抽出鱼竿，挪过打窝桶，流利地上饵、放线、下钩，抛掷饵食打窝。

十分钟，二十分钟，半个钟头过去了。除了竿梢与坠子随着微浪一起一伏，再无明显的动静。

又过去二三十分钟了，连兵兵也按捺不住，横跑了几个来回，仰脸用眼神问老客，怎么回事啊？鱼都躲起来了吗？

老客伸手按住它柔软的脖颈，示意它坐下，轻声道，你也晓得你妈妈的生日快到了，想送她一件大礼？他嘟囔道，老罗讲过的，有时候很长时间没有鱼上钩，两个原因，一是确实没有鱼，再一个可能就是有一条大鱼来了，吓跑了小鱼……

忽然，放在脚边的钓竿牵动了一下，老客赶紧蹲下，握住钓竿。一连两下，更强烈的牵动之后，是死一般的静寂。老客下意识觉得，有了！猛地提竿，一根竿子瞬间弯成了一张大弓。忽然想起了老罗的谆谆教诲：碰到大鱼要先遛，不能硬提。赶紧猫腰，放低钓竿，欲擒故纵，且放且收，且行且珍惜。

手下是接二连三的猛烈蹿跳，频率越来越密集。

老客虽有准备，却也差点被拖入水。手下沉重如挂锚，分量可想而知。兴奋、激动，幻象在眼前缤纷驶过，疾如车马，声如雷电。

南边，从粟米礁忽然飞过来一群苍鹭。

总有七八只吧，盘桓、俯冲、拉升，围着那只略略露出脊背的大鱼——是大黄鱼吗？是一条金贵的大黄鱼吗？是来兑现粉红色的梦吧？

老客嘘道，鸟们，别过来，尽管你们是大鸟，你们也吃不动的，不是小鱼，是一条大鱼，一条连兵兵也无处下嘴的大鱼啊！

鱼猛地一跃，惊飞了低飞的苍鹭。老客似乎看清了它灰黄色的身体，长而椭圆，是常见的大黄鱼的体形和色泽，心里激动得澎湃有声。

苍鹭低飞，这次却不是朝着大鱼，而是朝着钓者老客飞来，其中一只，尖尖的长喙几乎戳到了老客的额头，老客匆遽伸手遮挡，倒退，差点跌坐在水里。更多的苍鹭分别啄食钓竿、钓线，那架势不像是要吃鱼，却是要救鱼?!

连兵兵也看呆了，忘记了狂吠，发出的是低低的悲鸣。

待得苍鹭再一次轮番向他的手臂和头顶发起进攻，老客得到了明白无误的信息，鸟们在救鱼! 鱼儿再是一跃，此时，老客看见的不是一轮灰黄，分明是粉红?

待要辨别，鱼儿已经下沉了。

呆愣了一会儿，老客决定放弃这只鸟们要救的大鱼。他朝盘桓不去的苍鹭招招手，那是和解与放弃的表示。他嘴里不停地说，我会放了它的，你们不要啄我。我要拉它过来取钩子，不然它也活不好，甚至活不了的。

老客这样说的时候，又把沉潜不出的大鱼来回遛了几次。待得将筋疲力尽的大鱼拖拽到岸边，他自己的力气也几乎耗尽了。他用套着橡皮套的松紧叉，小心却毫不犹豫地叉住它的脖子，待得它无奈地张口时，迅速将鱼钩从它嘴里取出，一线鲜红漂浮在水面。那条大鱼——灰黄与粉红交替映现的大鱼，甩甩头——看不到尾巴，它该有多长啊？悄然抽身滑入水里，滑向无尽的大海深处。

空手回家了，老客心里不是失落，却是袅袅升起的欣慰。

那是一种旧的承诺，更是一种新的憧憬，总归是缤纷而温煦的感觉，慢慢地浸染了身心。车上，他问副驾上一脸茫然的兵兵：

你是汪星人，直觉比我好啊，你告诉我：鸟为什么要救鱼，鸟不是喜欢食鱼的吗？莫非它们之间有过一次生死契约？还是出自某种神秘的本能？

兵兵脸上，是一层更深的茫然。

他再问，兵兵，你晓得我要兑现给你妈妈的粉红色的梦是什么吗？

这一回，兵兵脸上除了茫然，眼里还闪烁一丝孩童般的顽皮。

老药工和他的女儿

一

　　大约是四年前，我开始采写各类非物质文化遗产传承人——简称非遗传人。

　　非遗包罗广泛，既有文艺类别中的口头文学、美术、书法、音乐、舞蹈、戏剧、曲艺和杂技，又有传统礼仪、节庆等民俗，还有传统体育和游艺，甚至还有不少吃吃喝喝的玩意儿。譬如距我住地一箭之遥的深圳福田下沙大盆菜宴，是省级非遗项目，二十年前因一次举办五千多席，吃客逾六万众，获得上海基尼斯纪录中国总部颁发的证书："最大规模民间宴会——大盆菜宴。"

我去过一次现场，登高俯瞰，一时想不起用什么词语来形容才合适。以往描绘吃喝的觥筹交错、高朋满座云云，都太小儿科；深圳近海，用吃客潮涌、盆菜千叠来形容，当不为过吧？

可是，有这样来比喻民间盛宴的吗？

你若是想一睹深圳吃大盆菜的盛景，不妨在某个初春时节过来。

我心里，一直希望先行采访一些与民间技艺相关的工匠，那些手作工匠如木匠、铁匠、篾匠、石匠、泥瓦匠、雕刻匠……均与我们现在或过去的衣食住行息息相关，最能从中窥见一个时代的物质生活，乃至精神生活变迁。于是，我第一个采写的便是宝安松岗的岭南木器农具传人——木匠文叔。此文，成了我那本后来有些影响力的非虚构《手上春秋——中国手艺人》的开卷之作。

私心而论，在"非遗"一词尚未进入大众视野乃至词典之前，我便对各类匠人存顶礼膜拜之心，若说排队论先后，更想采访的却是一个当今已经不大有人注意到的职业——药工。具体说，就是中药炮制的非遗技艺传人。在中医药行业，一般尊称他们为药师。

采访熊药工，是一个临近清明的春日。上世纪八九十年代，我曾在内地大学任教十多年，一茬茬的学生来而复去。全日制本科生留下记忆的不多，倒是教过的成人班或夜大学生，因年龄相仿，不少都成为朋友乃至挚友，保持经年的问候。这次带我到素有"药都"之称的M市采访熊药工的便是当年成人班的学生胡风益。风益热爱写作，先前也做过市直机关的科长，后来去了史志办、图书馆等一些坐冷板凳的单位。我约有二十年没见风益了吧？岁月不饶人，原本留在我脑海里风华正茂的一个中青年，如今两鬓飞霜，眼袋也大如两枚陈年吊坠，宣示老境冉冉将至。

他自嘲道，我们馆里有个姑娘每天折腾一张脸，祛斑、除痘、拉皮，她说，可以有车贷、房贷，就是不能有眼袋。我跟她讲，我们可以互换，我把车贷、房贷给你，你把眼袋给我，多大的眼袋我都不怕！我原来没有这么明显的眼袋，这个牛皮一吹，不仅眼袋看长，还谢顶了！医生说是雄性激素分泌过旺，嘻，我这把年纪，独处也已多年，还需要分泌那么多雄性激素干吗！

风益如今是M市博物馆的研究馆员，挂了一个副馆长的虚衔，正好得空写作一个酝酿已久的先秦历史人物系列小说。我知道他性情淡泊，不是一个爱交际的人，那几天却为了我的采访，四处打电话联系。命令有之，躬身作揖也有。我跟着他跑了几个大小药厂，基本上都无功而返，原因一是现在的药厂都是机械化生产，未必需要以往那些师徒心传口授的加工炮制技术，好不容易找到有中药炮制技艺非遗传人的药厂，俩传人偏偏又一道出差了。厂长说，如今"非遗"热闹起来了，传人到处讲课兼表演，比他还忙。二是原先一些老药工逐渐凋零，存世的也垂垂老矣。我去见过一位年逾九旬的张老师傅。他因摔跤后不良于行，卧床导致肺栓塞，记忆謇涩，言语迟缓，问两三句才答一句，对话进行得十分困难。一下午的床前浇灌，后来仅仅结出一枚果实——一篇刚过两千字的文章。

我告诉风益，只要是老药工，精通中药材加工炮制，是不是非遗传人都没关系。相较于年深月久、技艺精湛，我对是否有一顶"非遗"帽子戴在头上，不那么在意。

奔波寻找之际，风益脑子里电光石火一般想起了一位熊姓师傅，那是他在史志办的年月，分门别类整理材料时留下了印象。

费了一番周折，我俩在一条面临拆迁的窄巷子里找到了熊炳根。没有电梯的老单元房子，步行上四楼。

应门的恰是熊师傅，今年刚好米寿。我俩都大为吃惊。一位八十八岁的老人，精瘦矮小，一头雪白，视听与行动却俨如中青年。风益介绍了我之后道，熊老师，还是那年报送市里先进人物材料，我对您有印象，这么多年过去了，还真怕您老不在了啊！

熊炳根哈哈一乐，张开掉了一颗下门牙的嘴巴道，身上没有四两肉，连阎王老子都不肯收我，希望我养壮一点再去报到。

他嘴里叼着一支烟，感觉更像是一个习惯，早已熄火了，也不啐掉。他让我们称他为熊药工，或老熊。他曾经带过很多徒儿，称他老师或师傅的，都有。他自我调侃道，一来我也老了，二来，也没有哪里需要像我这样炮制中药的老药工了，我乐得清闲。他进一步解释，现如今，叫老师的、师傅的，叫医师的、药师的，都有，但叫药工的你们哪里听到过？于是乎，乐意听到有人叫我熊药工，它使我想起了旧日时光。

看到熊药工身体如此健朗，又如此健谈，我和风益都很开心。我采访老匠人的目的，一写个人经历，二写行当技艺，三写传承难点，起码都是半百以上的人，才有足够的经历。光有经历不能畅谈也不行。

听我讲起张老师傅病后几乎失语的遗憾，熊药工道，他是我师兄啊。说着起身到墙边，把一个老式垛柜的盖子掀开，抱出厚厚一摞笔记本放在桌上道，这都是我做的笔记，有一些还是当年跟张师兄在一起做的呢！

面前的笔记本，大小不一，厚薄参差，却都泛出年深月久的枯黄，还袅袅升腾起一股药味。前后跨度三四十年，都是首尾相同的纯蓝墨水笔迹，说不上工整，却不难辨认。林林总总的各式中草药，分别罗列处方用名、来源、炮制方法、成品性状、性味归经、功能主治、用法与用量、贮存方法，等等。譬如黄精，炮制方法：原药拣洗干净，置笸内润一天，切厚片，晒干。将干黄精装入有汽筒的木甑内用大火蒸一天，再用黄酒拌润，反复蒸数次，至内外呈滋润黑色，取出晒干备用。每一百公斤黄精，用黄酒二十公斤。

我在赣西生活多年，对木甑和鼎罐之类的炊具很是熟悉。我问，反复蒸数次，到底是几次？九蒸九晒吗？

熊药工坐下来，似乎要想想怎么回答。此时楼道嗵嗵嗵上来一个女子，风风火火地推门进来，左右看看道，来客人了？老爸，你也不泡茶！

熊药工满眼爱怜地看着她介绍道，这是我女儿梦芳，这两位是来采访的客人！又道，你不回来，我哪里记得这些，好久没来客人了，只顾着高兴谈讲了！

他女儿很快烧了开水过来，沏的是一壶庐山云雾茶。谈讲间，我们知道熊梦芳原先在一家规模不小的药厂做财务，几年之后跟几个朋友出来开了一家药材公司，闲散得很。她道，快退休的人，做点自己想做的事情，自由自在。

风益惊道，看不出来啊！你哪里像是快退休的人！你不叫老爸，我们只当你是熊老的孙女辈呢！

梦芳身材饱满，却凸显一个大号S，肤色白皙，一对大眼睛黑多白少，玲珑传神。风益一双睁大的眼睛，就没从她身上离开过。他也确实没夸张，说她三十多岁，见者也是肯信的。

熊药工呵呵乐道，她是我最小的一个女儿，刚过四十不久，离退休也还早，她不想朝九晚五上班，也就由得她出来找乐子。

我是穷折腾，梦芳瞅了风益一眼道，我是工人编制，五十岁就可以退休，也就剩十年了。我无牵无挂，要挣那么多钱做什么！又加了一句道，好在我老爸比我还能挣钱，还能给我钱花。

老大不小的人了，还是一副娇羞模样，却也天然，谁说世上只有妈妈好呢？

风益涮她，你刚才讲，要挣那么多钱做什么，却还要花你老爸的钱，羞不羞啊？

梦芳反唇相讥道，一个人花老公的钱，花老爸的钱，都没有什么羞臊的。我老公七八年前就因车祸走了，我享不到他的福，他也享不到我的福，两清了！我老爸八十八了，我还能享他的福，多好啊！你嫉妒我不是？

风益眉头一跳，不无挑逗地道，我是有点嫉妒啊，一个叫梦芳的妙龄女子，孤零零一个人，应该有个好男人邀她一起享福才是啊，男女享福是互利互惠。

梦芳轻觑了他一眼道，你怎么晓得我是孤零零一个人？我每天帮老爸做事情，包括电脑打字、整理资料，还要东跑西跑买药材、辅料，忙都忙不过来呢！

他俩在一旁唇枪舌剑，我和熊药工到桌边去，边翻资料边听他讲解。他告诉我，明清以来，本市因水路通达，药商云集，加之药材炮制形成了特色，为后来的"药都"之誉奠定了基础。其中，枳壳凤眼片、厚朴肚片、黄柏骨牌片、马钱子腰子片、川芎蝴蝶片、附子临江片、四制香附、猪心血炒酸枣仁、鳖血炒柴胡、山羊血煮藤黄、尿泡马钱子、木甑蒸熟地……能够代表"药都"加工炮制的主要特点。

见他如数家珍，我兴奋道，现在这些还在如法炮制吗？还能看到吗？

他抬头，穿过老花镜的双眼，是一片虚空，叹道，现在大都只能从我的资料里看到啊！不过，我可以带你到我的小作坊里去看看。

二

我连忙说好，搀扶他站起。他却一把推开我，虽然起身已慢，掌上的力量依然格铮铮的。我叹服道，即使熊师傅比我大了近两轮，要是约架，我都不是您的对手。

这话他爱听，举起小臂道，放在二十年前，我上大岭山去采药，连腰绳都可以不系！过了八十，就是王小二过年——一年不如一年喽！

一前一后来到楼下的作坊，乃原先的一个地下柴草间改建。即便伸出去一间，依然满满当当充斥着各类炮制工具：药碾子、铜药臼、竹筛箩、切药刀、铁锤、土灶、铁锅、木甑、研钵、锉刀……除了这些老物件，也有电磁炉、煤气炉以及电动切刀。

我问，既然有电磁炉和煤气了，还用土灶的目的是什么？

他专心揩拭一件研钵，反问我，你这个年纪，家里有过用土灶的记忆吗？

我说，有啊，六七十年代，厨房的一孔土灶就是我母亲请师傅过来砌的。

他问，是水泥砌的还是泥土灶？

我答，里面是黄泥的，外面糊了一层水泥。那时节水泥金贵，我母亲一直管水泥叫洋灰，现在还这样叫。

他转头问，那孔灶现在还在吗？

我答，早不在了，铁路企业的老房子是平房，80年代初就拆了。

他摇头道，可惜了，留到现在，那孔灶就是好药。

我说，我晓得，灶心土的中药名叫伏龙肝。

他眼睛一霎，追问道，我考你，为什么这么卑贱的泥土，有一个"伏龙肝"的高贵名称？

我答，古人祭拜灶神，灶神的别称就是伏龙。灶心土取的是土灶中下位置的泥土，故称肝；天长日久，火、柴、土三样共同熔合，炼就了这么一味既卑贱又高贵难寻的中药，有温中燥湿、止呕止血之功效。

熊药工朝我跷起了右手的大拇指，他把擦拭后的研钵轻轻放下道，我这么一把年纪，各路来采访的人也见过不少，可是真正懂得药道的人太少，你是一个例外啊。

我呵呵一乐告诉他，我父母年事已高，作为他俩唯一的儿子，我一直在中西医两条河道里都倾注了泅游的热情。别人家是父母亲必看一些重要的健康养生类电视节目，我们家则是儿子替父母汲取各种有益老人的医疗新知。我正是在央视的一档《中华医药》节目里看到一个病例，福建某地的一位八旬老者肠出血，群医束手，此时得到一个方子，需要灶心土作为君药。后来还是在他老家坍塌的老屋里得到几块有钱难买的灶心土，服用后立马见效。剩下的放在冰箱里冷藏备用。

他听得开心，一脸皱褶也舒展开来道，老屋不值钱，值钱的是那孔土灶，越老越好，越土越好！发现了就不要轻易放过。

我掀开灶上的木甑问，您现在还经常炮制药材？

他道，不经常，有时节，自己家人、亲戚朋友要一点好药，药店抓的不放心，就自己动手润一润，蒸一蒸，炒一炒。现如今一切向钱看，做任何事情哪里有先前那样耐得烦！我也正好活动活动大脑和手脚，权当是锻炼了。

我脑子里忽然闪过一个念头，琢磨着怎样跟老人开口。风益和老药工的女儿梦芳闯了进来，梦芳道，我爸这么快就收了一个徒弟吗？

她爸赶紧道，阿弥陀佛！我们小地方人，脑门子还没有人家眼窝子深！人家才是真正的老师啊。

我见风益目光有些躲闪，就刚才那一二十分钟工夫，他在楼上跟一个单身女子梦芳没发生什么故事吧？

风益也道，我的老师教书是一把好手，学生不才，跟老师是同龄人呢。

梦芳不让道，裁缝绣娘，各干一行！不信我老爸的一身好手艺，你老师比得过。

听她这么一说，我脑子里适才闪过的那个念头，愈加强烈了。

晚饭是风益做东，熊药工父女、我，一共四人。选的是熊药工家就近街上的一家菜馆，名"枳壳饭店"。饭店简陋而寻常，装修却颇费了一番土心思，竹桌、竹椅、竹台面、竹墙壁，连顶棚也是竹子编织的阴阳八卦图，窗牖之上覆盖的是大块大块的杉树皮，山野气息飘然而出。

风益看着窗外的一丛小山竹，忽然吟道：伞盖白杨梢，遮瘦突兀腰。青竹两三叶，拔竿节节高。

梦芳一边烫碗筷，一边瞟着风益道，你还诗兴大发呢！目光里却流露出一缕赞许。

风益难掩得意之色道，这不是我写的，我出过一本诗集《药都拾翠》，还是请老师作的序呢！可以送你一本啊。

梦芳拍掌叫好。

二三十年来，我给学生、同学及朋友所出的诗集、散文集、小说集作序撰评，总有一二十篇吧，最近的一篇是给远在拉萨的学生次仁旺久的诗集《一棵树的力量》作的序。风益是个聪明人，他的诗集《药都拾翠》出版都有二十年了吧？依稀记得吟咏的大多是药都的药材、人物与故事，未必每首都好，却也不乏一些好句子、好意象，可惜他中途转车，迷上了几年钢笔画之后，又拐进了撰写历史小说的快车道，写的是春秋时代背景下的人物和故事，都下笔二十多万言了，还未抵达构思的一半。以我马齿徒增，越写越短的作为，只能叹服。

他却谦抑道，我知道自己不可能青出于蓝而胜于蓝。

服务生递上来菜牌。风益放到桌边道，这家饭店我舌尖都吃出茧子了，不用看，先来一个招牌汤吧，枳壳煲乌鸡。

熊药工告诉我，枳壳是本地的道地药材，皮青、肉厚、气味浓，性苦、辛、酸、温，具有理气宽中、行滞消胀的功效，适当用一些枳壳煲乌鸡，滋补和消食兼得。

我道，药膳我在广东也吃过，但用一味道地药材做饭店名的，我还没见过。

梦芳道，本地道地药材还有好几味，譬如黄栀子、陈皮、车前草……

我问，那是不是还有黄栀子饭店、陈皮饭店、车前草饭店？

梦芳看着风益迟疑道，好像还没有吧？

熊药工道，此地陈皮虽好，也是道地药材，可早被你们广东新会陈皮抢了风头去！

我点头道，疫情耽搁了，原本去年我就要去一趟新会做采访的，新宝堂是广东省级非遗生产性保护单位。

枳壳乌鸡汤上来了，上面还漂浮着枸杞、西洋参等几味药材。刚喝了一口汤的熊药工忽然抬起头问，你什么时候去新会采访？有机会我也想跟你一起去看看，主要想看看他们的加工炮制工艺，跟我们的药都有什么不一样。

我的兴头上来了，把此前漂浮的念头和盘托出道，我在深圳采访的时候，结识了一位潮汕老板，他曾提到过希望请一位老药工去给他做药材炮制，您正好去看看，如果谈得拢，就正好待下来，如何？

老药工回头看看女儿。

梦芳利索回答，可以啊，我陪老爸一道去深圳。

风益看一眼梦芳，幽幽道，不能把我一个人扔在这儿啊！我也跟你们南下到改革开放的窗口去吧？

梦芳哈哈笑道，好啊，你去正好给我老爸打下手，反正现在待在一个半养老的单位，有你不多，没你不少！

见女儿如此支持，熊药工搓手道，我可以去，趁现在身体还扎实。

我告诉老药工，深圳这位老板姓吴，做电子配件起家，在福田保税区一栋二十多层的写字楼金枝大厦买了三层，现在生产工厂转移到了惠州博罗，喜欢交朋结友……经常约各路朋友到他的十八楼吃私房菜，我去吃过一两回，知道他祖上开过药铺，谈起中药来也头头是道，似乎兴趣很浓。如果您愿意去的话，我立马给他打个电话，你俩再谈谈条件。

老药工问，谈条件？什么条件？

梦芳抢答，当然要给你条件啊，你为老板打工，工资总要付的吧。

她这样讲时，瞟了我一眼，似乎想探知底细。

这令我略有不安，愈加觉得，如果老药工过去，一定要把一些基本条件谈妥，尤其工薪。虽然他对女儿的要求回以喃喃，只要有吃住的地方，工资多少无所谓的。

我打通了吴老板的电话，大致介绍了一下老药工。感觉吴老板也在那边的饭局上，座旁人声起伏，他的舌头大了，像是自己灌醉自己的架势。

我放弃了让老药工听电话的念头，径直问，如何开工资？

吴老板大度道，你问他，他讲多少，就是多少。怕我不放心，又道，底薪一万，其他的另外算。

风益道，我感觉，这个老板不是小气人。我老师介绍的，你们尽管放心。

梦芳听到电话里吴老板的开价，顿时说，那我们回去就准备，跟老师一起过去？

风益道，还是单身好，一人动身，全家起驾！

梦芳追问，耶耶，你不也是单身吗？

风益顿时飞红了脸道，我是准单身，你落了一个"准"字。

梦芳不让道，我可不管你准还是不准，只要你讲了是单身，我就把你跟我放在一起，合并同类项。

他俩你来我往之时，老药工夹菜的筷子头也停摆了，看看梦芳，再看看风益，更多的目光却是落在老大不小的女儿身上。我没来由地想起一句大文豪鲁迅的诗："知否兴风狂啸者，回眸时看小於菟。"舐犊情深，尽管，老药工面前是一只人高马大的母犊子。

风益起身道，老人家过去肯定要带一些东西，我年前刚买的这辆SUV，还没跑过长途，我开车送你们过去！

我见他不像是开玩笑，便问，你还在上班啊，非节非假，如何走得开？

他朗声一笑道，老师有所不知，我五年前可以去市直机关，上不了高坡，进一个台阶的机会还是有的，我放弃了，就是想给自己存留一点可以放肆的时间和空间。一个人到两腿一伸的时候，如果连一点有价值的东西都没留下来，他就白到人世间走了一遭！我现在挂了一个副馆长，很自在。馆长是位"八〇后"，雄心万丈，我不在他身边碍手碍脚，就是对他最大的支持啊。

我感觉他这个"态"有一多半是表给梦芳听的，梦芳看他的眼神已经流露出一丝崇拜了。我道，那好吧，要不要给熊药工一两天准备的时间？

熊药工道，给一天吧，总有一些工具要拣拾拣拾。

一言为定。

三

梦芳第二天要帮助老爸收拾东西，老药工便嘱咐风益带我去狮子山走走。他告诉我俩，狮子山是他小时候常去的地方，斫柴是其一，采药是其二。狮子山也可以讲是一座药山，黄精、生地、石斛、枳壳、黄栀子、杜仲、桂枝、砂仁……他都采过。

第二天早饭后，风益便开车到酒店接上我，径往狮子山。狮子山已经整修成一座森林公园的模样，大树成荫，山道井然，不复老药工当年斫柴采药的野趣。东侧一座新庙，白墙黄瓦，乏善可陈，唯有庙名别具一格：蝉蜕寺。我跟风益说，药都处处都见药，可是蝉蜕也不是本市的道地药材啊！

风益笑道，这里原本有个弥陀寺，早就不存了。重修之后，新上任的文体局长是中文系研究生毕业，他说弥陀寺不知凡几，没有特色，药都的寺庙就取个药名吧。正好有人在一旁的乌桕树上掏蝉衣，他就说这个好，蝉蜕疏风清热、定惊解痉，药贱而功著，做人做事，都应如此。遂名：蝉蜕寺。

我说，挺好啊！无论人名、地名、庙名，首先是独一无二，其次是有意义。禅的本义就是寂静，佛家有云：妄念不生就是禅。你看蝉蜕亦蝉，禅宗亦禅，一取其药用，一取其精神，颇有相通之处。

风益拍掌道，老师，你这个解释好，我要转达给局长，他肯定当时没想那么多，你做了提升！

在一路绿荫拂拭下，两人上了千余级台阶。久未登山，我已觉腿力不支，风益尚觉轻松。我打趣他，雄性激素发达，到底是得多失少啊，失的是面子，得的是里子。这时他接到一个电话，正在狮子山上呢……你放心好了，把老师交给我，你还有什么不放心的……后来他到一边去，声音也低下去了，感觉像是有什么悄悄话。

我有意朝前快走，与他拉开距离。待他收了电话赶上来。我问，你们这个关系是不是也发展太快了？

他挠挠头道，没有啊。只是觉得她性格外向，好像可以无所不谈。

我道，她是单身，你不是吧？不过，这次也不见提起你夫人，好多年前我见过她一次，好像是中小学教师？

他叹道，分居多年了……不说也罢。

这么多年来，貌合神离，类似的分居家庭景象不是个例。他不说，我也无心再问，信口念了一句欧阳修的《浪淘沙》："把酒祝东风，且共从容。"

他接了下两句："垂杨紫陌洛城东。总是当时携手处，游遍芳丛。"他露出的笑脸，似有一丝无奈。

第二天一早，风益就把车开来先接我，之后去接梦芳父女。父女俩的东西可真多，主要还是老药工的碾子、切刀之类，塞满了后备厢。

梦芳问风益要了车钥匙。

我道，花木兰要御驾亲征啊！

她脚一踩，手头点火，不好意思道，我跟老爸讲不要带这么多东西，现在不少电动工具更好用。他不听，这是他一辈子的伴侣，比女儿金贵多了！

风益在副驾座，我跟熊药工落在后座。老药工作势拍了一下女儿的头顶道，瞎讲！女儿是我的眼睛和手脚，没有女儿我哪里去得了深圳开眼界！

一路说笑，车子顶格跑。风益不时盯着里程表，撮唇吸气道，果然是女中丈夫，一往无前。我只怕回去以后要连吃几张超速的罚单了。

梦芳顺手扣上一副墨镜道，吃了罚单算我的，我可不爱听女中丈夫、巾帼英雄之类的大话，我就是一个小女子，更喜欢旅游拍照，莳花弄草，洗衣做饭。略略偏头对后座道，还有就是照顾我老爹，我妈不在了，我是替代老妈照看他的啊！

我回头见老头眼角有一点儿莹莹放亮，赞曰，如此小女子，人见人爱啊！

梦芳哈哈道，听老师一夸，我脚下都轻飘飘的了。我要是人见人爱，也不至于至今落下一个单身啊！

我道，说不定此次深圳行，就将绽放出绚烂的花朵呢！深圳可是一个没有冬天的城市，我刚调到深圳不久，它就被评过一次世界花园城市。

梦芳道，托老师吉言，到深圳看花开花落、日出日降。

抵达深圳已是晚八点，到了金枝大厦，一袭灰色夹克的吴老板挨边七十，依然精神头十足，左手的中指上戴了一只镶钻的大金戒指。他在自己公司的十八楼早已备好了一桌不错的筵席，满面红光地握住老药工的手道，听老师介绍以后，就一直盼望你过来。席间自然是谈中药，吴老板显然也不是外行，他讲祖上几代都是药商，下南洋的亲戚做药材生意的很多，现在还有在印尼的远亲，那里开金矿的中国人多，他们习惯用中药。

吴老板感叹道，好多年前，看到一句中医亡于药，我就很担心，道地药材要重视，加工炮制也不可小看啊！前几天家人去开药，连中医师都把怀山的"怀"，写成了三点水的"淮"。道地怀山产自河南焦作怀庆府，跟三点水的"淮"有什么关系呢！

熊药工朝他跷起大拇指道，很多药材的第一个字，就是产地的代称，譬如党参，古代以山西上党产的为上品，故名。广东、广西也是很多道地药材的故乡，广藿香、广金钱草、广豆根、广陈皮……都是，还有高良姜，原产高州，化橘红，原产化州。高州和化州都在广东吧？

座下一个殷勤给大伙儿倒茶的精干小伙子连连道，都是广东的，都归茂名市。

吴老板介绍道，这是我的侄儿，吴桶金，一桶金啊！你们叫他小金就好。读了个大专就出来了，不肯读书，到哪里去挖一桶金啊！只怕抠出一粒金沙都困难。

吴老板言下有叹息之意。我问读的什么专业？

小金大大方方道，读的国际贸易，可是连国际的一根毛都没沾到。还不如早点出来给我叔叔打下手，学到一点是一点，实实在在。近水楼台，我也懂点中药，就是跟叔叔学的。

我道，你学得不错啊，高州、化州都归茂名，这个地理知识，我都要想一想。

吴老板道，他原先有个女朋友是高州的，女朋友的姐姐嫁在化州，他如果这个都不晓得，那就不是一桶金，而是一桶饭了！

吴老板的戳穿，惹得一桌人都笑了。

我问，现在的女朋友呢？怎么没带出来？

小金自嘲道，现在我是孤家寡人，一人吃饱，全家不饿！

我道，钻石王老五的条件，只怕是挑花眼了。

小金道，托老师的吉言，我是一切随缘啊。

小金不仅伶牙俐齿，动作也敏捷，端着红白两种酒的瓶子，不停给客人斟酒。在梦芳面前，他举起的是一块白餐巾包着的红酒，边斟边问，是不是应该给你上白酒？药都姑娘，应该晓得，酒为百药之首。繁体字的"醫"中就有个"酉"，酉者酒也。

梦芳似乎很受用被称为"药都姑娘"，起身端起边上的白酒杯，仰头便喝尽了。

座下便有人起哄，叫小金别欺负药都姑娘，自己也得喝。

小金自然不能推辞，一饮而尽，空杯照人。一张脸却很快拉上了红幔子。

　　席间，吴老板讲起了自己的发家史，一圈人犹如鸡在食槽边，不再言语，只见频频点头。

　　一路乘车劳顿，老药工累乏，很少开口，也不点头。此时说了一句，吴老板能干，做了天大的事情。

　　吴老板呵呵笑了，似乎专等老药工一句赞，谦虚道，我没别的本事，用我们潮州话讲，刻苦食！刻苦堵！刻苦图！又道，这就是深圳，一坨生铁在这里，都可以被打磨得银光闪闪。

　　见老药工倦怠，吴老板道，一路过来蛮辛苦的，安排了员工宿舍，梦芳父女一间，风益一间。转脸问我，你要安排吗？

　　我赶紧摆手道，不用，以后若是下岗了，再来找你安排。

　　吴老板双手一摊道，那你不可以食言啊！

　　进电梯后风益道，这就是深圳的老板和内地老板的不一样。梦芳转脸看他，他接着道，如果是内地老板就不是这样回答的。梦芳随即道，内地老板会讲，我们家的庙太小了啊。

　　一厢的人都笑了，包括吴老板。

　　吴老板道，我这里抓紧派人去办理药材炮制加工和出售的各种必备手续哈。

下得楼来，天黑如墨。疫情起伏下的深圳，保税区的车辆也远不如从前那么稠密。老药工问带来的家伙放哪里，吴老板说已经在楼的东侧找了一间地下室，明天再卸货吧。宿舍在保税区的另一头，风益开车先送梦芳父女去宿舍安歇，宿舍虽然简陋，却也在十楼给了梦芳父女两室一厅。十楼的走廊尽头，风益那个单间则狭小得多。风益不在乎地道，我只要一床一桌，足矣。事实上，也只有一张双人床、一张电脑桌。

再下楼，风益开车送我。我脑子里回旋他们仨简陋住所的影像，人家从内地生活安逸的小城，跟我奔赴所谓一线城市而来，还有一位耄耋老人，结果条件如此这般，我想，我这样做是不是太冒失了？

风益宽慰我，老师放心，你这样做已经是尽了心力了。我们都是可进可退之人，这样一则你多了一个就近观察熊药工加工炮制的机会，这是你一直想深入了解的；对我而言，也是多了一个就近交流的机会。另外，我带了手提电脑，在这里安安静静，看看书，码码字，还更专心一些。

他虽然表述得平淡，我却明白了他的"就近交流"既不是与我，更不是与熊药工，而是与梦芳。我早知道风益的家庭分歧，夫妻两人始终形同冰炭，他不瞒我，他的同学此前也是劝离的多，认为不分对错是非，两人只是不合适。如此长期分居，何不一拍两散？男主人过于柔弱，一再延宕，以致他的同学们都认为过了离异的窗口期，那就不如回归与将就。

梦芳的兀然出现，会是一个新的契机吗？

不好说。婚姻家庭，我见到过太多的欲益反损、高下相悬，事出有因，毋庸置喙。

四

回到深圳之后，我因为忙着一系列的文化讲坛，包括策划、约请、主持，以及自己的讲课，有十来天没过去看老药工他们仨。只是跟风益说，新来乍到，肯定有很多不便，有任何情况，及时给我电话。

风益微信语音回道，没有任何情况，一碗一榻一桌，于我足矣。我是一个很简单的人，也喜欢独来独往，这里能满足读书和写作的基本条件，一日三餐可以吃食堂，省去我在老家天天自己做饭，便利太多了！

大概真是独居惯了，我在深圳书城主持每周五晚八点的书友会，邀请他一道过来见嘉宾，他却既不肯过来与嘉宾一道吃饭，也不肯在大台阶前面来与我并排坐。只是远远坐在高高的后台，听完讲座招招手，就独自离开了。

我问，他们父女呢？

他回道，梦芳和她爹早出晚归，在大楼东侧的地下室搞了一个作坊，挂牌"本草坊"，我只下去过一次，你得空也可以去看看。

我追问，你这样过于散淡，过于疏离，那怎么跟梦芳"就近交流"呢？白天你写作，她上班，晚上呢，出去逛了逛吗？有交流吗？男人就得主动一点儿，你看看动物界，大家伙如狮虎大象，小点的如猫儿狗狗，都是雄的追雌的，你何尝见过反过来的？

他乐了，我只在电视纪录片里看过那些动物为了获取交配权，打得不可开交。就不允许人类反过来吗？让雌性追逐雄性，或许更文明一些，少了打斗的血腥。我是属猫的，晚上才是我写作雄性激素分泌的旺季。为她我愿意出去交流，可是他们父女俩吃了晚饭回来，也都累了，安排她老爸歇息后，她也就没精力出去逛了。以后，呵呵，我主动一点儿。

听他这么一说，我觉得有必要过去看看。次日下午我抽空到了保税区，事先并未告知凤益，当然也没有告知梦芳父女。来地下室，迎面一块一米见方的铜匾，写有"本草坊"三个大大的行草。四面围着透亮的玻璃门窗，类似一些大厦楼下的豪华洗车馆。"本草坊"里早有十来个人在围观，问药。熊药工正弓腰用一把铡刀切中药，近前我看出切的是白芍。

梦芳在一旁讲解，白芍要切得好，可以用四句话来形容：薄如纸，吹得起，断面齐，造型美。

边上吴老板的侄儿小金便说，这位老爷子切中药的功夫上过吉尼斯纪录的！

老药师头也不抬，嘟囔道，上吉尼斯纪录的是另外一位老药工，比我年轻得多。

小金似乎有意抬高嗓音盖住他道，老药工硕果仅存，只有他亲手炮制加工的药，才有事半功倍之效，不然就是事倍功半！有几句顺口溜怎么形容的？白芍飞上天，什么不见边来着？

梦芳瞥了他一眼，流利地念道，白芍飞上天，木通不见边，陈皮一条线，半夏鱼鳞片，肉桂薄肚片，黄柏骨牌片，甘草柳叶片，桂枝瓜子片，枳壳凤眼片，川芎蝴蝶双飞片，槟榔切一百零八片，一粒马钱子切二百零六片……

老药工摇头道，那都不是哪一个的功劳，是药都一代又一代药工的传承。制药不仅仅是切工，切工仅仅是其中的一道程序，"七分润工，三分切工"。润工也很重要，甚至更重要。

有人问，什么叫润药，是不是把药浸在水里打湿？

熊药工在答话之时，一刻也没有停下手中的铡刀，刀下的白色药片纷纷扬扬，如密集的雪花飘落。此时他停刀，揩汗，起身到一边去，大家跟他到一溜儿齐膝高的木桶边。他双手揭开桶上厚厚的湿布道，你们晓得这里面是什么药？

一通乱猜。

熊药工一一告诉周围，是白芍，是生地，是川芎，也有肉苁蓉……

边上就有一个秃顶男子笑道，我在乌鲁木齐的大巴扎里买过几桶肉苁蓉，邦邦硬，钢刀都剁不动，放久了全霉了，只好送给一个搞装修的去喂猪了，他在韶关老家有个养猪场。

一个戴墨镜的男子挖苦道，这么大补的东西，你送去给猪滋补，那还不搞得猪圈里鸡飞狗跳啊！

另一个小个子不屑道，到底都是钢筋水泥森林里长大的，分不清五谷，识不得公母！养猪场又不是配种场，公猪母猪都是骟过的肉猪，吃再补的东西也是送把梳子给和尚——看走眼了。

见此话让人尴尬，梦芳转圜道，有一些根茎类的药洗净之后，必须放在桶里润，为什么要润呢？一是为了好切，二是不让切的时候破碎。不要小看一个润药，润得不够切不动，润得过头伤药性。

秃顶男子呈现感激的眼色道，我住益田花园，常去不远的福民路同仁堂拣药，那副对联还记得：上联是"品味虽贵必不敢减物力"，下联是"炮制虽繁必不敢省人工"。今天到"本草坊"看了熊药工炮制的工艺，精细、精心、精到，肯定不在任何老字号之下啊！

忽听背后发一声喊，老师来了，也没通知我一声？

因都戴着口罩，我一直在边上观看，未让他们识得。我转过来问风益，你不是在埋头笔耕吗？

他嗓音并不低，道，听你的话，要多来看看梦芳和她爹啊！

我还未答话，小金忽道，吴总来了。

先前的客人未走，吴总又呼啦啦带来一拨客人，总有上十位吧。他在兴奋中，多少有点紧张，一身西装也觉得不很搭，远不及他平时的一件灰色夹克随意。吴总一一给我介绍身边的客人，多为各行各业的老总，也有一些来自政府部门。这种场合，泛泛的介绍我一个都记不住，详细的介绍更不可能。

只能是握手，点头，呵呵，呵呵。

不得已，熊药工又表演了一次快刀切白芍，自然又是一阵掌声。

戴墨镜的男子忽问，吴总，你这些老药工加工炮制的药材，在哪里购买？

吴总一愣，他的侄儿小金抢答道，找我就行。不过有些不常用的药材估计要事先订啊。

秃顶男子问，哪一些可以现买？

小金退后一步道，这个问题要请熊女士来回答，她不仅是老药工的女儿，多年耳濡目染，也成了中药材炮制的行家里手。她爸只肯让人称熊药工，你们称他女儿熊药师该是不错的。

梦芳大大方方上前，领着大家到一张一米见方的中药材炮制分类图前，举起一根教鞭，一一讲解净制法、切制法、炒法、炙法、煅法……这里面又可以细分，譬如一个炙法，就分酒炙、醋炙、盐炙、姜炙、蜜炙、特殊辅料炙……在这里难以细说，不然，要给你们办班才行啊。

一位穿黑色T恤的老总说，我家早先也开过药铺，现在还能找到一个铁药碾子，要不是一天到晚忙得脚不沾地，我真想续上做一个当代药师。

吴总笑道，不用大家都去当药师啊，需要都集中到我这里来买吧。人人都去开药铺，谁去做手机、造无人机和研发芯片啊？我来做土鳖，为你们服务，你们一心攻高大上的项目就好！趁着老药工父女都在这里，你们还有什么要问的，赶紧问吧。

戴墨镜的男子问，什么叫特殊辅料炙？

这个图上没有进一步标识，梦芳转脸看着父亲，熊药工缓缓道，比如柴胡，可以醋炙，还可以用鳖血炙，鳖血柴胡，填阴滋血，增强清肝退热的功效。又比如盐附子，洗净泥，加食盐水浸泡，再用清水泡一两天，用竹片刮去外皮，洗净，切成两三厘米的薄片，再放到米泔水里泡两三天，早、中、晚各换一次米泔水，取出加生姜片拌匀，放蒸笼里蒸透，取出扇凉，烘干……

一片啧啧声。

老总们齐赞，这么繁难，这么金贵，只怕用黄金来换药也值！

吴总呵呵道，不必，人民币通用，只收成本价。

一直在边上观看未作声的风益，此时开口道，好多年以来，都有一种担心：中医亡于药。一个是缺乏道地药材，再一个是炮制上的偷工减料。刚才这位朋友也讲到了一副对联，上联是"品味虽贵必不敢减物力"，下联是"炮制虽繁必不敢省人工"。我跟熊师傅父女，都来自内地号称"药都"的一个小城。那里日子走得慢，中药炮制也是一个慢功夫，有一些滋补药物，需要纠偏药性，增加药物成分，那就需要九蒸九晒——这就是一个典型的慢功夫。譬如黄精、熟地、何首乌，等等。我们广东新会陈皮，是国家地理标志产品。柑皮贮藏的时间越久越好，存期不足三年的称果皮或柑皮，存期足三年或以上的才称为陈皮。清代大医师叶天士所开的药方"二陈汤"，特别写明"新会皮"。因不是新会所产的其药效远逊，且乏香味而瘠口，也就是苦和辣。你们平时在药房开出来的陈皮，一般是黄色的橘子皮，估计也就一两年的时间。新会皮，有五年、十年、十五年、二十年乃至三十年的，价格成倍上涨。深圳是改革开放的窗口和前沿，有一句深入人心的口号：时间就是金钱，效率就是生命。这个时间讲的是快，是效率；反过来岁月悠久、慢火细功夫也是金钱——后面这一条对中药生产和炮制特别适用。

梦芳两眼放亮地看着风益，伸长脖子低语道，此前只晓得你会爬格子、写材料，没料到讲起药材来，也头头是道。转脸呼应道，胡馆长讲得太好了，他是这方面的专家啊。

风益连连摆手，低声道，哪里谈得上什么专家，一个是耳濡目染，再一个也是现炒现卖，这段时间抽空看了一些相关资料罢了。

小金似有提防地斜睨了风益一眼，却也趁热打铁地吆喝道，其他一些地方的九蒸九晒都是糊弄人的，我们这里是正宫娘娘出身，这段时间要来买药的，要不就是脱发秃顶，要不就是小便不利索、夜里不举的……五劳七伤，呵呵，都有的。

那个戴墨镜的男子分明跟秃顶男子是一起的，戏谑道，听讲秃顶是雄性激素分泌旺盛啊，如果治好了头顶一片水草茂盛，下面雄风不再了，那不是得不偿失吗？

小金赶忙说，不会不会，好的药材跟好的中医搭档，那都是双向调节。我们隔壁还请了一位退休老中医坐堂，给你们把脉之后开药，绝不会顾此失彼的。

现场这么一鼓动，就有人要看看九蒸九晒的黄精、熟地、何首乌，也有问价钱的，做出要买的架势。有一对中年夫妇，牵着手径直到隔壁去瞧老中医了。边上知情的小声道，这对夫妻结婚十几年了，妻子的肚子就是不肯大起来。

五

　　晚饭约在十八楼吃大围桌，下午参观的客人一多半都在，手里提了各种药材，满屋飘荡着药香。熊药工不惯热闹，毕竟高龄，一下午的切药、讲解也累了，说是只想吃碗粥早点休息。我便说附近有个顺德佬砂锅粥店，跟吴总打过招呼，带上梦芳父女及风益走了。小金跟到电梯间帮着摁了大堂键，招呼道，干了一天，师傅确实也累了，早点吃完回去休息哈！

　　他这样叮嘱着，眼睛却一直是瞟着梦芳的。梦芳的眼神闪开了。

　　砂锅粥店的生米海鲜粥以及几碟小菜，熊药工吃得呼哧呼哧的，很开胃。风益说他这几天除了写作，必定骑着共享单车到处乱逛，把路上看到的西洋景，添油加醋地说得梦芳很开心。我道，你是新来乍到，对眼前所见都有新鲜感。这是好的。不像我，来了二十多年了，感受早都退化了，迟钝了。改日也要多骑单车出去采采鲜。

　　风益笑道，你这个采采鲜用得好！

　　我暗示他，你的鲜就在身边，可不要舍近求远，被别人采走了，你就追悔莫及了。

他笑了，看看我，又看看梦芳。

梦芳脸上有些挂不住，扯开道，没想到风益老师笔头子好，口才也好，可他是一个要写书的人，不然就请到我们作坊里来做兼职讲解吧，给你开点工资，做不了大用，权当体验生活吧。

我立马举手赞道，这是一个好主意，既缓解了经济困难，又能就近体验生活，为下一部药工题材的作品奠基、打桩。

风益看看她，又看看我，摸着剃得溜青的下巴道，你们果真要拉我下水啊，那我就试试。

送他们仨回宿舍，风益拉我进他的单间再聊聊。才几天没来，靠写字台的后墙已经多出一张竹制简易书架，摆了半架子书。

我惊道，你这都是最近买的呀？

他道，老师看看我这些书买得值当不值当？自从跟你去了书城，我没事就常去逛逛，逛了书店就手痒，不肯空手回来。

我道，你别叫我老师了，我现在读的书有些还是你推荐的，尤其是一些历史非虚构。

话题很快切入到梦芳。我道，要害是你跟她不一样，她是单身，你还不是。

他告诉我，分居已久，已经递交了离婚材料，最迟下个月就该判决了。

我道，那你就应该抓紧跟梦芳多谈谈啊，两个人都离开了本土，正好是萌芽分蘖的好机会。

他道，我不是没有跟她暗示过，尤其是微信表白得已经很清楚了。感觉她还在犹豫，我也不晓得她是怎么想的。

我道，好的，这个灶边的柴火，我来给你往中间拢一拢。不过，你也要更积极一些才好，女性多半都会矜持一些。

风益大嘴一咧老长，道，她还矜持个啥呀，也老大不小了！

我也笑了，哪有老大不小就不允许人家矜持的道理！

我因开了车来，便不让风益送，下到电梯间，给梦芳发了一条微信：还没休息吧？如果方便到楼下停车场聊聊。

她秒回：好的。

停车场的篱笆边，几株浑身长满疙瘩的澳洲火焰木，一串串小铃铛似的花朵开得妖艳欲滴，车头上铺满落英。一位穿反光背心的清洁工，打扫完毕，正在路边捆绑长短不齐的纸板，那是他一天劳作之余的犒赏。

不一会儿，梦芳下来了，她居然穿着一身白色睡衣，胸前颤巍巍的，刚沐浴过的头发袅袅散发出薰衣草的香气。我想起刚才风益说的矜持个啥，不禁哑然失笑。

梦芳仰头，双手握住一头黑发道，我都准备睡了的，老师不准笑我。

我道，我该让风益一道下来，他看到你这个样子，就该走不动了。

她道，那你就叫他下来啊。又赶紧做了一个"不要"的手势。

我俩就站在车门边，径直聊到这一段时间的感受，包括她父亲的想法，以及对风益的印象。

她表示，这一段时间忙碌而充实，有很多在内地城市没有的新鲜经历。父亲也是如此，他是老一辈人，总觉得拿了老板的工资，就要对得起他的看重，每天下班后都会检查哪里做得不错，哪里还有欠缺，第二天要改进。至于风益，来"本草坊"不多。晚饭以后有一些交流，他是一个书生，她和他之间有距离，不晓得会不会有进一步的情感发展，尽管她从他的眼神里读得出他的含意——她没有讲他在微信中有很直白的表示。

她应该晓得，风益送她父女来深圳，当然不会是无所图的。我径直问，你不是心里有了其他人吧？

她并不回避我眼神，道，目前我心里还没有其他人。对老师不该隐瞒，我也直说吧，小金在追我呢。看出了我并不惊讶，她索性撒开道，他三十多了，居然没结过婚，男女经验应该不会少的。比我小一截的未婚男人追我，我可是一点心理准备都没有啊！

我道，这就是深圳啊，没有什么不可能的。问题是，你对他有感觉吗？

她道，现在还说不上。我担心我和风益文化之间有差距，他平时想的做的，都在吃喝拉撒之上，而我只是一个俗女人。要他弯腰依从我，只怕他会难过的。况且，他现在的经济条件，能顾及长远吗……我当然不要靠哪一个的，我是要自己能赚会花，他若是过惯了苦日子、紧日子，那也是看不顺心的。两个人的经济水平要大体相当，起码男的不要比女的差，不然男人会心理失衡，你讲是不是呢？我不喜欢过那种日子，戏台上的夫妻——有名无实。

我追问，你讲的有名无实，指的是？

她道，现在很多夫妻，白天是夫妻，晚上是邻居，精神、情感和身体，三不互通。那个样子，何必结婚，一个人过不好吗？我也害怕你们读书多的人，使劲地讲精神，高高在上不接地气。光讲精神相通，经济不通有用吗？我爸讲过，干裂了口子的田里，长出的草都是枯的，就莫想生出墨绿的禾苗！他原本讲的是脾胃，我用到这里也是适当的……

我理解她的意思了，她顾虑风益是一个书虫子，只会读书写作——这年头，不是名作家，不是网络写手，写作多半只是既费时又贴钱的买卖。风益尽管有一份安稳的工作，在内地的那一份薪水，过风平浪静的小日子没问题，要想大方舒坦，只怕还隔着山重水复。梦芳的这个想法是此前就有的，还是来深圳才萌生的？来到这样一个经济氛围浓郁的城市，容易放大生活的期望值则是没有疑义的，也无由苛责。

我脑子里忽然冒出一个念头，盯着她问，小金是吴老板的侄儿，若论经济条件，肯定比风益强。可无论在哪里，经济条件哪里有天花板呢！你今日见到小金是三层楼，日后见到五层楼、七层楼、九层楼……都会有的，那你如何办才好？所以啊，上到一定生活标高，平衡它的就是精神追求了。

她握住双手道，可是，我现在还待在平房里啊，不要讲五层、七层，我连三层楼也还没有上去过啊。

那风益是在几层啊，平房吗？一楼吗？

具体是几层，你比我更清楚啊。

好的，时间不早了，上去休息吧。你来深圳不久，就直接住十楼了，连九楼都跳过去了！完全跟风益是平起平坐。

笑而分别。

到家夜已深，我还是给风益打了电话。他似乎正在等我，秒接。

我把梦芳的态度删繁就简叙述了一遍。当听到梦芳虽然目前尚无意中人，但吴老板的侄儿小金已经在向她进攻了……风益咬牙切齿道，野狼扒门——没安好心。头天我们来到深圳，晚上吴老板那个饭局，我见他给梦芳倒酒就觉得这个小子心术不正。可当时也没往心里去，想到梦芳虽然比我小一截，却比他大一截，而且女的曾经爬冰卧雪，男的从未结过婚，哪里是接得上的两个榫卯。

我乐了，还爬冰卧雪，你以为是写先秦小说呢，干脆攻城拔寨好了！以为那晚小金就动了心思，那你是猜疑心重，如果不是后来他晓得梦芳是单身，应该就不会有进攻一说。那么你想想，如果不是梦芳自己有意无意透露给他的，难道她父亲会讲？

风益便有些张皇了，讷讷不知如何是好。我劝他，既然对梦芳有意，就得尽快躬身俯就，今天白天梦芳对你的解说很满意，何不就坡打滚，顺势过去。你那个漫长的先秦历史人物系列小说，多一篇少一篇，又有什么要紧！比照一个你喜欢的女人转瞬琵琶别抱，孰轻孰重，你可要掂量好！

风益连连说，开窍了！人来深圳，还存留内地思维，大不可取。你就像一根灯芯拨子，把一盏濒于熄灭的油灯拨亮了。

我道，甜言蜜语，留到梦芳那里再说吧！

六

我们通话的次日，风益就到"本草坊"去上班了。

或因我与他年龄相仿，他也不避讳是不是老师了，把对梦芳的一腔热情，时不时在微信里，通过语言、文字或速写向我抒发。风益喜画钢笔画，尤擅人物，其次是鸟兽草木、城垣乡野。他曾经说过，如果他的先秦人物系列小说能够顺利出版，里面的插图署名必定是与作者同名。

他的速写对象主要在"本草坊"。梦芳父女、吴老板、小金、客人……还有他自己，当然入画最多的还是梦芳。梦芳的润药、舂药、碾药、蒸药……乃至一颦一笑，无论妍丑尽收笔底。夸张自然不可免，夸张的对象主要有三：乳、臀，还有眼睛。那种情色意味明显，却并不低俗的突显，确实抓住了梦芳的形体特征，眼睛固然是心灵的窗户，别具意味的形体和动作，同样也是灵魂之窗。我从风益热辣辣而捕捉精准的笔触，也能感受到一个跃跃欲试的男人，是眼前这个成熟的女人，点燃了他的笔、大脑，乃至四肢百骸。

他的笔墨勾勒之下，小金显得滑稽、提防、疑虑，还有那么一点鬼鬼祟祟。整个一京剧脸谱中鼻头上涂白粉的角儿。如果说风益看梦芳的眼神，流淌着热烈、大方、期待和温情，小金看梦芳，则用四个字可以概括：鼠窃狗偷。

我问风益，梦芳看过你的速写吗？她是怎样的反应？

他答，她当然觉得好啊……

我不解，为何觉得好，而且当然？

他道，你想想，一个半老徐娘，在内地或许少人问津，到深圳之后，起码有两位男人向她大献殷勤，她的虚荣心，能不如吃饱了雨水的簕杜鹃一样瞬间爆棚？

我乐了，深圳有一句金句，来了就是深圳人。你到深圳个把月，就会就近取譬了，这一向深圳的市花簕杜鹃确实开得茂盛，跟雨水多、阳光足都有关系。

他嘟哝道，她如果是一蓬簕杜鹃，我还没找到机会浇水，别人是不是浇了，我就不敢武断了。

我心中不由得一紧，提醒他，机不可失，时不再来。你确实需要主动再主动，不然就很可能花落别家了！

几天的沉寂之后，他连续发来一二十张速写，基本上都是小金与梦芳暧昧的主题。眉目传情自不必说，也有牵手抚肩、搂腰抚肩的；还有影影绰绰，互相缠绕，白天不懂夜的黑——只在黎明混着夜色时，才有浅浅重叠的片刻。

我怕他陷得太深，拯救道，你是思想大于形象！工作场所岂敢如此放肆，况且梦芳她爹就近在咫尺；工作场所之外，你则未必看得到。

他承认，艺术必定有想象的成分，但是虚构的托底，还得是现实。就像你的写作有"三个打通"之说，其一就是虚构和非虚构打通。

我催他，除了主动，你别无选择；当然，放弃也是一种选择。

他认同，是的，我得尽快跟她摊牌，不能让她在我和小金之间骑跷跷板。简单地说，我虽然喜欢她，也不能无限期地陷进去，那只会像钱锺书老先生在《围城》中写到的，老年人恋爱，就像老房子着火，没得救！我应该还没到老年，但这座情感的老房子也是年久失修，禁不起扔进一根火柴！

正当风益想更多接近梦芳之时，接下来发生的一件事，却进一步拉大了两人的距离。

事情的缘起是最近一个流量很大的抖音号，推介一位知名老中医的生发和乌发方子，里面要求的中药材，不仅需要有国家地理标志，尤须炮制讲究，其中三味药何首乌、熟地和黄精，均要求九蒸九晒。

当下深圳，或许不仅仅是深圳，男人打拼，女人也不甘示弱，睡眠少，压力大，做事急——个个似李太白："白发三千丈，缘愁似个长。不知明镜里，何处得秋霜。"亦如白乐天："白发知时节，暗与我有期。今朝日阳里，梳落数茎丝。"

脱发与白头，是男人与女人共同的敌人。这跟生痘和长斑还不大一样，后者如果生长得恰到好处，倒也可以相安无事。此其时，"本草坊"应运而生，虽然没有抖音和小红书之类助其顺风顺水，却不妨碍口碑的力量是无穷的，来该坊购买老药工道地炮制的药材的人越来越多。订单都排到了三个月之后。

面对滚滚而来的客户，熊药工远不像那些工厂主和地产商，满面春风，干劲倍增，而是压力山大，愁眉锁眼，原本基本戒掉了的香烟，又吸上了。

此其时，梦芳、风益和小金，观念向右看齐一般统一：市场经济，卖方市场永远期望大过买方市场，小金甚至想到了用涨价来调节供需矛盾。老药工略一犹豫，便坚决摇头，他希望用加大炮制加工量来缓解矛盾，而不是靠提价来阻击顾客购买的热情。

梦芳解释道，深圳是全国一线城市，有钱人很多，他们在乎的不是钱，是健康，是命！

老药工一头脑的经验和智慧，宛如森林中的一窑薪炭，应是在沉寂了二十多年之后，让深圳顾客的执着，猝然点燃了即将熄灭的荣光。一位即将融入夕阳的老人，对荣光的呵护，正如同这些不断拥来的顾客对健康和生命的珍爱，金钱远远不是至高的诱惑。

于是梦芳看到了，风益也看到了，老药工起得更早，睡得更晚，即便作坊里空调开得很足，老药工一条黑色大裤衩、一领T恤，依然常常汗湿。深圳太阳充足，楼顶开阔坦荡，为晒药提供了宽敞的空间。老药工似乎不放心别人的手脚，时不时会抽空从地下室上到楼顶，一簸箩一簸箩地依次翻晒。

如果你想到每一块饮片，都因一次蒸与晒，色泽由黄而赭，由赭而灰，由灰而黑，由黑而透亮……那就是时间的沉淀，气力的灌注，天地精华的吸纳。

这天上午，老药工正在电磁炉上蒸药，被刚揭盖的热气一熏，扑通跌倒在地。吓得梦芳一声大叫，小金赶紧叫公司的司机下来，开车送去医院。车到医院急诊室，老药工已经缓过劲来了。医生检验血压、血糖，结果大都正常，认为是劳累所致，回去多休息一下吧。听说米寿老人还在劳作，医生啧啧，说你们要想让老人长寿，就带他去旅游、疗养，哪有让这么大年纪的人干活的道理？这不仅是孝敬不孝敬的问题，还是人道与不人道的问题呢！

一顿教训，梦芳羞愧满面。

七

父亲是自己人生最后的一道屏障。回来之后，梦芳强令父亲，以后只准动口不准动手。老药工眼神哀婉道，我只要拿起药铲子，走近药碾子，手和脚就痒痒。除非，再不让我进"本草坊"，那我就打道回府。

如此一来，为难死了梦芳。

小金想梦芳之所想，急梦芳之所急，告诉她，自己早就觉得靠这样原始的药材加工难以为继，一是收效太慢，二是劳动强度太大。像老药工这样的干法，不仅是长者吃不消，青壮年也跟不上啊……

梦芳急问，那你有什么好招数？

小金诡秘一笑道，我前些时候，在南山一家中药加工器械厂考察，跟他们提到了，他们有各种设备，我给你看看。

梦芳着急地凑过去。

小金就势在她耳后轻轻一咬。梦芳作势打他，他闪开了，很快弯腰将手机里的图片一一展列道，我给他们提到了，要同时具有洗、润、蒸、烘等多种功能，人家略一改进就达标了，这种"南山釜"，跟别的中药釜功效大不相同。就像我叔叔讲的，这就是深圳，一坨生铁在这里都可以被打磨得银光灿灿。

梦芳佩服小金的有心——为此投去温情的一瞥，却对那些银光灿灿的图片有些犹疑，问道，这些不就是中药釜吗？

小金答，看上去都是中药釜，简单地说，就是煎制或蒸制中药的呗，可是釜与釜不一样，这个是多功能的，既能润又能蒸还带烘干，那岂不比我们搬上搬下、九蒸九晒方便多了，也轻松多了！怕梦芳不信，他又从手机里划拉出几张检验单道，经过药检部门检验，加工后的药材成分是一样的！

小金趁热打铁道，深圳八九十岁以上的老人，有多少都在养老院的绿荫下，或者滨海公园的长椅上颐养天年！我如何能忍心我爱人她爹，每天像IT写字楼里的白领那样"997"呢！

梦芳轻轻刮了他一耳光，你先别甜言蜜语，首先要看看你的"南山釜"是不是效果一样，再有，要看看我爸能不能接受。

一周后，一只亮闪闪的"南山釜"运到了"本草坊"。尽管梦芳和小金事先做足了老药工的思想工作，将各式图片、数据一一展列给了老药工，但面对这只一人多高、一米直径的带着各种吐纳配管的多功能大肚子中药釜，老药工释放的信任，依然大有保留。

整整一天，随车过来的师傅完成了安装任务。分立"南山釜"两侧搂不过来的梦芳和小金，笑逐颜开。那一刻，似乎突显了高科技面前人力的孱弱。老药工在大釜面前，愈加显得矮小、孤单、衰迈，一双略略眯起的眼睛，茫然中透露出心有不甘。

各种信息，当然都是风益传递给我的，即将失去心上人的想象，势必点燃一个节节败退男人的妒火。可你得承认，即使在心火翻腾云水怒之时，风益也恪守了镜头的写实原则，既无意丑化小金，更没有矮化梦芳。老药工的迷惘在一对男女的奔放映衬下，有了相得益彰的人物效果。

那一段，风益是不是经历了手足无措的精神煎熬？

两天之后，三样经典药材炮制出炉了：黄精、熟地、何首乌。

三样药材平铺在几层夏布托底的桌面上，老药工净了手，用一块白毛巾擦干，走到桌边。他双手垂立片刻，左手拈起一块黄精，用门牙轻咬，再弹起舌头品咂，之后鼓动已经塌下去的腮帮子咀嚼，慢慢地、一点点嚼碎，待得唾液满嘴，分几口徐徐下咽。此时，他的双眼合上了。

此种品味，自然而经典，充满仪式感。

漱口，再品味熟地。

漱口，最后品味的是何首乌。

老药工的面部表情，都被风益细致入微地捕获到了，他分别录制了几分钟的视频，视频之后是照片。

老药工在品咂、鉴定药材之时，也只有风益、梦芳和小金在场。为了不受打扰，外门关上了，挂起了"暂停营业"的牌子。

梦芳和小金，一边一个想搀扶老药工到一边沙发上去喝茶，他摇摇头，双手扶案，缓缓道，你们去把我炮制过的三样拿过来。

梦芳和小金犹豫的片刻，风益拿了只托盘过去，快速端了过来，照样平铺在桌子的另一端。老药工请他仨分别尝一尝，品一品。

三人先是细嚼慢品了传统方法炮制过的，再尝了尝药釜加工过的。小金先表态，他没有吃出差别。梦芳道，我们炮制的黄精，更软糯一点，也甜一点，其他没吃出差别。

老药工转脸看着风益，风益道，药釜制作的何首乌，隐隐有点涩味，我们炮制的没有。

老药工点头赞许道，其他两味都有差别，只不过你们的舌头品不出来，这个跟吃茶、品酒、闻香是一个道理，日久才能见功夫。比较起来，何首乌的炮制更讲究，我们炮制的何首乌，润过之后，用瓷器、木甑、竹蒸笼盛都可以，忌铁器。华佗那时节就晓得用铁器会有不好的化学反应。为什么要加黑豆、黑芝麻水？为了去毒性，同时增加补肾水、敛阴的功效。

见他们仨有耐心听下去，老药工继续道，何首乌最好的加工是我们先前的古法炮制，是一层何首乌，一层黑豆、芝麻，用小火慢蒸，蒸汽一滴一滴落下，透过一层何首乌，一层黑豆、芝麻，将毒性带走的同时，也增益了药性。

风益点头道，这是对"时间就是金钱"的另一种诠释，同时搭配的是耐心、反复、不厌其烦。

老药工看着他道，一蒸一晒，谓之阴阳，阴阳和合，循环往复。这不是一个中药釜可以全部替代的。

小金道，中药釜我们可以跟厂家商议，不断改进。对于药品，我觉得最重要的还是检验指标。经过科学检测的指标才是金标准。

老药工坚定地摇头道，目前的科学检测，不是什么都可以黑白分明的。我就问你一句，十年的陈皮，跟二十年、三十年的陈皮价格是不是差很远？你拿它们去检测，能够测得出成分就有那么大区别吗？

小金嘟哝道，那就证明，它们的药性确实没有那么大区别啊。

老药工道，中药是一个大千世界，好些也是有毒性的，蒸制的过程也是一个减轻毒性的过程，你现在这个大釜是密闭的，即使有出气孔，也不能像竹蒸笼那样，一点点地制，一点点地淘，效果肯定不一样。

梦芳一头看看父亲，一头看看小金，神色迷惑而担忧。

老药工继续道，如果要搞机械化，我留在老家不出来就可以搞，那里的药厂早就有了，也愿意高薪请我去装门面。只不过如果讲你这个是三代中药釜，他们的还停留在二代而已。

风益道，一个2.0，一个3.0。

这一说，小金脸上下不来，不满道，不那么简单，不是二、三代的区别，它们的差别好比计算机，是Dos系统和Windows系统的差别。甚至还更大！

老药工不懂计算机，他举起两只茧皮深厚的老手，转脸看风益。

风益定定神道，中医药是一个独立的存在，传统炮制中，除了蒸锅炉灶，还有日月精华，都没法让现代化工具一股脑取代的。而在此过程中，时间缓缓流过，才能淘洗掉杂质，存留下精华。

小金睁大眼盯着风益，语气不免咄咄逼人，你真是这样想的吗？你从内地来到深圳，脑袋后面是不是还拖着一根长长的辫子？我听说你一直在写历史小说，难怪啊！

风益双眼圆睁，欲说又止。

八

这个周末，在侨城坊的"御香岩"茶馆，风益刚落座就一泻千里地跟我讲，小金怎么晓得我在写历史小说？如果不是你讲的，就一定是梦芳告诉他的。为了写好这部先秦历史小说，我不仅仅读了很多历史书，也读了很多小说，像历史小说，像"十七年"的一些经典小说，什么柳青的《创业史》、周立波的《山乡巨变》、欧阳山的《三家巷》、周而复的《上海的早晨》……我都读过。小金嘲讽我，脑袋后面拖着一根长长的辫子，就是讲我落伍啊！我写历史小说，就是想打破以前一些同类小说的格局，要跳出那种先入为主的写法。我欣赏周有光老先生的一句话：不仅要站在中国看世界，还要站在世界看中国。小金批评我，我听得进去，并不因为两人心中都有梦芳，就把他视作寇仇。我甚至感激他的提醒！我觉得来到深圳，如果不是疫情阻拦，最好再到国外走走，感受一下现代化的气息，慢慢来写这部小说，一定是有益的。我一直都在琢磨，我的思想是落伍了吗？我是《创业史》里面那个落后、狭隘、保守的梁三老汉，不是那个意气风发的梁生宝?! 当然，现在来看，梁三老汉是真的保守落后吗？梁生宝的努力焉知不是南辕北辙、欲益反损？

我连喝了两小盅酽酽的武夷岩茶，提醒他，你站在小金的对立面，也就等同站在了梦芳的对立面，那不会离梦芳更远了吗？如同你在风高浪急中拼命想游到岸边，头却朝向了大海的方向。

风益饥渴地喝尽了一盅，等待仪态优雅的服务生倒茶走开之后道，我并非有意站在哪一边，既不想跟小金对立，更不想跟梦芳错位，我只是凭直觉，这一回老药工是对的，可又确实不像非黑即白、一加一等于二那么简单明了。"南山釜"不是不可以用，我只是认为，目前它还无法完全取代老药工勤劳的双手，还有他大脑里的丰富的经验——炒法、炙法、煅法，还有烘焙法、水飞法、拌衣法……如果哪一天他走了，很多东西都会随风飘去，留下空白和遗憾，那是不可替代的。可以替代的是切片机、药碾子等。

我在琢磨，此间到底谁是对的，梦芳她爹和风益？还是梦芳与小金？抑或，没有截然的对错？

三天以后，梦芳提出了一个折中的办法：父亲依然按老法炮制，小金用"南山釜"炮制——炮制的过程还可以不断更新与提升设备。风益问梦芳，你用新设备为的是减轻老父亲的体力和精神负担，这样做能达到你的目的吗？

梦芳回答，如果分流了顾客，没有那么多人来"本草坊"买药了，我爸的压力自然也就减轻了。

显然，相较于挣钱，梦芳更看重老父亲的健康。对于梦芳这样的提议，老药工当时是认可了的。因梦芳答应，两处炮制点都在保税区——那个新取名"杏林坊"的加工点，在红树林附近的一座两层楼，熊药工是挂名总监。梦芳代替父亲，给小金说好了，实际上两不相干，各卖各的。当然，既然挂了老父亲做总监，他也会做一些指导，也要互相帮助。

渐渐地，"本草坊"的药不再供不应求，甚至还月有积攒。

老药工用不着起早贪黑了，梦芳也松了一口气。她给我发微信道，看到父亲终于可以放慢工作节奏了，我真心高兴啊。我能陪伴他，让他健康长寿，那是比挣钱更让我开心的事情！

我回复道，孟子曰：孝子之至，莫大乎尊亲。

我把她的微信转给风益。他没回我。直到周末，他才告诉我，经他一段时间的调查，发现"杏林坊"用的是机械化炮制加工，药材售价才是"本草坊"的二分之一，甚至更低，以批售为主，而且出具检验报告，用的是与"本草坊"一样的数据，既价廉物美，又有"本草坊"同门攒下的信誉，还挂了熊药工的总监名头，顾客自然趋之若鹜。更重要的是，"杏林坊"已经在本市铺开了五六家门店，他们瞅准的竞争目标，已经不是单打独斗的"本草坊"，而是在深圳店面早已铺陈开来的"和顺堂"。

梦芳和小金的两相爆发恰在中秋，那是在南山方大城的一家江西菜馆"鹭溪"吃晚饭。我做东，因我一年前认识了店主小谢，他从澳洲留学回来，小两口在书城晚八点周五书友会听过我主持的活动后，请我去店里吃过两次改良后的赣菜，很有味道。

席间，或许饮酒之后的酒精燃烧起了作用吧，梦芳不顾及老父亲在侧，指责"杏林坊"用了"本草坊"的声名，却反过来打压"本草坊"，典型的过河拆桥；而且，不用传统方法炮制药材，却模糊两者界限，这也是违规。

小金一愣之后，反驳道，你不是也在"杏林坊"拿了一份工资吗？我从没有亏待你啊！况且，我爷爷他们往上走，都是药商，药铺都开去了东南亚，我这条河流的上游可不止你这一个源头啊！他睨了一旁目瞪口呆的风益一眼——风益或许没料到他俩会在这种场合发飙吧——你总不能因是公交道，什么车都能上，就自认为天下无敌吧？

梦芳一愣，很快听懂了他最后一句丑诋，倏忽站起来道，你再讲一句。她抄起一只盘子来，作势要打。

风益赶紧夺过她手里的盘子道，息怒。

我道，怎么会这样啊？今天可是中秋节啊。

这顿饭，是店主悄悄免单了。尽管他不时进来，看见气氛不对，不时穿插一些在澳洲留学时的见闻和趣事，却因了梦芳和小金的对峙，一顿饭的气氛与节日大相径庭。

又过了一会儿，小金说晚上还有一个应酬，双手相抱，朝老药工和我各作一个揖，提前告辞了。

我这才对梦芳道，原以为你们一直在精诚合作，没料到还隐藏了那么大的矛盾。

　　梦芳盯着风益道，他没给你讲吗？我跟小金的矛盾，自从他开了"杏林坊"以后，就开始了。他明明是在借鸡生蛋，却假模假式，我最不喜欢的就是背地里搞阴谋诡计的人！况且，我爸爸，八九十岁的人了，小金这样做，不仅仅是对一个老人的不尊重，不尊重他的隐形资产、知识产权，也是对老人人格的侮辱……我提醒过他多次，他辩解，动不动就讲他祖上就是开药铺的，我们过来，只不过点燃了他重续祖上荫庇的信心和决心。这还像是人话吗?!

　　一顿饭，老药工几乎没讲话，梦芳与小金争吵之时，他有些错愕，却也没有言语反应，此时他缓缓道，小金也许没有什么错，他有自己的商业运作方式，只不过借了一点我们的力而已。跟不上的是我们，是我，转不过脑筋，又不想挣快钱，那来深圳做什么呢？

　　梦芳连连摇头，这跟在深圳还是内地没关系，在哪里，我都不喜欢这样的人，为了挣钱，就可以没有良心，不讲尊重，放弃底线！

　　风益此时道，就目前而言，小金的做派确实有一些问题，但要讲没有良心，或许还是言重了。

见梦芳又要发怒了，我赶紧制止风益，打圆场道，这种事情，我知道了一个大概，若要判定是非，等我深入了解之后再说吧。我准备近日就全方位了解一下，包括找吴老板叔侄以及一些客户聊聊。今天是中秋节，我们应该聊一些更开心的事情。如果你们不开心，尤其老人不开心，就违背了几个月前我让你们南来的初衷。

老药工端起红酒杯道，老师讲得到位，来，吃酒！

我这才发现，他不知何时又掉了一颗门牙。

梦芳跟她爸碰杯的一刻，眼里分明莹光闪闪。我心里一震，女儿对老父亲的挚爱，也可以蓄积得那么深！

饭毕出门的那一刻，梦芳搀扶着父亲先出去了，我在屋里对风益道，现在小金不战而退了，你不正好捡了个时机吗？

他苦笑道，你看我，像是那种乘虚而入的人吗？

我道，你虚而不入，难道要人家已经有了，你再去加塞儿？

他扑哧一笑道，没想到老师也会讲笑话啊！

出了大堂，不见梦芳父女。下到一楼，方见他俩在一丛怒放的鹤望兰前留影，给他俩拍照的是门口的服务生。

梦芳搂着老父亲的肩膀，笑得十分恬静。

风益在我身后，迅速掏出手机，快速趋前扎马步，啪啪地给补拍了两张。

风益下地库去取车。梦芳扶老药工去大厅落座。我和她走到门口张望地库出口，我道，小半年时间，我不知你内心感受如何，有两个男人爱上你了，现在的选择似乎更明朗了。

梦芳摇头道，其实，男女之间的事情，无论一个女人对两个男人，或者两个女人对一个男人，并不是一道非此即彼的选择题。

这回轮到我有些糊涂了，问，如果讲你看不上风益，是性格还是经济条件？

她想了想道，他身上有小金没有的优点，却也有小金没有的缺点。

能具体一点吗？

她收回目光道，来深圳时间虽然不长，却积聚了很多互相矛盾的感受。这种感受我还需要慢慢消化。对风益，我很尊重他，两人的感情能不能发展，还要再看看……

连着两次车灯闪烁，风益开车出地库了。

我朝大厅里坐着的老药工招手道，车来了。

梦芳却大步流星地走过去，弯腰扶起了她父亲。

老药工女儿的一头乌发与乃父的满头白发，勾勒出一个迭代的省略号。华灯初上的大街上，连绵着兰花草、美人蕉、小叶榄仁，流动着一个长长的未竟故事。

九

小说可以结束了吗？

这篇小说的写作费时较长，一则是中间穿插了我去采访深圳大鹏的几个非遗人物，占用了一些时间；二则是我想放一放，受熊炳根和熊梦芳父女润药、蒸药和晒药的影响，我明白写作也如加工炮制，要耐得烦，九蒸九晒的活儿，十年、二十年的陈皮，比的就是一个平心静气、山河无恙，不能指望一蹴而就。

原以为写到以上第八节就可以结束了，几个关键人物，如熊药工、梦芳，以及风益和小金，他们的融合与矛盾、眼前与志向、利己与利他……都描述得差不多了，而且也为我素来推崇的小说留白做足了功夫。

却未料，"未竟故事"果然画不了句号。一周后发生的一件事情，将他们几个拖入了一个更为尴尬的境地，我这个当初的介绍人也难以作壁上观。

事情是这样的。"鹭溪"那顿饭吃得不欢而散。梦芳拟与小金谈判，要么撤回"本草坊"的一应无形资产，包括延伸到"杏林坊"的敷设——牌匾、广告、App及各类活动，都出现过"特聘药都老药师熊炳根"的字样；要么继续合作，那就要重新拟定合同——这自然会牵涉要价高低以及讨价还价。恰好那一段时间，有一定话语权的吴总因公司本部的运营遇到了重大违约风险，无暇顾及蜗居在金枝大厦地下室勉强算一片叶子的"本草坊"。

风益征求我的意见，我问他的意见呢，他挠头道，小金那小子已经怀疑我在挑拨了，他哪晓得梦芳是一个多么有主见的人。我看她来深圳时间不长，见识长了不少，法律意识也见长，除非你开口，她兴许会听的，至于我，还是少说为好。我毕竟是一个读历史书籍、写历史演义的人，很多人物、故事和细节，都能从下游看到上游的清与浊，若是讲多了，既有卖弄之嫌，也会招人忌恨的。不过……她这一向倒是到我房间来聊得多了，也会从我书架上抽些书去看。

风益这一向或许沉迷写作，黑了俩眼圈，眼神却清亮了不少。常说恋爱中的男女，是不难从眼睛里窥探到气息的。感觉有戏。

正打算找梦芳单独聊一聊，这天早上，她主动给我打电话了，并告知有急事，八点半到我小区门口的星巴克见面再说。

我俩几乎同时到达星巴克，为了不搅扰里面的安静，我们就在外面坐下了。梦芳着一身豆青色的套装，乌黑的短发上跳跃着一只茄色的蝴蝶结，原本偏白的肤色已被深圳的烈日濡染了一片健康红。我道，都讲热恋中的女人最美丽，我看你晒黑了点，却比来深圳之前更漂亮了。

她并未坐下，一边问我想喝点什么，一边道，我出门从不打伞，平时都待在地下室，出来晒晒太阳正好啊。可是，恋爱真心还没有，等老师给我介绍呢。

待得她从里面端出两杯现磨拿铁，我啜了一口问，什么事？把你给急的。

她道，今早五六点钟，小金的电话把我吵醒了，他告诉我，"杏林坊"的灯牌广告昨晚被人砸坏了，问是不是我们所为。我愣住了，我们，除了我、我爸，还有谁是我们？包括风益吗？我把他怼回去，说你不要演这种拙劣的苦肉计！我们不会同情你的！他说，现在高科技这么发达，你们即使蒙面来打砸，我也查得出来。我说那你报警吧！他说，你当我不敢报啊?！说着就挂了电话。

我问，完了吗？那就让他报警呗，兴许是对他们营销不满的顾客砸的，报警还你们一个清白。

她摇头道，问题是没完。

我断然道，怎么个没完？你和你爸不会去砸，怀疑风益吗？也不可能，风益本质上是一介书生。

她正色道，我爸承认是他干的！我爸早起就穿一条黑色的大裤衩，站在阳台上做八段锦，这种简单易行的体操，他坚持了几十年。我跟小金对话，开的免提，他也基本停下来了，侧耳倾听。等我们通完了话，他就站在那里发呆，我告诉他，没事，反正不是我们做的，也许是哪个路过的街边小混混干的事情。我担心爸爸受不了这种突如其来的栽赃陷害，受刺激。谁知道我爸突然大声说，是我昨晚去砸的，砸得好！我蒙了，知道这不大可能，一定是爸爸气糊涂了，才这样往自己头上扣屎盆子的。可是，我爸爸坚持讲，就是他自己去砸的，他这几天都气闷睡不好觉，昨晚就悄悄起来过去砸了，反正也不远，路上捡了石块放在布袋子里。他那个"杏林坊"的灯箱广告立得也不高，一砸一个准……他这么讲，我也将信将疑了，这就来向你讨教了。

我不信道，他这么一把年纪，一个人半夜三更、黑咕隆咚跑去砸灯箱广告？你居然也不知道？

她连说是啊是啊，我一点也不知道。平时他夜里起来解手，我也是不聋不哑的，怕他跌倒。医生朋友都提醒过我，年纪大的人，一怕跌倒，二怕肺炎。除了这两项，能吃能睡，就可以往百岁的门槛自在走去。

我道，很简单，深圳到处都是监控摄像头，一个老人半夜出去，也是可以录像为证的。

她想想道，我如果去查摄像头，岂不是惊动了派出所？

我问，那你打算怎样？让小金去查？

她道，是啊，小金讲是我爸砸的，他去报警好了。我只是担心，如果真是我爸砸的，不会把我爸拘留起来吧？

她原来有这种担心。一位八十八岁的老人，即便砸了灯箱广告又怎样？况且他也不是完全的无理取闹啊。至多赔偿而已。一个孝顺女儿，为了父亲的荣辱，那种牵挂始终浮现在峻急的眼神里。即便如此，她力争做到坦坦荡荡。原本一个电话就可以沟通的事情，她却要跑一趟来找我。

我把这一段时间以来发生在"本草坊"和"杏林坊"之间的纠纷，在脑子里飞速过了一遍，安慰道，你别管，首先未必是你爸砸的，再则即便砸了也没多大事，又不是砸了人。我觉得，你主动去找派出所查看监控，不如让小金去找。按照谁主张谁举证的法律原则，就该他去折腾。我们随时奉陪，跟进结果。

她连说对对，我原本也是这样想的。只不过听你这样一讲，我心里就更有底气了。

我不失时机地问她，最近怎么样了，跟风益有没有更多更深的交流？

她睁大眼道，不晓得是不是跟最近闲下来有关，我对风益埋头写作、读历史不那么讨厌了，甚至还有点兴趣了。我想自己以前还是读书太少了，如果没有人指导，既读不懂也读不进去啊。现时有他在边上，就能慢慢读一些了，也觉得有味道了。他讲，很多中医药书，文辞讲究，譬如《黄帝内经》《伤寒论》《本草纲目》……如果每天花点时间去读，不仅能了解一些中医药知识，也能大大提高语文水平。他跟我讲，宋朝有个叫林逋的，一辈子不做官，也不讨老婆，只喜欢种梅花，养白鹤。整天在游山玩水，交游一些穷朋友。最有意思的是，他在湖面上划船，如果有朋友上门来了，他的门童就把鹤放出来。他见家里的白鹤在天上飞，就赶快划船回来迎客。风益跟我讲，很多人都晓得林逋，是因为他的以梅为妻、以鹤为子，人称"梅妻鹤子"，却不晓得他还写过一本《省心录》。林逋讲：无恒德者，不可以作医。推而广之，无恒德者，不可以作药；无恒德者，不可以教书；无恒德者，不可以判案……他这种举一反三的读书方法，使我脑洞大开。我在想，如果身边的一个男人，无时无刻不在以他的知识点化你、感染你，那岂不是比日日坐在课堂里学得的东西、受到的教育还要多，也方便得多啊！

自南来深圳几个月，梦芳从未在我面前这样夸赞过风益。她现在这样表达对风益的认识，那就绝不仅仅是从经济地位、个人爱好来评价，乃是在思想趣味上有了认同。我道，你能这样看一个人，我很高兴。不过，时间是最好的检验师，不急，能把这种评语保持到毕业那一天，才好。

她问，什么叫毕业啊？

我道，你是过来人，男女交往，何事叫毕业？何时能毕业？你说了算。

十

原本以为大街小巷举目都是电子眼、摄像头的时代，砸一个店招，即使在夜里，也难脱干系的。却未料，小金报警之后，街道派出所的警察查看了各种录像资料，一是基本排除了熊药工与此事有关，一路逶迤，跟踪、查考，没有看到他的身影；二是砸店招的是一个穿着披风、戴着口罩、戴着墨镜的男人，一米六左右，身手还算敏捷，估计是一个中年人。"杏林坊"前面没有摄像头，只是那个时间段，出现了这么一个前瞻后顾、鬼鬼祟祟却佯作找人问路之贼，手头提了一个袋子，那就必定是石头、铁饼之类了。

片警把小金、熊药工和风益都找去过，论身个，小金一米七，风益比我还高，过一米七六了，只有熊药工一米六。如果说是熊药工，年龄则完全对不上啊，一个身手矫健的中青年，与一个米寿老人的举止，大相径庭。那不仅蒙蔽不了训练有素的警察，也逃不过普通人的肉眼。

我与这个派出所恰因一次采访熟稔，便主动过去介绍各人的情况。他们相信我的观点会比较客观，也希望多有一个佐证。

接下来，对他们四人的调查归纳如下——

调查熊药工：

问：你讲是你砸的，要拿出证据来。

答（固执）：你们不要怀疑我的力气，我可以砸给你们看看。

警察带他去"杏林坊"现场，让他在一堆瓦砾中拣了几块称手的石头。在具有一定防护的情况下，让熊药工复原砸匾动作。老药工先后出手五块石头，譬如打靶，只有一块石头击中八环，其余都脱靶了。

警察不无揶揄地道，我看过你切药，那是一把好手，把一根根药材能够切薄到飞起来，那是童子功。可是要把斤把重的石头扔得又高又准，除非是四五十年前的你！童子功缩回去了啊。

老药工一点也不沮丧，道，你要熬到我这把年纪，未必尿得到我这么远哈！

警察笑道，我要能活到米寿，就烧高香啊。

调查梦芳：

问：你晚上一点没感觉老父亲起来过？

答：他这么一把年纪，能不起夜？你只要孝敬过老人，就晓得老人的康健，就看三点：吃、睡、拉。跟拉比起来，吃和睡都不是最难。拉才是最难，表现有两点，一是频频起夜，再是大便困难。不是一般意义上的干结性便秘，是肠蠕动不利索了。

问：像你这样孝敬父亲的女儿已经不多见了，可是不懂为什么这么大年纪还带他来深圳做工。你知道深圳人的平均年龄才多大吗？早些年更年轻！

答：年轻人，我告诉你，孝敬父母绝不只是让他们好吃好喝好乐。一个是让他们能动的时候，尽量不躺平，人的各个器官都是用进废退的；再一个，让他们有社交，不是窝在家里；第三点，如果能让他们感觉自己是有用之人，那比简单的挣钱，对他们的身心健康更有利。

问：……你讲的对我很有参考价值，尽管你最多比我大七八岁。我不解的是，凭直觉，我也不相信是你父亲半夜出去砸的店招，他为何要一口咬定是自己砸的呢？

答：老人的思维有时候不是可以用常理去揣度的。尽管我以为对他的心思了如指掌了，平时他眉头起皱，我都可以猜个八九不离十，他是哪里不舒服了，可是这件事，我还真没想清楚。不过你放心，我肯定会搞清楚的，而且无须太久。

调查风益：

问：我们知道你其实是一个旁观者，原本不需要找你。甚至我们原本也可以不对一个店招被砸做立案调查，但一则考虑到此店招刚刚过了案值线，二则本着辖区有报案必调查的态度，所以也想找你聊聊……听说你是熊梦芳的男朋友？

答（笑）：我很乐意跟你们聊聊。我是一个写作者，常年生活在内地一个四线小城，来深圳这半年，给我的感受，无论是人物还是城市细节，都是全新的。我平时埋头写作，写的主要是历史题材，却还不算是一个书蠹，不是一味地钻故纸堆。历史太悠久，越看越觉得太多尘垢，也太多心机重重，尔虞我诈、刀光剑影、你死我活，如果钻进去，不时不时探出头来吸口气，那是会窒息的。所以我需要时不时感受一下现实的美好，如同在一个冷库里工作时间太长的人，乍一出来最想遇见的就是太阳，我要时不时探出身子，晒晒温暖的太阳。

我身边的太阳有在深圳的老师，有"本草坊"的熊药工，但我更觉温暖的是熊药工的女儿梦芳。她是我写作的滋养，也是每天盘桓在我脑子里的一个太阳，一簇簇杜鹃，一艘可以将我摆渡到理想彼岸的帆船。比之历史的沉积深重，现实生活中的种种遭际，包括目前的烦恼与困窘，我都觉得不值一提。譬如我可能是梦芳的男友，也可能不是——不瞒你们说，我目前与她的关系还止于拥抱与抚摸。起码在不久前，她对我若即若离，另外一个你们知道的，也就是此案的报案人，对她的吸引力超过了我。我分析，他是地主，比我更有经济实力？还是他本身确实比我优秀？我不想让我的老师为我的情绪困扰做任何分担，他已经够瘦的了。有次我跟他一起去看中医，中医见瘦人，就是肝脾不和、脾胃虚弱之类的点评，但那个医生讲了一句话很有意思：思伤脾，你见过账房先生有肥头大耳的吗？都是一袭黑衫，戴副眼镜，瘦长条儿。我老师反驳了一句，你这话又对又不对，你看看获过诺奖的莫言，他不是一个胖子吗?! 他写了那么多东西，为甚就不思伤脾呢？哈哈哈。

所以嘛，凡事都是相对的。我在暗恋或明恋梦芳之时，利弊参半。好处是她激发了我写作的兴趣与热情。我以后如果写作与出版成功了，会讲讲这方面的体会，体会文章的中心是——暗恋是长篇创作的原动力。不好的地方，是会时不时干扰我的写作，我有过疑神疑鬼的时候，我为她可能跟他上床而提心吊胆，彻夜难眠，那种想象很是虚无，却很折磨人……

问（实在忍受不住风益的滔滔不绝）：实话说，除了她的身材比较诱人，我们还没有看出她有那么大的诱惑力，为何会使两个都比较优秀的男人，一个还未婚，为之神魂颠倒呢？

答：男人对一位女性的喜爱，基于两种认知。一种是她确实具有那么多优秀的品质，譬如善良、优雅、能干、明事理、顾大局……还有一种，因喜爱而蒙昧，什么意思呢？就是因为喜爱一个人，就把很多她本身没有的品质附加在她身上，或者说，原本只有一点胭脂红，你愣是想象成了一片彩霞。若是前一种当然好，若是后一种，只要一方永远处于蒙昧之中，相安无事，也未尝不可。

问（好奇）：你对熊梦芳的认知，属于前一种还是后一种？

答（挠头）：实话说，我跟她认识的时间很短，原来在内地小城，肯定在街上照过面，却不认识啊。来到深圳，由认识人，进而认识心，感觉到她是那种认识越久，就越能发现更多美好的人。这种感觉很好，不仅对我的身心健康有利，也对我的创作有利。我刚才讲了，我是搞历史题材创作的人，接触到太多人心叵测、不堪回味的素材，需要一缕阳光时不时照拂进来，温热，点燃，不然我真的不晓得自己能否坚持写下去，能否写得自己还愿意回头去翻看……

问：这么一个"认识越久，就越能发现更多美好的人"，肯定不会去半夜砸店招对吗？

答：你们跟我聊这么久，其实只要我回答一两个字，是，或者不是。我只能给你们讲自己的感受、对她的感受，至于要破案，那是你们的事情，你们的职责所在，我不表态。

调查小金：

问：这是你报的案，一开始你就将一个并不复杂的案件讲清楚了，可是我们还是想找你再谈谈，你知道是什么意思吗？

答（转过脸去看窗外）：我晓得你找他们都谈过了，他们大概谈了些什么，我也猜得到。熊梦芳讲了些什么？

问：你不是都能猜到他们谈了些什么吗？干吗还问呢？而且，你为何尤其在乎熊梦芳讲了什么？

答（笑）：不瞒警察叔叔，我是一个心比天大的人，命是不是比纸薄，眼前还不好讲。从小不喜欢读书，不是功课很差，是没有心思读书，总希望出来做点大事。我叔叔就是前方三尺的榜样。我叔叔是那个年代的小学毕业生，因为"文革"没书读，吃过很多苦，却做成了一个像模像样的深圳老板。他二三十岁前都没穿过鞋子——穿的是木屐，没有吃过几顿米饭——吃的是地瓜和南瓜。吃过大苦又能熬出来的人，像我叔叔这样的人中龙凤，我佩服他！我以他为榜样，却不能总给他打下手。我父亲也就是他的亲兄弟，没有熬过来，刚刚改革开放就患重症肝炎走了，那时候我很小，几乎没有什么记忆。我母亲改嫁了，我相当于是托孤给我叔叔，是他把我带大的……嘻，他对我的照顾，三天三夜也讲不完。我像是一只永远飞不高的风筝，线轴在他手里，飞出去又被收回来，飞出去又被收回来。准确地讲，是我老不安分，总想单飞，在粤西倒腾过走私电器，甚至汽车，被抓过几次；种过菠萝、香蕉和药材，想当农场主，亏得几乎光屁股跑回深圳。我叔叔总是原谅我，他讲我父亲也就是他亲哥是一个聪明绝顶的人，可惜生不逢时。他讲他亲哥如果活到现在，他给哥哥打下手都不合格，他现在所做的一切都是在为早逝的哥哥扳本。

如今的一家人，还能见到这么亲密的兄弟吗？不晓得。总归因他有一个骄傲的壮志未酬的哥哥，我这个不肖子的作为，他都能原谅。我当然是想出人一头的，奈何天资太浅，好高骛远，不着实际，亏他不嫌弃，想想都惭愧，夜半醒来，不免捶胸叹息。

贾宝玉面前，是天上掉下个林妹妹；吴桶金对面，是地上冒出个熊梦芳。她父女带来的这个加工炮制对我很重要，一个算是我们吴家的祖业功夫，再一个也是我喜欢做的事情——原先在粤西山边种药材，就是想种植、加工和售卖一条龙。生活富裕了，就图个身体健康，要身体健康中药材就要发展——理想很丰满，现实很残酷，遇到各种不尽如人意，输掉了底裤，不去讲它！梦芳给我带来了希望，重燃了几乎凉成灰烬的炭火。她不仅给我打开了重振理想的窗口，也给我带来了一个男人的渴望。那是情感的，也是欲望的、肉体的，很具体、很实在的。越到后来，越发觉得，我所需要的一切，她都能给我。

从"本草坊"分出一个"杏林坊"，虽然一定程度上是被迫的，却也吻合我大干一场的雄心。在"本草坊"跟着熊药工——毕竟年纪太大了，凡事谨慎、保守，缩手缩脚，让我不能放开手脚做事。可我没有料到梦芳会因此跟我摊牌，简单地说，基本绝交。这对我打击太大了。我不能允许这样的事情发生，而且发生得这样快，这样突然。这太伤一个男人的自尊了。我在绝望之际，觉得身边一个可商量的人都没有。那些平时来往的好朋友，除了喝酒吃饭，帮不了我任何忙。我叔叔也帮不了，何况他这段时间还为自己公司的事情奔走，一堆麻缠，焦头烂额。所以……

问：所以，你出此下策，找一个人去砸自家"杏林坊"的灯箱广告？

答：你、你们破不了案，怎么可以这样信口乱讲？！

问：你太小看我们的破案能力了，现在各种电子侦查手段如此发达，尽管你此前勘探了各种路线，哪能逃得过天网恢恢呢。

答：口说无凭，你们要拿出证据来。

问（摊出几张图片）：这个人你不会陌生吧？包括他的原籍、出生年月、深圳的居住地址。跑这一趟，砸这一下，你给了他多少钱？你都知道吧，还是需要我们来一一告诉你？

答（叹气）：……除了认识他，其他的我还真不是都知道。

问：你知道他哪些情况？

答：此人来自粤西，跟我同姓，结过婚又离了，挨边五十。原先是我公司的清洁工，嫌工资低走人了，走了找不到合适的工作，又要回来上班，我不计前嫌，照样安排他了。这小子吃喝嫖赌，手头拮据，做这么一件不大不小的事，给他三百块钱，他就很开心。到底还是蠢，这么快就被你们拿下了。

问：你报案以后，我们这边在找跟你相熟的人调查谈话，那边就在根据线索追踪了。我们只是有些奇怪，你暗地里找人砸自己店招，即使被误认为是与你有矛盾的熊家干的，又能给你带来什么好处呢？

答：以前我什么都想要，既想赚钱，又想要她。看到她跟我渐行渐远之后，我晓得她心里已经另有所属，不由得心生烦恼和怨恨，她对我而言，已经比金钱更宝贵。我毕竟也是受过教育的人，不是亡命之徒，我不会去花钱雇凶，卸掉那个一天到晚在熊梦芳面前卖弄学问的胡风益的手脚，尽管我这样恨他！我就雇人砸自家店招，让她晓得以后，吃一惊，心生愧疚。即使你们破案了——我给派出所打电话那时犹豫过，晓得十有八九是会破的——转念一想，即使破了案，也是我自家受损失……我也蠢，其实就是想看看梦芳面对我受袭击，会不会有点怜悯之心？如果一点没有，我也就死心了。

问：你真认为自己蠢吧？那就对了。你砸自己的店招，报假案，会面临什么样的处罚，你事先真不知道吧？

十一

梦芳在得知事情的原委之后，完全原谅了小金。她陪同父亲一道去了趟派出所，请求不对小金做任何处罚。老药工神算，坦承在"杏林坊"被砸店招时，他凭直觉就猜到是小金意气用事，是演一出苦肉计。他觉得小金叔侄这半年对他帮助很多，他不想这件事闹大，就兜了下来，讲是自己砸的。他连说了两遍：我这一辈子为人处世，宁愿人家负我，我不负人家。警察也被他这句话感动了，说是破过这么多案子，还没有碰到过这样的老古董！梦芳挽着父亲的胳臂道，不是什么大事，我们请修理工重新去装一个新店招就是了，比他原先那个更漂亮。

正准备离开之时，小金被叫过来了。警察把情况都跟他讲了，并对他进行了一顿批评教育。

小金看着梦芳，忽然无声地哭了。他道，我希望被拘留几天，我想看看你是不是会来拘留所看我。

警察哭笑不得地道，你可真是犯傻了，你如果被拘留了，其他任何人，能是想来看你就看得到的吗？

小金道，我想，她就是不得进来，不能站在外面看看吗？或者给我发个信息：我来看你了……呜呜。

梦芳走过去，抽出两张纸巾递到他鼻子下，道，你呀，你呀……

十二

晚秋时分，深圳才从湿热中回过神来，早晚可以穿春秋衫了。

这天，梦芳给我发来微信：将库存的药材卖完，我们就准备回去了。此在我意料之中，但还是问了一句：深圳冬天舒服，恰恰快要入冬了呀，有非回去不可的理由吗？她回复：如果我不能跟小金好，待在这里会很别扭的。当然另找一个工作地点也未尝不可，可是搬家也费事。再说，我得带爸爸回去好好歇息了。

我追问：回去以后会跟风益好吗？

她答：现在还说不定呢，都这个年纪了，要有一个适应阶段，凡事不勉强，我们都不年轻了。年轻才是好，做什么都不管不顾的。

我道：你的形态也很年轻，风益也是。尽管，他在写历史小说。

她回：他讲过，历史深有深的好，浅有浅的好。如果陷进去太深，被重重阴气包裹，就不好。他讲，他是小型挖掘机，朝下的，我是大型直升机，朝上的，只要拉着我，就不会陷进去（笑脸）。

我将与梦芳的对话截图，发给了风益。

半个小时之后，风益回复：

寂寂寥寥扬子居，年年岁岁一床书。

得成比目何辞死，愿作鸳鸯不羡仙。

此两句，均摘自初唐诗人卢照邻的《长安古意》。

俄而，他又追加了三个字并三个感叹号：我努力！！！

红

隼

妈妈，妈妈……

母亲在厨房准备午饭，猛然听得有人在叫妈妈，一把关了水龙头，侧耳又听得一声真切的妈妈。甩甩手，掀起门边的擦手巾轻轻拭干，悄无声息地走到客厅。四下回望，门是虚掩的，没有外人，对面邻家的一对儿女都上幼儿园了。

那就一定是豌豆叫的？

豌豆立在客厅的阳台上，一心盯着靠东墙的鸟巢，并没有回头找妈妈的意思。可如果不是他在叫妈妈，又会是谁呢？

两只红隼倏忽而至，其中一只雄鸟还带着伤。豌豆原本散漫而难以聚焦的目光，顿时全部倾注在两只红隼身上。他在妈妈的帮助下，找到不少有关资料：红隼栖息于山地和旷野中，多单个或成对活动，飞行较高；可以在翱翔的时候猎食，爱吃大型昆虫、鸟和小哺乳动物。分布范围很广，非洲、亚洲都可常见，中国的东南西北很多省份都有它们的踪迹；它们在越冬之时更喜欢待在温暖的南方。

此刻，妈妈见豌豆不停地舔手指，猜度他在担心红隼食物不够吃。也确实，一对红隼父母，在城市里想完全靠自己捕食喂养几只雏儿，似乎有点儿力不从心。

母亲明白了，道，那你准备一下，下午我们去外面挖点儿蚯蚓回来，给它们解解馋吧。

豌豆完全转过脸来，给妈妈一个难得的向日葵般的微笑，这便是儿子能捧出来的最高奖赏。他重重嘿了一声，这才跑开了。

就因他给予的一个笑脸，妈妈心里有瞬间的暖意，叮嘱他去洗手。他居然也应答了，跑去卫生间，很快池子里传来哗哗的水声。

洗了手，妈妈瞥见他没有到客厅的沙发边去取遥控器看动漫，却进了书房，打开了画笔盒，铺开了画本。妈妈心里赞道，好啊，儿子好几天没进书房了，阳台上的鸟巢占据了他绝对的观察时间。

豌豆是四岁时才被归到"星星的孩子"一类的。因了这个，豌豆的父亲、母亲很长时间都没有回过神来。

一直以来，豌豆不仅行走迟、言语迟，而且表情也不丰富。为父母者很难从这个来到人世四个春秋寒暑的孩子的眼睛里，看出明显的喜怒哀乐。邻里的一个同龄小女孩，无论在过道还是电梯里见着，眼角眉梢都是戏，在社区广场上能大大方方、一字不落唱完几首歌！

接下来的求医、求助、求康复的经历，不说也罢。概而言之，其他类似孩子的爸妈经历过的，豌豆爸妈也大致经历过了，只是个体的路径、手段不同及付出各有高低罢了。希望的火苗点燃过无数次，又熄灭过无数次。如果说，世上真有所谓仙草可盗、仙丹可炼、仙人可访，那么豌豆的爸妈是可以与千万"星星的孩子"的爸妈一样，赴汤蹈火、万死不辞的啊！

自打豌豆确诊为自闭症之后，妈妈就在求医问药的途中，将原本薪酬还不错的一家会计师事务所的岗职辞了。原因有二，一是实在没有精力和时间在照拂一个特殊孩童的同时，再去面对繁忙的全日制注册会计师的账簿。二是豌豆爸爸的原因。他在一家上市公司做中层，疫情之前，跑香港多，香港有几家公司的关联单位，香港与深圳一桥之隔，朝发夕返，疫情之后，豌豆爸爸不用常跑香港了，在深圳时间多了，偶尔去趟上海或者福州。但他后来开始较为频密地出差，乃至每次出差的时间悄然延长，那是在屡屡求治而豌豆的表现不得寸进之时。

猝然感觉到这一点，豌豆妈妈曾一度失眠。好在豌豆爸爸在家日少，钱可是雷打不动，每月按时打到妈妈卡里。那是一个在深圳还算耀眼的数字，足以让母子衣食无忧，且能助力豌豆前往各地寻访一些知名与不知名的康复机构。只不过这种访治的热情，初始几次是三个人——豌豆以及"我的父亲母亲"，后来更多是母子同行。再后来这个"八〇后"母亲，觉得那些机构的康复方法，她在睡梦中也能操作如流，除了缺乏团体交流之外，其他的都能一对一训练。为弥补孩子社交的短板，母亲不仅常带他与小区的孩子随时随地交流，也屡屡带他去各种热闹的场所扎堆。她自忖，多亲近一些自然成长的孩子，比总与"特殊孩子"混在一起更有益。

趁着在厨房煲汤的空儿，母亲不时溜到儿子身后看他画画。凭着自己小时候在各种兴趣班残留的那么一点儿美术底子，她总想纠正一下儿子的线条、布局及设色。豌豆根本不听她的。她也曾带豌豆去拜师学艺，找到福田美术馆的张馆长——她前年在福田美术馆张罗的一个"汪曾祺书画艺术作品展"上听张馆长讲解时，互加了微信，保持着联系。张馆长提醒她，但凡做家长的，总喜欢用"像不像"来衡量孩子的画作，其实更要明白，重要的是"好不好"。孩子宝贵的想象力，多半就在从小教他"像不像"的严格规训中，给训成了一缕青烟！

尽管她认为馆长讲得没错，类似的忠告，她在深圳书城七彩岛美术班也听老师讲过，可她也曾在图书馆听一位老师愤然抨击道，如果孩子从小不从线条、色彩、造型等方面培养敏觉，你觉得将来考美院，即便是考美院的附小、附中，他能过得了笔试？毕加索是名声大噪之后，才可以放肆抽象，即便是鬼画符，也没人讲不好！这位老师的头发跟胡子长成一片黑森林，他在黑板上出手极快画的各式人物，令座下啧啧惊叹，愈发放大了一个口若悬河者的感召力。

好长一段时间，儿子的绘画真是天马行空，山川、河流、树林、花鸟、人物……只不过，有些要半认半猜，你说是树木，他可能摇头，当你说是人物，他才点头；你说是一枝花，他会指着绘本上的鸟儿纠正你，明明是一只戴胜鸟。

儿子喜欢画藏物，尤喜欢画躲猫猫的猫啊狗啊。他有次在一张A4纸上画满了房子和洞穴，然后伸出九根指头告诉妈妈，他一共画了九只猫。妈妈睁大眼睛，穷尽想象，只找出五只来，看见妈妈的沮丧样子，豌豆忽然笑了，笑出声来了。

很久没有听见儿子那么天真的笑声了，妈妈转身的那一刻，心生感动。

自打两个月前，家里阳台上飞来了两位不速之客，豌豆竟一改此前凡事坚持不了多久就很快转移注意力的状态，观察鸟儿的专注力颇令人惊讶，常常在阳台前一站就是半个钟头、一个钟头，甚至更长。此时绘画的主题也万宗归一：只画鸟儿，阳台上的鸟儿。

这两只鸟儿是在一个雷雨天倏忽而至的。凌乱的阳台上，有一只矮胖的白底粉彩旧花盆，欲弃未弃，乃因豌豆曾经拿着画笔在花盆上胡涂乱抹，妈妈不忍随手扔掉儿子哪怕最稚嫩的画作。花盆里塞了儿子一张一张撕碎的画纸，恰恰是这些绵软的碎纸，成了一对鸟夫妻湿身之后温暖的避难所。

家住坂田，母亲曾带豌豆在龙华书城每周六下午的"对话大家"讲坛，听过福田中学教生物的田老师的讲座——但凡有这类展示大自然优美与神奇主题的讲座，无论是在福田、龙华，还是在宝安、龙岗，母亲总会带豌豆欣然前往。只要是有关鸟儿、森林、海洋生物、浩瀚星球类的内容，不管是一堂科普，还是一册绘本，豌豆大都能坐得住。母亲把阳台上鸟夫妻的图片用微信发给田老师，田老师辨识道，看上去像是红隼！这是一种猛禽，虽然个头不大，体形大些的不过如同鸽子，却是食物链顶端的掠食者。只不过这种猛禽很少到城市人家的阳台来寄居，它俩还真够大胆的！或许就是一种缘分吧，跟你们家儿子的缘分。

乍听说是红隼，一种猛禽，母亲心里还有刹那的一紧，担心已经七八岁了心地还纯白如雪的豌豆无意之中受到伤害。豌豆父亲安慰她道，万物有灵，你没见猫啊狗啊，也喜欢跟小朋友玩耍！

事实证明，父亲的预判没错。两只鸟开始还有点儿警惕，对靠近的大人与豌豆，一边退让，一边"鸟"视眈眈，嘴里不断发出咕咕的叫声，急得豌豆拦阻大人道，别靠近！就为平时掰开嘴巴也不想说话的儿子多讲几句"别靠近"之类的急话，父亲母亲便觉得来了一对不速之客很值得。更何况儿子还不时与鸟巢——如今这只花盆就是天赐红隼的巢穴了——中的鸟儿自言自语，俩大人下意识地认为，"星星的孩子"跟动物交流比跟人类交流更自如、更天然。

待得两只红隼不停地从外面衔来树枝、草茎乃至碎布垫窝，一家人才顿悟，它们确实是想在他们家的阳台上安营扎寨了。准确地说，是一对红隼夫妻选择了豌豆家阳台上的一只废弃花盆，作为它俩生蛋、抱雏的温床。这么一种城市不多见的猛禽，为何不选择茂密的林子、葱郁的山岭，却选择了一户无法验证安全感的人家，贸然作为栖身之所？

两个大人莫名所以，一脸茫然。向田老师请教，田老师发来微信也只能揣度：一般是不会这样的，鸟儿天生敏感，可能有某种特殊的原因，它俩飞来你家，又适逢一个雷雨天气，是不是一时没法找到避难所？待几天下来，看见你们都是"中国好人"，就索性不走了。

还是豌豆眼尖，指着其中一只红隼连叫了两声，翅膀，右边！

爸爸妈妈循声看过去，过了一会儿，才看清那只体形略大的鸟儿——后来发现它是未来的鸟爸爸，右翅不大得劲，匍匐与飞翔还算顺利，在起飞和降落之时，它的右翅略带拖曳，收束也比左翅慢两三个节拍。

还是我儿子眼睛尖！父亲一高兴，便拉着儿子的手进书房，欲教他数数、认字。这么大的孩子，连十以内的加减法都做不好，难怪找到熟人介绍的学校，校长也婉转告知，送去特殊学校对他的教育会更有利……

每次儿子都是很不情愿地跟着爸爸走进书房。这天,爸爸见他对数学、语文都心怀恐惧,就问他写大字行吗?豌豆点点头。未料到爸爸侧身去准备毡垫时,豌豆去挪动桌边的端砚,不小心砚台摔下来,砸在爸爸的左脚背上,爸爸当时哎哟一声痛呼。豌豆吓得脸色发白,捂住双耳,逃跑了。

　　如果说此前父亲对一个康复道途中的儿子的信心,已如深秋后的黄叶,日渐飘零,这次被他砚台砸脚——这可不是一般的砸,脚面骨三处粉碎性骨折,不得已在平乐骨伤科医院做了手术固定——母亲回想,成了父子关系疏离的一个重要拐点。父亲在家养伤的那个月,性情变得急躁不耐。他越想拉豌豆过来,豌豆离他越远。即便叫豌豆送一双拖鞋,豌豆也没有反应。

　　母亲看不过去,半是安慰半是埋怨道,他是被自己的错误吓到了,你一发脾气,他就更加受惊。对他只能安抚,顺着他。

　　父亲摇头道,养一个缺胳膊少腿的病孩,我无怨无悔,可是带一个心灵没有回应的病孩,一个不懂喜怒哀乐的人,日复一日、年复一年直到永远,我可真是受不了。

　　母亲的脸瞬间阴了,转身道,老天是有眼的,我就不信,我们穷尽所有,始终不放弃,换不回他的喜怒哀乐!

两人一开始都动过再要一个的念头。以豌豆妈妈的年龄，若生二胎，虽属高龄，却也还未顶格。她一则多少有些担心，再生一个若比着老大来怎么办？二则，或许是更重要的，父亲无论对房事还是家庭，兴趣都逐渐淡漠。具体的表现是，在床上马虎潦草，敷衍了事；出差在外又乐不思蜀，归期越来越不定。一度豌豆妈妈担心豌豆父亲有外遇了，他以前出差，不仅微信多、视频稠，也不乏甜言蜜语，后来宛如放飞的风筝，三五天音讯全无，成了家常便饭。

她曾与一位闺密诉说心中的苦闷。闺密说，什么叫丈夫，离开一丈之外你就别管他。除非你打算离婚。这位闺密与自家先生分居深圳与洛杉矶两地多年，居然还一起养育了三个孩子。深圳有些女人的顽韧与强大，真是不可小觑。不过，豌豆妈妈也发现，有位广东男子一直在帮衬她，两人关系非同一般。豌豆妈妈从来不问，更不点破。

一棵树在哪里生长不需要阳光照耀？一个人在哪里独行不需要雨露沾溉？来自异性的关心，往往更具温暖人心的力量。这一点，豌豆妈妈不是不懂。她把辛辣含在嘴里，把怨艾藏在心中，一方面全力照顾豌豆，另一方面也在不断搜集各类有关"星星的孩子"的信息，只要有她认可的诊疗方法，那是可以不计成本的！

儿子啊，你是妈妈的唯一！

儿子见妈妈过来想看他的绘画，倏然快速合上画本，俯身压住，像有什么秘密不能让他人窥破。越是这样，妈妈越要看，佯作夺取，儿子就抱着画本跑了。妈妈作势要追，他就一边跑一边笑。妈妈最喜欢的就是听他的笑声，看他的笑脸。当他躲在一张椅子后面，把画本高高举过头顶，妈妈快速取手机给他拍了一张面部的特写。看看他的眼睛、他的笑脸……这跟任何一个高高兴兴上学去的孩子有何两样？我们家的豌豆是一个多么正常的孩子啊，孩子他爸，你听到他的笑声了吗？

一心惦记着妈妈的提醒，下午要带他去挖蚯蚓，豌豆中饭吃得又快又专注，还把一盆冬笋炒肉片推到妈妈跟前——这是母子俩都爱吃的一道菜，如果父亲在家，那就是一家三口共同的嗜好。

母亲道，豌豆多吃点儿，吃饱了，下午有力气挖地干活儿。

豌豆点头，嗯了一声。豌豆快速吃完一碗饭，放下碗筷，到阳台边去，捡拾墙边立着的一把小锄头、一把小铁锹，放进一只塑料桶。接着嘟哝了一句：齐了。

豌豆平日的表达有两个特点，一是大都为短句子，二是拟人化。譬如，他会说：太阳从窗户走进来了，猫咪哭脸了……

是为了感激妈妈带他去挖蚯蚓吗？母子俩出门前，豌豆忽然端着画本给她翻看。妈妈看到，一幅画的是红隼的妈妈在孵蛋；还有一幅画的是五只小雏鸟在巢穴里朝天伸展出粉红的小嘴，争抢着红隼妈妈从外面衔来的一条虫子；再有一幅，画的是红隼爸爸耷拉着右翅，在一旁昂着头守护着母与子。

母亲夸赞画得好。又道，五个孩子的妈妈太累了，好不容易找了一条虫子，自己不舍得吃，却也不够五个孩子吃的，所以，我们豌豆就要帮助它们，对不对啊？

豌豆点头道，去挖，蚯蚓，很多。

母亲道，是的，我们挖很多蚯蚓，吃不完还可以晒干了，留着给红隼宝宝慢慢吃。

豌豆昂起头道，挖好多，妈妈吃，爸爸也吃。

母亲一愣，恍然道，对的，红隼宝宝吃，红隼妈妈吃，红隼爸爸也吃！

有时半夜，豌豆睡梦中翻个身，连叫两声爸爸。母亲设法录下了，用微信发给父亲。毕竟出自父亲的血脉，他不怀疑这两声混沌而遥远的呼唤，来自自己的亲生儿子，可却犹疑地回了一句，他是叫自己的亲爸呢？还是梦里代入了红隼宝宝，在叫天上飞的鸟爸爸？

母亲没忍住扑哧一笑，道，你不觉得自己跟红隼爸爸很像吗？一个在天上飞，一个在地上跑，都是不着家，不落屋。

父亲是江西宜春人，"不落屋"是她跟他过去探亲时学到的一句比较好懂的方言。还有许多让人莫名其妙的宜春话，叫蜘蛛是"巴纱"，称蜻蜓是"秧干"。长春出生长大的母亲好生奇怪，同样是有一个"春"字的地方，差别怎么就那么大呢？

父亲微信里辩解道，我哪里不落屋了？只不过工作需要，在外面时间长一点儿而已，每个月钱还是照拿回家。那只红隼爸爸哪里能跟我比，既没有孵雏鸟，也很少衔虫子回家！

母亲不悦道，红隼爸爸连着衔了好几天大虫子回来，那都是给红隼妈妈吃的。不知道红隼妈妈那几天是不是病了，还是雏鸟一只一只孵出来了，她不敢擅自离开。鸟爸爸一只翅膀也不知怎么受伤的，一直挓挲着，落下来、飞出去，都费劲呢！

母亲还有一个在脑子里盘桓不去的镜头没说：有两次红隼爸爸衔来虫子，见红隼妈妈不大想吃，它就衔着虫子在红隼妈妈眼前左右晃荡，直到红隼妈妈一口啄食了，它才欢快地咕咕叫着，像是一位得胜班师的将军，昂扬地在花盆边转圈子。

父亲继续狡辩道，它是身体受伤了，我是心里受伤了。

母亲不想再理他了。

豌豆毕竟是一个孩子，而且是一个"星星的孩子"。他心里还是有你的，他在睡梦中无论叫自己的爸爸还是鸟儿的爸爸，不都是爸爸吗？母亲心里委屈，可她从不给他发委屈的表情。母亲情愿把委屈藏在心里。

午饭后，小睡了一会儿，母亲睁开眼，豌豆已在床头轻手轻脚地盘桓。谁说孩子啥都不懂？心里有事，他就一直惦着，再也睡不着了。可又怕吵着了妈妈，不肯叫嚷。

母亲赶紧起身，穿了外衣。母子俩携带工具，下到负一层，启动了一辆银色的特斯拉。两人开车上路了，母亲还没有想好到哪里去挖蚯蚓。此前看到过红隼妈妈从外面叼着蚯蚓、蚂蚱之类回到鸟巢，有时还会用它的利喙啄碎再喂给雏鸟。所谓动物蛋白，营养价值更高，在城市里，获取也更为不易。先前开车或行走路过的几个绿化带，要么不好停车，要么感觉不到会有收获。忽然想到前两年带豌豆到观澜版画基地去参观，那儿还留有一些湿地，便跟豌豆说，要不上那儿去看看吧。平日里，豌豆看见红隼妈妈有时候出去大半天，才啄回一条半条蚯蚓，咬着牙替它急。上周日到深圳书城，他钻进儿童阅览区，居然找出一本书，叫《蚯蚓想有个家》，说的是城市的水泥森林与蚯蚓这位松土大师渐行渐远的故事。陆生蚯蚓喜欢潮湿、疏松、富有有机物的土壤，譬如庭院、菜园以及食堂、沟渠旁的土地。

车子驶过几栋碉楼的那一刻，豌豆忽然叫道，菜地！

果然，路边有几栋碉楼，碉楼膝下参差列着几栋客家老屋，环绕老屋有一片绿意深深的菜园子。

老屋前是一大片水泥地，方便泊车。

两人从后备厢取出盛着小锄头和小铁锹的桶子，母亲心里有些嘀咕，不知人家会不会让咱娘儿俩过去掘土呢？

母亲先把桶子放在车子后面，牵着豌豆往前走，见一溜老屋大都门户未开，便朝一个门口坐着的长者走去。问好之后，简单说明来意：家里养了鸟儿，没吃的，超市买的鸟食不大肯吃，爱吃蚯蚓、蚂蚱，所以带儿子到菜地来看看，不知道好不好进去。打搅到您了。

老人家重听，意思该是明白了。总之，他侧耳听听，又不时看看母亲身旁一脸天真的豌豆。老人身旁还有一个比豌豆小两岁的女孩，一头浓密的黑发梳成两个朝天小辫子，两只眼睛又黑又机灵。

老人嘴里咕哝着，朝菜地努努嘴，那就是没问题的意思了。

母亲鞠躬致谢，牵着豌豆过去拿车后的家伙。小妹妹也蹦蹦跳跳跟过来了，居然叫了一声，哥哥，我帮你拿桶子好吗？

豌豆一把拽出桶里的两件工具，将空桶递给了小妹妹，想了想，又把小铁锹给了她。两手都是物件的小妹妹高兴道，谢谢哥哥。这几声哥哥叫得母亲心花怒放，心想，豌豆要真有这么一个可爱的小妹妹做伴就好了，一个孩子太孤单了啊！

菜地里种着菠菜、芥菜、辣椒和小半截通红的身子长出地面的红萝卜。小妹妹对着一片玫瑰色花萼衬托，白上抹了一撇黑的菜花问，这个菜花好好看啊，像是蝴蝶要飞起来，是什么花啊？

豌豆平淡道，蚕豆花。

母亲暗暗称奇，印象中，她从未带豌豆去看过蚕豆花的菜地，只能是他从绘本或者电视中看到的！他可以将影像中的图画与现实生活对上号，且不带一点儿犹豫，正如同他曾经在深圳湾公园准确判断出一身黑白相间长裙的是红嘴蓝鹊，带着雏鸟一步一回头的是黑领椋鸟。黑领椋鸟黑项白腹，眼圈儿鹅黄，一步一步像是小跑；它后面紧跟着一只团团绒绒的雏儿，走走停停，惹得它前面的那位父亲还是母亲，跑一会儿停一会儿，不忍将雏儿落下太远。

俩小朋友配合得真好，一个埋头挖，一个低头捡——很多女孩都怕这种软体虫子，小妹妹却一点儿不怕，只要哥哥挖出来，她就快速捡起来扔进桶里。

俩小朋友边找蚯蚓边对话。

问：挖蚯蚓干吗呀？喂鸡喂鸭？

答：喂鸟儿。

问：什么鸟儿，是鹦鹉吗？我们家养过一对玄凤，后来都飞走了。

答：红隼。

问：红隼？我在图画里看过，很凶的一种，哪儿买的？

答：飞来的。

问：啊？自己飞来的？我们家的是飞走了，你们家的是飞来的啊！

答：嗯。

问：一只，还是几只？

答：妈妈，爸爸，有五个小孩。

问：男孩还是女孩？

答：太小，不知道。

问：它们的妈妈和爸爸，每天给它们找吃的？

答：妈妈找得多，爸爸受伤了。

问：啊？我也想去你们家看看红隼，不会啄人吧？

答：很乖的。

问：红隼宝宝还有多久才会自己出去找吃的？

答：二三十天吧。

问：那我们多给它们找点儿吃的，不让它们的妈妈爸爸那么辛苦。

答：嗯。

小妹妹嘴贫，问得多；小哥哥答得简单，却也有问必答。相比而言，在父母面前，他的言语可是吝啬多了！母亲蹑手蹑脚，生怕打断了他俩。她抬头看看一会儿藏在云里，一会儿露出脸来的日头，真希望这样的时光走得慢一些，再慢一些，她好细细品味儿子再正常不过的思维与表达。孩子他爸，你听到了吗？

两个学龄前后的小朋友，天文地理，无所不谈。小妹妹问道，红隼为什么喜欢吃蚯蚓、蚂蚱这些昆虫？人为什么只爱吃鸡、鸭、鱼肉这些动物？小哥哥纠正她，蚂蚱、蜻蜓是昆虫，蚯蚓不是昆虫，它是一种环节动物。鸟儿喜欢吃昆虫，昆虫身体里面蛋白质多。有科学家在研究把昆虫给人吃，替代一部分饭和肉。大自然变坏了，养昆虫比养猪、牛更保护环境。提供一公斤蛋白质，生产牛肉要十公斤饲料，生产蟋蟀用不到两公斤……

豌豆虽然是断断续续告诉小妹妹以上知识，意思的链条却是一节扣一节很完整。

这让母亲又惊又喜，这说明平日里给他念文章、读绘本、看电视里的《自然与人》等节目，他都看进去、听进去了，只不过疏于表达。母亲还发现，儿子跟同龄人交流，比跟成人交流流畅许多。

俩小朋友乐在其中之时，母亲唯一要提醒他俩的是别挖到菜秧子，挖过的地方都平整好。日头偏西的那一刻，俩小朋友的脸上红扑扑的，头发被汗水粘在了额头上。走出菜地，跺跺脚上的泥土，一起走到老屋前。老人家满脸慈爱，已经备了茶水给客人喝。

喝了水，母亲拿了锄头和铁锹；豌豆用手背抹了一下嘴唇，提起桶子，还没转身，小妹妹大声说，我要去你们家看红隼！

豌豆一愣，看看妈妈。

母亲笑笑，朝小妹妹招手道，好的啊，我们住坂田，离这里也不远。下次请你爸爸妈妈带你过来玩啊！

上车以后，豌豆一直没讲话。车进地库时他嘟哝了一句，下次，她就看不到了。

母亲问，为什么？

豌豆道，鸟大了，就飞了。

刚进屋，母亲就接到一个电话，打开免提，是田老师打来的，问及红隼的近况。听说他们备了蚯蚓，便提醒豌豆母子，受保护的野生动物，是不能人工投喂的。听此言，母亲和豌豆都有些沮丧。田老师安慰道，红隼的捕食能力和自我修复能力都很强，饿不到的。母亲把手机靠近豌豆，田老师大声道，豌豆乖，不用担心，红隼是属于天空和森林的，让它们自由自在最好。豌豆咧嘴笑了。

等母子二人走到阳台那里，发现红隼爸爸和红隼妈妈正在喂孩子，它们面前竟有十几只虫子，应该都是刚捉回来的，看来红隼的生存能力真的很强。

母亲受到鼓舞，擎着一根香蕉走过来道，豌豆回家先洗手，你也得像鸟儿一样补充能量了！

豌豆响亮地答应着，跑去卫生间洗手出来，接过妈妈手里剥了一半皮儿的香蕉，风卷残云地吃着，眼睛一刻也没离开鸟巢。眼神似乎在说，我们看看谁吃得更多更快。

大概是下午挖蚯蚓劳累了，豌豆的晚饭也比平时吃得多。母亲说到菜地，湿乎乎的地方蚯蚓多，还说到了那个大方活泼的小妹妹，想着叫小妹妹的妈妈抓紧带她过来看鸟儿。田老师说了，雏鸟能飞出去自己找食了，就不会再回来了……

　　豌豆应着，不停地点头，那便是希望小妹妹早点儿过来的意思了。

　　饭后，豌豆又去书房了，继续摸画本、取画笔。母亲在厨房洗碗搞卫生，出门扔了垃圾再回来，书房里毫无动静。

　　她走进书房，豌豆已经趴在桌边睡着了。母亲轻轻从他肘边抽出画本，这是儿子的新作：一只大鸟嘴里衔着一只虫子，另一只大鸟在一旁侧脸看着它。嘴里衔着虫子的大鸟，右翅拃挲着，旁边写了五个字：爸爸喂孩子。

　　母亲一手捂着嘴，眼里和喉咙，顿时有几股热流同时汹涌而出……

远去的寄生

知晓姑父第N次中风住院时，我才刚到宜丰的官山林场度假。这儿是一个地处偏僻的自然保护区，因为有白颈长尾雉、黄腹角雉、云豹、猕猴、南方红豆杉、伯乐树、穗花杉等几十种保护等级较高的动植物，1981年成了省管保护区，2007年晋升为国家级自然保护区。我之所以每年暑假，必驱车八九个小时，从深圳直取官山，一喜这儿的山高林密，虽然绝大多数原始林已在"大跃进"年代斫伐殆尽，现在的莽莽榛榛，顶齐了也是次生林，可与都市尤其一线城市相比，这是一个迥然不同的世界；二喜国家自然保护区并不对外开放旅游，虽有接待，囿于场地限制，绝无旅游景点常见的摩肩接踵；第三个因素与我的姑父相关，上个世纪一个狼烟遍地、饿殍遍野的年代，他带领我的姑姑，还有比他小五岁的我的父亲从安徽一路逃荒到赣西，曾在官山伐木烧炭三年，艰难困顿自不必说，却得以苟全性命于乱世。

多少年过去了，姑父或父亲每讲到这一片并非籍贯的山岭，依然感慨，依然动情。于是，每次暑假前，我就油然而生远行的冲动；每次来我都有一种还愿的意思，况且佛教南宗五派之中，居然有两派——临济宗与曹洞宗的祖庭都在宜丰。

人，在冥冥之中总有牵挂，或是牵引。

县城吃罢晚饭，上山路途已是夜黑如墨，漫天星光。田野里还能看到举着松脂火把的人影晃动，那是捉黄鳝逮青蛙的悠闲的农民。放下车窗，山风凉爽而浩荡。进得山门，刚刚入住，二表姐就打来电话，告知姑父中风的消息，社康中心说必须立即住院。姑父终老在省城一个铁路机械厂，前几年，铁路的一应后勤单位包括工厂、学校、医院、法院、检察院下放给地方之后，他可以在地方多个三甲医院享受医保。二表姐给我电话，除了亲情的因素，还因对我的信任，或者依赖。我自省城调往深圳工作已逾十年，但凡他们家里有什么大事，首先想到听取意见或建议的第一人，依然是我。

我太太情愿将此解释为，凡是大事，还是男人拿主意比较有安全感，况且，你还是姑父的干儿子呢！

是呀，姑姑在我记事之时就不在了，姑父一直未再续弦，膝下拖着一男二女，做爹是他，做妈也是他。我爸妈平时在生活认知上多有扞格，争执更是家常便饭；在对姑父的评价上，却高度一致：这是一个少见的脾气好、能吃苦、肯担待的好男人。我太太见缝打楔子，但凡对我有意见了，就祭出姑父为模板，耳提面命：刀不磨要生锈，人不学要落后……

中年女人提前进入聒噪的队列，那比四周都是广场舞烦人得多。有时候，我会觉得有这么一个圣贤似的姑父，真是利弊兼生！情感活动终究取代不了理智判断，每当姑父家里有难，我总是一马当先，想他之所想，急他之所急。此刻，夜深人静，放下二表姐的告急电话，我先是给在省城某重要媒体记者站任站长的老同学打了一个电话，让他务必找神经外科有上佳医术表现的医院，定一床位，连夜安排住院；然后再打电话给二表姐，明天稍事安顿，我即赶往省城，让她直接跟我这位早年以写内参闻名远近的老同学联系，同时告诉她，我的电话24小时开机，如有紧急情况，任何时间可以叫醒我。

处理完这一切，这才发现，一路过来都在车上睡觉的我的太太，此时夜深人静，却两眼精光四射。她问道：你明天就去吗？你刚才不都安顿好了吗？你就把我们扔下不管吗？

光顾了前面，怠慢了后面。在一家会计师事务所工作的太太，此次还是我动议将她的顶头上司——所长一家带上了山，开着一辆宝马X6越野车。尽管我答应明天会安排好一切，交代好一切，不仅禽、鱼、蛇、鳖，连带百合、芦笋、莲藕、秋葵等一应菜蔬，都会安排附近黄岗镇的老朋友送上来，她眼里还是写着不满与忐忑。

平时肯定是我哄她的时辰多，此时此刻，我的回答却斩钉截铁：即使我的亲爸爸在山上，我明天也要去看姑父！

次日上午八点半，我便赶到了一百五十公里之遥的省人民医院。这所医院是一百多年前，由美国卫理公会创办的教会医院，沧桑风雨，旧貌不存，尚可喜的是十几棵浓荫蔽日的百岁老樟树还在。拜老同学的关系所赐，将姑父安排在一间单人病房，窗外就是一棵伸手可及的香樟。二表姐一脸憔悴地坐在旁边吃早点，早点是路边买的豆浆油条。

姑父头朝里躺在那儿，鼻孔插着输氧管。我朝二表姐点点头，悄声走到姑父面前，弯腰屏息看着这位八十七八岁的老人：瘦削的面庞，透出白蜡一般的寂静，嘴唇半合，门牙稀疏，灰白的头发耷拉在右侧的脑门上，摆着的是一副随时都准备与肉身的世界告别的姿态。唯有两道麻黑色的浓眉，还能映现出昔日的风采。我看过姑父当年与姑妈的结婚照，一个英武，一个娟秀。不知为何，大表姐与二表姐拣着的都是父母的缺点，不仅是拣着缺点，而且是放大，甚至是无中生有，这也是无可奈何！

无怪我爸妈都说，姑妈在世的时候，总是背着姑父的面，捏着一张泛黄的照片，给我们讲她儿子胡寄生的好。又说我小时候长得跟表哥相像，跟两个同胞妹妹则一点不像。姑父和姑妈从来宠爱我，老而尤甚，就因为我长得跟寄生相像吗？平心而论，寄生可是长得比我帅多了，打小他就是我仰慕的对象，用一句通俗的话讲，他就是一表人才，人中龙凤！我哪儿哪儿都跟他相去甚远，现如今，我有一点点的出息，一不感激爸妈，二不感激学校，三不感激……唯需感激一人，就是表哥寄生。

我跟太太新婚之夜，百般缠绵之后，也没有拿"每一个成功的男人后面，必定站着一个优秀的女人"相期许，却是道，没有表哥在我成长的道路上当坐标，就不大会有我的今天，一个人对另一个人的影响深远，十年、二十年都不算什么，那是可以看一辈子的，才算数！

此话一出，在某种意义上剥夺了太太今后期望在"后面……必定……站着"中踞有重要一席的寓意，以致二三十年后，她最揶揄老公的话，就包括一句"每一个成功男人的后面，必定站着一个优秀的表哥"。

回到二表姐身边，再一道来到过道外。还没等我发问，她就告诉我，你大表姐这一向关节痛，痛到走路都是一瘸一瘸的，加上家婆白内障做手术，也是几头辛苦。随后她怯怯地问，你能在这里照看你姑父小半天吗？我说，当然。她讲她要回去处理一点屑屑碎碎，还要给父亲找一两张寄生的照片过来，他只要一醒过来，就念叨寄生……

我回答当然可以。

二表姐匆匆进去收拾了一下东西，就出门了，她走得促忙促急，甚至没有想到去父亲身边"目别"。她的这个细节令我感伤，也许她的确忙，也许她疲惫，也许她粗心，可以有很多的也许，叫我放开这个细节；我却不由自主地想到，姑父越老越重的对已逝儿子的怀念之情，会不会对两个女儿造成一种潜在的心理灼伤？

医生查房之后，我到医生办公室，询问主管医生，36床的情况怎样？主管医生很客气，拿过椅子，叫我坐下。他告诉我，昨晚不是他的班，但是主管副院长也过来了，主任医师也来了，现在上十个小时过去了，情况还算稳定，却不容乐观……毕竟他的年纪在那里，连病人女儿也记不清楚老人是第几次中风了……接下来会安排一系列的检查，最后的结果，还是以检查报告为准。我起身告辞的时候，他讪讪地问，应该不是你给我们院长打电话的吧？打电话的是一位领导？这么大年纪的中风，也不是第一次，溶栓的效果都不是很好的，家属一定要有各种心理准备。

他的言外之意再明白不过，打预防针呢！病人要是有个三长两短，那是命中注定，千万不要怪我们当医生的没有救死扶伤，全心全意。看看医院保安的严阵以待就知晓了，全是叫"医闹"给吓的。

回到病房，姑父已经平躺过来，双眼半睁，我握着他瘦骨嶙峋的手，轻轻唤了他一声。

他好半天才醒过神来，嗫嚅道：……

我把耳朵凑到他嘴边。

这回听清楚了，他叫的是：寄生。

我背转身去，忍住喉头的酸涩。俄而，我凑过去道，我表姐去取了，很快就会回来。

他怔怔地看着我，好像认识，又好像陌生。我告诉他，我是南南。

南南？他在想呢。这回说得很清楚。可是他接着说了一句，南南，你为什么不给寄生送一个去……

显然，他这回又是犯糊涂了，他唯一的儿子寄生早在1976年就失踪了，那个年代早已洇湿泛黄。

我敷衍他道，好的，我给他送，送一个什么？

他眼神又恍惚了。他的状态令我想起父亲，也就是姑父的小舅子，晚年也常常失忆，但并不严重。每每父亲从卧室走到客厅，或者从客厅走到卧室，却想不起要拿什么做什么。父亲最严重的一次失忆，是从公交车上下来，却忘了家在哪里。除此之外，父亲记忆力堪称很好，他能将历届国家领导人的班底记住，不算稀奇；他甚至记得20世纪80年代以后历任国家财长的姓名及任期。这是他干了一辈子财务工作的馈赠吗？父亲2005年死于直肠癌转移，走在比他大五岁的姐夫前面久矣。

太太来电话了，我快步到了门口接听。先是问了我姑父的病况如何，还未待我详细汇报，她的兴趣点就从被动转为主动，从听众转为演讲者：我和女儿阳阳，以及所长一家，早餐吃得很环保（太太常常将"绿色"与"环保"相混淆，我纠正过多次无效），很稠的米汤，地里采摘的豆角、黄瓜和南瓜花，精瘦而又精神的炊事员老李骑摩托去街镇上买的老面发酵馒头……所长讲我们家阳阳明年在国内读完大学就赶快到美国去，她的妈妈和爷爷都是会计行业的精英，子承父业，或女承母业，出去镀金是必需的。北美精算师是金领中的金领，一定要考了他们的牌再回来，那才是放之四海而皆傲气四射的大牌。去年精算师在全美最佳工作排名前十中居首，平均年收入是94209美元，职业评分80点，就业增长率是25.09%，通常精算师持有的是数学、统计、商管和财务的学士学位。咱家阳阳，在国内拿了学士才出去，已经耽误好几年了，不能再耽误了，咱所长毕竟是从美国回来很早的精算师，情况熟得再熟不过，他给阳阳拟去的大学排了一个序，你看看，阳阳你过来念念，阳阳，你跑哪儿去了？……

男人如果找了一个搞财务的做太太，幸运者可以当数字盲，或者数字白痴，一切跟数字相关的生活都可以交给太太打理；不幸者两耳每天都被数字包围、缠绕乃至聒噪。尤其找了一个母鸡生个蛋都不舍得吃，希望赶早送到银行去生利息的太太，更是如此！倘若自己又在数字上不敏感不长进，那无异于找死！

趁她找阳阳来排序的当儿，我赶紧挂了电话。不用讲我都知道，她早把阳阳在国内读完本科，注定要晚当几年精算师所损耗的价值，精算到了美元的个位数。

医护人员过来，拿出一摞检查单，嘻，我忙得忘了跟当记者站长的老同学去个感谢的电话或短信，不是他昨夜一个令人鼓舞的电话，我姑父哪里享受得到优质待遇，单间面南，窗口就是一棵绿叶蔽日还有一个鸟巢的老樟树！眼下，俩护士过来，举吊瓶的举吊瓶，推床的推床，将姑父直接推出去，去做CT之类检查，家属如我，则可去可不去。

中午前，二表姐来了，手上提着一个保温饭盒。我告诉她，姑父此刻还在做检查，他心里，念念不忘的就是一个表哥寄生。姑父二十来年前，一介普通员工，从袁河站调来省城铁路机械厂，靠的是在铁路局货运处当处长的大表姐夫，俩表姐就是想他忘掉在袁河失踪的儿子寄生。

二表姐低头道，我找到了……说着，从挎包里掏出一沓高矮胖瘦的泛黄照片。

细看，有他们家的全家福，有他们兄妹的合影，还有一些表哥的单照。一张初中毕业的单照，右下角印着"东方红照相馆"的字样，还有一个小小的工农兵背枪举斧头抱麦穗的图标。这张照片是表哥十六七岁照的，最能表现表哥的神采：浓眉大眼，鼻梁挺直，厚实的嘴唇透出坚毅与果敢。如果说，表哥吸引女孩子更多的是学习好、人品好与长得好（那时候还没有"长得帅"这个词），吸引表弟如我的，却一是他读的书多，二是他太有……思想。

一个人在该读书的时候，没有读几本十几本好书，青春期精神的荒芜或恐要影响他一辈子；正如一个婴儿该吃奶的时候，没有奶吃，身体发育受损，也不是长大了每天抱着奶粉罐子可以弥补的。

表哥值得庆幸的是，初中离开了师资单薄的袁河铁路子弟学校，考上了宣江市一中。宣江是行署所在地，一中是唯一的行署直管中学，教师多半来自全国各地的师范院校，学生也较多干部子弟，包括源源不断给他提供黄皮书与灰皮书的"许大马棒"，他舅舅乃南下干部，是宣江行署的一个副专员。众所周知，"许大马棒"是《林海雪原》中的反面人物，奶头山的匪首，蝴蝶迷的丈夫。按照那个年代的小说中反派人物的标准设计，膀阔腰圆兼凶神恶煞。表哥的同窗好友"许大马棒"不是这样的，而是一个相貌斯文的学生，因为近视，又不愿佩戴眼镜，看东西总是眯细眼，噘起嘴，尤其说起话来，粗声大气，且喜欢学大人状叉腰。是不是因这种气概，得此绰号？在那个阅读物十分贫瘠的年馑，我表哥能够读到苏联作家阿克肖诺夫的《带星星的火车票》、美国作家塞林格的《麦田里的守望者》、凯鲁亚克的《在路上》、法国作家大仲马的《基督山伯爵》、德国作家雷马克的《凯旋门》……假如他不进一中，就绝无可能。在一中他认识了"许大马棒"，还有其他一些见识都比他高远得多的同学。不因其他，只因出身有异，见识便不同。

一中，是寄生人生中很重要的一个驿站。但是驿站前面的路能够将人带往何方，有时候，却不是个人所能把握得了的。祸福相依，原本便是定数。

姑父被俩护士推回了病房，经过一番折腾，姑父的神志与气色反而好起来了，他叫出了我的名字。我对俩年轻美丽的护士发出感谢的微笑，青春真是好啊，能给垂死者撒下召唤生命的绿意。

喂过小半碗肉糜粥，姑父迫不及待地伸出枯瘦的手来，那是要看照片的意思。

他一张一张地细看，一张一张地抚摸。

二表姐也给我带了几个肉包子，还有一盒蛋花紫菜汤，她说她是吃了才过来的。吃罢，我问，表哥留下来的书，还在吗？

在呀，二表姐觑了她父亲一眼，小声道，他哪里让卖掉。不过，都放在他郊区的屋子里，一捆一捆地堆在那里，不让清理也不让卖掉。

姑父在20世纪90年代退休之后，许是闲得无聊，迷上了陶艺。说陶艺有点夸大，也就是买来黏土、模具，还有一只雪白的高温陶瓷电炉做陶器。这些东西在城里的楼房当然施展不开，后来他在郊区买了一个农民的院落，当时还是我给他屋檐下的牌子写了三字隶书：寄生斋。客厅、卧室、厨房以及工作间便都有了，简单而齐备。现如今，挨着近郊的农民房，尤其是平房，价格翻了几个跟斗，我们都夸姑父有远见，会投资，其实他就是为了做陶土物件才买的。我姑姑去世得早，我父母亲曾怀疑姑父耐不住寂寞，为了另娶，躲在乡下避人耳目。后来也确实传出一些并非空穴来风的故事，到底是有花无果；姑父还是在姑姑撒手几十年之后，踽踽独行地走到了生命的尽头……

姑父突然咕噜了一句，我与二表姐赶紧趋前，姑父道，还有一张，还有一张呢？

二表姐接过那一沓照片，数钞票似的一把排开，道，都在这里了，你要的是我哥的哪一张？

姑父咬着牙道，当兵的……

二表姐一怔道，找遍了，早就不见了。又道，要不，晚上我再去找找。

姑父道，在的，在的呀。浑浊的老眼里，失望又不甘。

我抚着姑父干枯的手背道，我们去找，只要在家，就能找到的，你放心，姑父。

离开姑父，二表姐抱怨道，哥哥那张照片，我也是找过，知道金贵，却怎么也找不到了。

我不大经受得了她的感伤，忽提出要去姑父乡下的寄生斋看看。二表姐要找时间陪我去，我不依，姑父身边显然不能离人。我自己可以去，给我钥匙就行了，那地方我去过不止一次啊！二表姐趁姑父半睡半醒的时候，悄悄从他床头柜的小包里，翻出一串钥匙递给我。

下午两点左右到医院大门口打车，久候不至，一问才知道省城的士司机最近闹情绪，联合起来罢驶。我只有边走边谦卑招手，一路过了两三个红绿灯，君子之风等来的却是一辆马自达黑的，谈价要70元，打车去那儿最多30元，黑的太黑！我做弃状，黑的司机一手打方向盘，一手垂在窗外，跟在我身边讨价还价，以50元标的妥协。上车之后我道，黑的也太黑了。他反问我，为何不叫滴滴专车？这一段的士司机要减份子钱，主要对抗的是滴滴专车，滴滴专车便宜又方便。见他还不失一分诚实，便问他为何不加入滴滴专车？为了多赚钱，情愿担惊受怕？他说他在铁路机械厂还有一份三班倒的工作，不能一心一意投入，跑黑的，一为赚点外快，二为好玩，他反问我，你不觉得，有时候担惊受怕，也是一种刺激吗？

我告诉他，我在医院住院的姑父也是铁路机械厂的，不过退休多年了。他啊了一声，你不会跟我们单位讲吧？仔细看他，约莫四五十岁，络腮胡子刮得两颊乌青。一为他在铁路工作还与姑父同一个单位，二为他这样一种寻找刺激的方式而好奇，便有了很多的问话。我曾经念书与工作过二十年的城市，给我的记忆已斑驳，建筑的日新月异与道路的四处开挖互为表里，堵塞、绕道、颠簸与尘土构成了城市交通的常态，我这时候才回想，姑父当年去乡下的寄生斋到底是怎么去的？步行，自行车，或者大巴？无论如何，皆有不便。

黑的司机一路炫耀他开车的艳遇或奇遇，令人难辨真假，他坦承，有骚扰别人遇冷的，也有乘客主动投怀送抱的。他觉得这两种以及更多种都很刺激。我问他更多种包括哪些种。他讲有一次，一个女子带了两件比较大的行李，到了她住地，她请他搬上去；其实住地有电梯，搬上去了，她掏出50元钱给他。这个消费有点大，他推辞了。为了答谢他，她留他喝咖啡；他说喝了咖啡睡不着，她斜睨他一眼道，睡不着就陪她聊天。接下来煮咖啡，喝咖啡——这个阶段他盯得很紧，听了太多迷奸之类的故事，尽管他是男的，却也怕有别的不测，他甚至不时窥视其他房间的动静。等她喝了第一口咖啡，他才跟着喝了一口，此后的隔衣亲昵，相互脱衣，沐浴，上床……一切都出乎意料又顺理成章。离开时，彼此连电话都没有留。他接下来讲到性爱的细节，过于裸露，我没法复述。

听他过于裸露的表述，我想到，现如今的荒唐大大放宽了年龄的尺度。

不过，过于现实与桃色的交流，多少减缓了我从姑父病房带出来的沉重。到了寄生斋，黑的司机留了一张花花绿绿的名片给我，说是看我是一个读书人，眉头拧得像是压了三座大山，如果需要用车，随时可以呼叫，还有好多故事可以供我轻松一刻。

寄生斋是一幢小二层，院子也很小，围墙是大半人高的一溜红砖所砌，墙外是一溜儿顶着尘土盛开的夹竹桃，院内一棵枇杷长得枝繁叶茂，墙根泥堆上覆盖着的苇席现出年月久远的破败，屋檐下还有锄头、砍刀和四齿耙等农具。记起来了，姑父在附近的田头地脚是辟有菜地的，我就吃过他种的红薯、丝瓜、扁豆和洋姜。我给菜地里的姑父照过一张照片，在一大片黄灿灿如同葵菊的洋姜花前，戴一顶铁路草帽的姑父笑得坦然祥和，那是他痛失爱子之后，多年积郁的脸上难得的舒展。表哥长得跟姑父真像。我将一张洋姜花前与姑父的合影，长久地置放在办公室里，每当清静下来端详合影，心绪就会回到似乎久远的过去，表哥的模样浮现在我的眼前。

屋檐下吊着的寄生斋牌子，风侵雨蚀，歪歪倒倒。屋里到处是陶土的气息，连已经锈蚀，好不容易打开的锁头都是陶土味儿。

寄生斋的客厅里，原本挂了不少照片，有寄生的单照，也有他与父母的合影。我印象最深的是一张全家福，姑妈和姑父坐在一条长凳上，后面站着的是寄生，伸开双臂，像老鹰护雏似的护着父母。他个子太高，满脸欢笑，露出一排雪白而齐整的牙齿，须得弯下腰来才能将头发纷乱的脑袋挤在父母之间。比他小几岁的我的大表姐与二表姐，小鸟依人一般分别依偎在父母膝下。这张其乐融融的全家福，拍摄于一个大动乱年代的间隙，外人难以从中窥测出从一个风暴迅疾转向另一个风暴，坐实在一个家庭变故的征象。事实上，小土地出租者这样一个夹在好坏出身中间的称呼，并未给姑父这个"老奸巨猾的运动员"——运动之初有大字报这样形容姑父——带来太大的麻烦。他敏感多疑、忍让龟缩的天性，使得他总能在不利的形势下化险为夷。

如今没有人住的寄生斋，当年的布置全被卸下了。

天花板四周的石膏雕版已经脱落，窗边是逶迤而下的水渍。依墙搭建的几层木架上，或站立或坐卧着姑父的手工：人偶、狮子、老虎、大象、猪马牛、鸡鸭狗……很难想象，姑父在晚年赋闲的时辰，日复一日、年复一年地面对这些黏土在他的手里变成生灵的阵仗，心里会是一种什么样的感受？是充实，欣喜，还是惆怅、感伤？姑父固然不是不可一世的秦始皇，在告别一个绵延千载的世界之后，需要千军万马的陶俑去陪伴从此无声的厮杀，他却可以在含饴弄孙的年纪，用心捏出一个个无声的生命，填补自己心中一段长长的憾恨与空荡。

姑父几乎无师自通的这些手工，个个栩栩如生，能将一个与这个世界渐行渐远的老人的心思，告诉他的后人吗？为什么他没有像铁路曙光小区的老人一样，融入后代的生活之中？虽然没有了儿子寄生，他却还有两个孝顺的女儿，女儿又各生了一个儿子、一个女儿。也就是说，他是一个外孙加一个外孙女的外公，他的脸上却从来少见做了外公的喜悦。

四方饭桌旁有一只矮几，矮几上搁着一只樟木箱。这样的樟木箱我家里曾经有过，1978年夏秋之交，我就是扛着这样一只樟木箱，踏上了一趟人生的重要列车。"文革"结束了，恢复高考了，回想自己当年由铁路工人到成为大学生的旅途，兴奋而孤单，全然没有我女儿这一代读大学的骄傲与热闹。有一些经历，在心理刻度上，要过很久才能感受得到轻重深浅。没有上锁的樟木箱，打开来有一股淡淡的陈香。里面全是寄生的遗物，一沓他读书时候的奖状，已然脆黄，被无情的时光掏空了重量；轻轻捧起，只怕会一张一张化蝶而去。一顶军帽、一身军装、一件浅蓝色的确良衬衫，叠得整整齐齐，俨如等待主人每晚如期而来的换洗。

　　再下面便是各式杂物，包括一些积存的陈年照片。

　　我有理由判定，表姐是怕姑父睹物思人、难解忧伤，趁他不在的时候将一应照片装箱了，却没有及时清理，久而久之就遗忘了。姑父一直在两个女儿家轮流居住，女儿毕竟不能代替老伴，父女之间终隔一层。我在深圳，与表姐通电话，问及姑父，她们多半也是叹息：他一个人待在那里，既不跟左邻右舍串门，也不愿到女儿家来亲近外孙——哪里敢指望他隔代带人！整天就是跟一坨一坨的泥巴过招。也有二道贩子上门来挑一些烧制好的人偶与动物去市场出售，老人并不讲价，随便给一点散钱就好；大多数烧制，却是信手送人了。归总，他迷上陶土，不关收入，纯粹是一个寄托，或者，打发时光。所幸身边有腊八陪伴，腊八是一条杂交犬，原来在铁路三村住着，到了勃勃生发的年龄，眼里散发出无邪而又满是情欲的目光，见什么都想啃一口，到后来家里大人与访客都被他咬遍了。家里人都有把腊八送到郊区乡下去的念头，甚至联系好了钓鱼认识的一户农家。姑父依然冷冷的，说是谁敢将腊八送走，他也绝不留下。直到腊八将外孙也咬了，外孙吓得从此见狗就簌簌发抖，夹在要爱狗还是爱外孙中间的姑父无奈，只得跟着到乡下农家去察看。这一看便有了别样心思，很快相中一户待售的农家小院，就是我给命名的寄生斋。

腊八逃过一劫，跟随姑父到乡下，告别了城市高楼大厦逼仄的空间，乡下小院是一处多么适宜腊八生存的所在。院子之外的田头地脚、河滩山阜，容纳了它更恣意的奔跑与寻欢。在城里忍耐与憋屈的情欲一旦释放，村子内外的母狗们便处处留下了腊八的情种，高兴的人家自不必说，抱怨的也不乏其人，尤其是年轻人！开放年代，城郊早已不尽然都是土狗的安乐窝，一些在上海、深圳打工回来的儿女，带回来的大如萨摩耶、德国牧羊犬，小如贵宾犬、吉娃娃……陆陆续续生下了一些奇奇怪怪的杂种狗。他们或者她们，染着黄头发或者涂着熊猫一般的黑眼圈，按图索骥，追根寻源，一致找到了杂种狗们共有的生父：腊八。于是喝问之声不绝于耳，甚至兴师动众追凶上门了：喂喂，这位老东家，为什么不看好你们家的公狗？让它到处撒种！

通常此时，姑父便弯着腰从屋里或院子里走出来，脖子上还挂着一条沾满陶土与燃料的围裙，五颜六色，如同一幅印象派的绘画。一副老花镜子耷拉在鼻梁上，一头白发粗粗拉拉，一只手拿着一把刮刀，下意识地铲刮另一只手上的黏土。腊八跟在主人后面，眼神跟主人一样：坦然、无辜，还闪烁那么一点小小的得意。

对话一般是这样展开的：

这土狗是你们家的吗？

什么话？这年头土的比洋的值钱！晓得啵？土猪肉是不是更贵？还有土鸡，野菜……也是的。

不管啷样，你们家的土狗弄了我们的八哥犬，生下一条杂种！

姑父淡定道，我只听过有八哥鸟，没有听过八哥犬。姑父嗅嗅鼻子，又抬头看看屋外一棵乌桕树，枝丫上常常架着一只鸟巢。

我女儿在深圳曾经养过一只八哥犬，这是一种原产中国的小犬种，重重叠叠的头脸部皱纹像是佩戴了多层口罩，幼稚而老相，走路蹒跚，天生的一副滑稽相，一看就是那种富贵高雅的犬中绅士，望之令人解颐。

那你讲啷样吗？姑父擤一把鼻涕，鼻子上也是白点子。再讲它们也是自愿，一个想上，一个想接，难道畜生界还有强奸罪不成？

告你们家的土狗强奸罪，也没有冤枉它。那天夜里我就听到它在门口不停地叫，一开门，它就跑，没想到，到头来还是让它得逞了！

就是啰，你不开门它就不得进去，不是它进去了，就是你家女狗崽跑出来了，总的讲法，情投意合，没有强迫。

大人在争执之时，腊八几次想上去嗅嗅对方的裤脚，始终不敢。它这边看看，那边看看，很是失望，对方为何没有带来它的相好八哥妹妹。嗅觉能力超过人类百万倍的腊八，早就从八哥的主人身上，嗅到了它情人的味道。这从它几天后的失踪可以料想，一个地地道道的情种，终于不能忘却与八哥两相得趣的好！事后我跟表姐们一道推测：要么是腊八企图诱拐八哥一道私奔被主人发现，旧恨新仇一起算，遭陷毒手；要么是它春情勃发，得不到八哥，从此云游四方，去远方寻找新的情人了——这是我们最希望的一种结果，那么它仍然有可能在某天早上，一身疲惫地出现在寄生斋门口，慰藉姑父一颗老来枯寂的心灵。

看见失去腊八的父亲茶饭不思，神情落寞，表姐们曾经试图去八哥的人家叩问，那是村里最高的一栋五层楼建筑，从上到下铺满各种瓷砖，颜色夸饰而丑陋，围墙上栽满铁蒺藜。结果不问而知，俩表姐受到冷遇与辱骂，无功而返。

推测归于推测，事实是，一天又一天，一月又一月，大半年过去了，腊八一去兮，杳如黄鹤。开头那几天，姑父都不晓得是怎么过来的，焦躁而敏感，常常在院子里竹椅上一坐就是半天，两眼失神而空洞。那段时间，我几乎每天给姑父打一个电话，既是俩表姐的意思，也是我的担忧。我太清楚自从寄生表哥失踪之后，姑父是在不断转移自己的注意力，才得以避免日思夜想，堕入无边无尽的黑暗。

腊八失踪以后，他拒绝再养狗养猫，如同带人一样，一个十月怀胎的孩子出生了，长大了，上学了，工作了……没有了，岂是再带养一个可以重新弥补的?!

情感的亏缺，尤其是至密情感的亏缺，任是人间万物，也无法弥补。从失去寄生的姑父身上，我有了这方面的深刻洞察与绵密感受。

我终于在一堆杂物中，找到了寄生的那张军装照！准确地说，是寄生表哥入伍出发前的一张照片，这同样是在老街上唯一的照相馆留下的记忆，照相馆右下角印着"东方红照相馆"的字样，还有一个小小的工农兵背枪举斧头抱麦穗的图标。我相信这就是姑父在病床上唠叨的当兵照：刚刚褪下学生装的表哥，发式也是那个时代流行的学生头，一对黑眼仁又大又亮，分明还有几许羞涩。换上刚发下的军装，便来到照相馆了，领章和帽徽要到了部队上，进了新兵连才有的，所以一身素装。我清晰地记得那天陪表哥去照相馆的，除了他的父母妹妹，还有我及我的同学，另外还有几个他的同学，一个是"许大马棒"，还有一个是他的初恋靳姑娘——那是他心中永远的疼痛啊！一大帮子人簇拥着他，用现在的时尚来讲，也算不上"粉"，那个年代对于青年人当兵是一种什么感觉呢？是一种光荣与骄傲。上山下乡很光荣，当工人很光荣，到边疆去，到祖国最需要的地方去……都很光荣，可是真正的光荣总是有限的，就像真正的幸福，其实有限一样。或者用另一个词儿来代替：荣光。只有当兵堪称荣光，其他至多是光荣。当年流行的一首歌《我们走在大路上》，歌词曰：我们走在大路上，意气风发，斗志昂扬……

我们献身这壮丽的事业，无限幸福，无限荣光，向前进！向前进！革命气势不可阻挡。向前进！向前进！朝着胜利的方向。

我觉得这首歌就是为表哥这样的优秀男儿准备的，只有他才是真正地走在大路上，只有他才是无限幸福，无限荣光！

陪同他一道幸福、一道荣光的，不是他的一拨男同学，甚至不是他的哥俩好"许大马棒"，他们当然与有荣焉，但我感觉，最有荣光感觉的除了表哥，就是他的女友靳姑娘。那时候的中学生自然不像现在这样放得开，可以大模大样地牵着手一道放学，初恋等同早恋，早恋等同作风或者思想有问题，他们只有偷偷摸摸地互传书籍，互递诗歌。表哥的初恋，我想除了他自己，除了他的个别好同学，那就是我，知晓一二了。

照相馆在街口一幢白墙黑瓦的老楼里，一架到处现出窟窿的楼梯通往二楼，楼梯逼仄而陡峭，当家的老李师傅一天到晚缩在二楼，因为一架老掉牙的脚撑着杂木支架的海鸥相机与冲印房都在楼上。李师傅是一个不到一米六的矮个子男人，却喜欢学某位领袖人物梳一个大背头，通常一只硕大的脑袋蒙在照相机的黑布下，瞄准半天，嘴里不停地咳咳咳，然后钻出头来，右手扶着海鸥相机的机头，左手捏一个球形气囊掌控的快门——以后在公共澡堂洗澡，只要看到大男人们一嘟噜垂吊下来的胯下，我都会联想起照相馆的快门球囊，反之也一样。

寄生坐在墙根的长凳上，在强烈的灯光下，也在众目睽睽之下，莫非因了别离，荣光与骄傲在他脸上一点找不到，眉眼间略略的羞赧，夹杂的是一丝失落与惆怅。簇拥者看到的当然是军装映衬下的一副英武，我想，假如我是一个女生，也会爱上他的。他的学习成绩全年级拔尖，篮球、乒乓球和游泳样样拿得出手，还得过年级组的800米跑亚军。我真为自己有这样一个表哥骄傲啊。那一刻，我瞥见靳姑娘的眼里闪闪发亮，是激动的泪花，还是一个青春期姑娘眼里应有的晶莹？表哥与靳姑娘在初中毕业前相恋，我想一定是靳姑娘更主动，一则，我在表哥那里看到各式漆布软精装的笔记本，无一不是靳姑娘的礼品，以至于表哥多得用不完，匀了两本转送给我——当然转送给我或者他妹妹的，都没有签名。那些签名附加赠言，无非是"让我们的友谊万古长青"，或者"学习使人进步，骄傲使人落后"云云。但凡有靳姑娘签名的，表哥便妥为收藏，绝不送人。二则，靳姑娘无论学习、体育或者劳动，都与表哥不在一个水平线上，尤其长相，那叫一个平常，个子不高，显胖，鼻梁上还有一颗醒目的雀斑，浓密的头发扎成两个小辫子，走在我们那个小小的街镇上，不大会收获回头率的。我记得也没大没小冒犯过表哥，表达了我未来的表嫂不够漂亮的意思，我们小时候看的电影女明星是王丹凤、王晓棠、于蓝、祝希娟、张瑞芳之辈，我眼里的表嫂标准，也是这些明星。至于表哥本人，他某一天在任一个领域成为明星，都不会令我这个小老弟意外或惊讶。我还记得表哥当时的态度仍然温和，他道，你还小呢，等你大了，就晓得找什么样的女子做朋友才是一个好。

他这句话令我久久回味。

如果讲当年靳姑娘有什么超过表哥的，现如今男人追求的细腻、周全、贤惠、善良等，我都隔膜，唯一知晓的，是她的出身强过表哥。她来自袁河镇附近的一个大山洞，不要小看这样一个大山洞，那是一个保密单位，有一个代码：256。来自保密单位的人出身都是红艳艳的，他们是准军事单位编制。铁路单位虽讲是半军事化，却因了人多庞杂而泥沙俱下、鱼龙混杂。譬如车站的值班员、调车员、机务段的火车司机等，岗位重要，会有一些出身的筛选；至于工务段的养路工——现在叫线路工，采石场的采石工，日晒雨淋，作业艰苦，麇集了大量出身卑下与来历可疑者。

前面讲了，表哥的家庭出身是小土地出租者，顾名思义，小土地出租，就是有少量土地不能自行耕种而将之出租的人，这个成分肯定排在贫雇农、工人后面，更不用说再前面还有革命干部、军人及其烈属等。排在表哥前面的同学，不少出身比他过硬，之所以表哥穿上了军装，最主要的不是他学习好，也不是他相貌堂堂，而是他的体育煞利！部队特需要体育或文艺拔尖的人才，如果体检和政审大致无碍，体育和文艺特长生就表现出了高人一头的优势。

那是1965年，表哥初中毕业，在一场雷霆万钧并将持续十年之久的革命风暴来临之前，应征入伍。

我依稀记得，其实，表哥当年是不大愿意当兵的，他想上高中，然后读大学。读大学几乎在任何时代，都是成绩好的学生的伟岸理想。姑父不愿意，讲是家庭负担重，解决一口是一口。姑父在袁河这样一个铁路四等小站工作，我和表哥从小在这个小站一道长大。我的父亲，在与这个小站比肩而立的袁河铁路采石场做财务主任。姑父则在这个小站先做值班员，后来因为风湿改去做站务员，每天四趟客车的票归他卖，空下来扫扫巴掌大一块候车室，工作是轻松，收入却也很有限。姑父的父母都在安徽农村，姑妈一直患有慢性肝炎、贫血、关节炎等多种毛病，在采石场的塘口挑土方都昏倒过两三次。他希望儿子早点自立，完全站得住理儿。

除了读大学的真实理想，我甚至觉得表哥还有一个私心：他不愿远离靳姑娘。这一点，我在表哥应征入伍之后的通信中，得到了部分证实。他在给我这个小表弟的通信之中，除了流露远离书本与课堂的苦恼，也不回避对靳姑娘的思念。他告诉我，靳姑娘父亲所在的256，有很大的流动性，有点类似地质队，他真担心靳姑娘的父亲会随时调离。要晓得，256这样国家直管的战略物资储备大仓库，在本省就有五六个，多半藏在大山皱褶里。靳姑娘的父亲是256的一个副职领导，什么级别不知道，若是调动起来，全国范围挪移都是可能的。看到表哥这样的信件，我也为之焦急，揣度表哥"军心不稳"，应与靳姑娘关系甚大。我决心找靳姑娘当面问一问，袁河镇去宣江就是20公里，铁路乘坐慢车不过两站，我想过去宣江一中找靳姑娘，也想过周末或假期等靳姑娘回到袁江镇再与之面谈，两个地点的见面都在虚无缥缈之中假想了多次，终未能付诸实践。我未能果敢去一趟宣江市——须知表哥寄生去了部队的第二年，狂飙天降，学校就"停课闹革命"了。

我在袁河赶集的日子，几次都见到靳姑娘。靳姑娘有时候跟家人一道逛街，更多的时候却是一个人，即使是一个人，我也没有勇气上前去打招呼。如果我敢于上前拦住她，打招呼，她应该很快认出我来的，我每每觉得自己与表哥有几分神似，尽管事实上可能与英武的表哥相差十万八千里！靳姑娘身着的也是绿军衣，脚着解放鞋，这是她家庭出身的一个佐证，同时也是对表哥遥相致敬的一种方式。她就那样双手抄在口袋里，这个摊子前停停，那个摊子前看看。农民卖的都是一点自留地里的生产，或者房前屋后的树上的采摘。即便是在喧闹拥挤的集市上，她的落寞也显而易见。后来，她就一口一口地在路边吃刚买的鸡脚枣、渣梨（一种酸涩的小梨子，煮过之后名之渣梨），那时候尚无塑料袋，也无卫生纸，她居然不是将果核直接唾弃在地上，而是用一块手帕包起来随身带走。须知我们的袁河小镇，脏乱差那是常态，前不久，时隔四十年我再去，常态依旧，更加上了令人沮丧的颓败。不是在宣江市，也不是在大商场、影剧院，四五十年前，十六七岁的靳姑娘就用手帕包唾余，令我至今想起，依然感慨，这也是靳姑娘招惹表哥日思夜想的一个细节吗？

我给表哥去信，讲到了靳姑娘这个举动，只是窜改成，远远看见，而非事实上，我在梧桐树下的近观。

毫无疑问，表哥对靳姑娘的近况，远比对他小表弟乃至两个妹妹的近况，感兴趣得多！再细分一下，他对靳姑娘的眉眼与着装的关心，也超过了我说的她用手帕包住果核之类。他根据我的"报告"，分析与判断此刻的靳姑娘是一个逍遥派，既非造反派亦非保皇派，他认为此时此刻，此情此景，很多是非完全颠倒了一个个儿，大局日趋迷蒙，做一个逍遥派最是恰当。表哥平时跟靳姑娘的通信一定远远多过我，与她的倾心交谈也一定多过我——我要为表哥庆幸，在那样日渐肃杀的气候里，他与靳姑娘的通信肯定语涉禁忌，居然没有泄露。我也有几分自得，因为不间断地做了靳姑娘的耳报神，使得千里之外当兵的表哥，聊解与女友的相思之渴。我后来的窘迫在于，不是赶集之日，或者赶集之日也见不到靳姑娘的时候，我只有杜撰一些靳姑娘相关的"耳闻"寄过去。我甚至独步到十多公里远的256去，想与靳姑娘来个不期而遇，可是距离256大山洞口还有几百米之遥，我前面就横亘着保密单位通常所见的岗楼与肩荷步枪的卫兵，刺刀在阳光下泛出令人生畏的光芒。远远望着一条乌亮的铁路向大山腹部蜿蜒挺进，山腰下面是错落的家属宿舍，我就自卑地想，住在这里面，每天进出都要经过卫兵岗楼的人，是何等的骄傲与荣光啊。

那一刻，我觉得靳姑娘与表哥不相匹配的念头，荡然无存了。

我生发出一个强烈的念想，此次来省城，见病中姑父的空隙，应该再见两个人，一个是表哥的老同学"许大马棒"，还有一个也是表哥的老同学，外加一个身份——表哥的初恋靳姑娘。

　　靳姑娘在20世纪70年代，随父亲迁调到了省会，我就再也没有见到过她了。而表哥自从"文革"中的1967年退伍之后，跟她有过一段交往，很快就因了表哥的戴罪之身，遭到靳姑娘家庭的强力阻挠，两人若即若离，再后来靳姑娘全家走了，直至表哥失踪前的好几年，两人无缘再见。

　　我首先找到的还是"许大马棒"，不仅因为我对靳姑娘存有戒惕之心，还因为我并无她的联系方式，我却有"许大马棒"的电话，他的堂弟是我的中小学同学，后来在宣江车务段做到副段长的职位。上个世纪八九十年代，火车票紧张时期，找熟人买票，他是首选。我跟许大哥——接下来我不能再叫他的绰号"许大马棒"了——联系上了，我在电话里自报家门，寄生的表弟，他马上就道，我知道你，我在《新华文摘》上还读过你的小说。他在电话里表现的热情和熟稔，令我意外的同时，还生出几分兴奋。要去见一个久矣乎未见的人，且是年长一些的人，对方的热情就是最好的邀请函。

城里的士罢驶，乡下就更不好打车，刚学会用的滴滴打车也不显示有人接单，这时候那张花花绿绿的黑的名片派上了用场。足足在路口等了黑的司机半个小时，他才开着那辆下半身全是尘土的马自达过来。上车后，我说搞这么脏兮兮的，不是到田里打滚去了吧？他大乐道，我想要打滚一径到女人床上去，又不是万恶的旧社会，还用得到去田里打滚吗？听讲我去天语名城，他呀呀呀道，那可是一个高档住宅区，均价都飙到两万以上一平方米了！不是你给二奶买的吧？我反问，你看我是一个包得起二奶的人吗？他又呀呀呀道，我就听讲过，天语名城，住得起的，要么是官商，要么是二奶，讲你听啊，那里的二奶都不是一般的身价，我们即使想闻她的骚，跑一个月黑的，都付不起钟点价！

进得天语名城，果然高大上，江边风景，园内大树葱茏——显然都是移植过来的。许大哥是在社科院退休的，居然也能买得起这么高档的商品房，看来知识分子也确实有一部分先富起来了。那黑的司机也未必讲得准确，许大哥应该是非官亦非商啊。电梯直升23栋22楼，许大哥早已在门口迎候。

二三十年未见了，许大哥青年时期的痕迹还在，只是一头皤然白发，算算应该是挨边七十岁的人了！一身宝蓝色的丝质睡衣，内里是一件果绿色的阿玛尼衬衣。客厅阔大，环壁皆书架，长沙发边两棵人高的绿萝，绿色沁人。许大哥甚至没有认真看看我，就拉我到阳台上——阳台与客厅一样霸气，足有上十米长，窗前是一望无际的大江。江上船只依稀，不时传来一两声苍凉的汽笛，天际越发辽阔了。

我讲我从寄生斋来。

他淡然告诉我，他是去过的，姑父还送了几个陶泥人给他。

到底年长，又是表哥的好同学，他知晓的我表哥的事情，一点不比我少。忆旧的话题一经开启，很快就无话不谈了。

以下的内容如果不是今日见他，我基本无从知晓。

当年表哥与许大哥他们在一中跨越班级成立了一个读书社，那应该是从初二开始的，读书社取名小草，是寄生取的名。他们当然不满足于校内外图书馆能够读到的书，青少年的胃口更青睐具有挑战性思维的内部阅读书刊。来源他是一个，还有一个同学，绰号叫"奥利维尔"，乃父是北京"外放"而来，内部读物更多，比如涅克拉索夫的长诗《谁在俄罗斯能过好日子》、罗曼·罗兰的《约翰·克利斯朵夫》都是那个"奥利维尔"——《约翰·克利斯朵夫》里面的苍白小生——带来的。"奥利维尔"甚至还能弄到解放前出版的

《冰岛渔夫》《伊尔的美神》，这些充满浪漫与幻想气息的欧洲小说，读后令人着迷。"奥利维尔"也为此骄矜自得，至于他后来为此付出的代价，是另外一个话题了。

初二以后有一段，寄生很迷莎剧，这里面肯定与靳姑娘——许大哥告诉我她叫靳小美——一个太普通的名字——有关。譬如表演《罗密欧与朱丽叶》，罗密欧是寄生，朱丽叶是小美。男女同学私心相处，只要以拍戏或对台词来遮羞，就再堂皇不过。莎剧中，寄生除了喜欢《罗密欧与朱丽叶》，还喜欢的一出是《李尔王》，是一出悲剧。那一段，寄生产生了很多玄思：李尔王是如何迷失了自己的？为何疯癫成了他的宿命？是否因为头上有一顶王冠的光芒笼罩，任性就成了他性格的主要特征？寄生去问语文老师，语文老师是一个广西人，个子很高，也爱打篮球，可是他却回答不了学生的问题。只好认为学生有点钻牛角尖，你演戏只要把角色扮演得惟妙惟肖就行了，不用去挖那么深的东西！况且你们还不是整本的演出，只是演出其中一些片段。寄生却不这么认为，他觉得只有把所饰人物的思想脉络全部理顺了，才能把人物演得活灵活现，即使片段也不能马虎。结果他又去找历史老师，历史老师是湖南人，讲一口长沙普通话。历史老师告诉他，权力是权力拥有者的生命本质，权力与疯癫的矛盾随处可见，就连极力鼓吹权力意志的尼采也最终滑入疯癫的泥潭。这个剧的含义是多方面的，可以从不同角度去发掘。历史老师倒是提醒他注意另外一个人物，也就是李尔的第三个女儿考狄利娅，只有她才是真正爱着她的不列颠国王老爹李尔，而不贪图老国王财产的，可是她却因为说了真话，遭到老国王的嫌弃。最后她搭救了在两个坏姐姐的虐待下疯癫了的老国王，自己却还是被密令绞死。这就揭示了一个可怕的真理，世事与命运一样难料，并非善有善报恶有恶报的简单对应，真诚、纯洁和善良的人，并不一定总得好报。

对莎剧的迷惑，历史老师的解读以及寄生本人的求知欲望，构成了一个好求甚解的初中生对教科书乃至生活给予的现成答案的永不餍足。有幸的是，知音靳小美也能提供给他一些难以寻觅的书籍。靳小美也喜欢读书，这或许是两情相悦的一个重要因由。

后来发生了两件事情，逆转了表哥与小美准备在莎剧上大干一场的野心。一件事情是上级有关部门来追查小草读书社，包括它的人数、动机、活动及影响范围，也包括读了一些什么书。此事因为有许大哥在行署做副专员的舅舅出面，总算化险为夷，不了了之，前提当然是解散一个如贫瘠坡地上稀稀拉拉小草似的初中生的读书社。第二件事情，语文老师，也是班主任覃老师，在期末家长会之时，跟寄生的父亲通报了一个优秀学生的情况，学习好是一方面，值得褒奖，在一个又红又专的年代，学习好是专，是一条腿；还有一条腿是红，红就要紧跟形势，积极响应上级号召，参加各种火热的社会实践活动，这方面寄生就显得比较消极，甚至比较落后。两条腿要均衡、匹配、协调才算真正的三好学生。覃老师后来就讲到了小草读书社，讲到了上面来人调查，总算没出大事。覃老师状似轻描淡写的讲述，并没有减轻姑父的疑虑与紧张。你想想，姑父是一个在1949年历次运动中有过历练的人，自己没翻过船，却看过一波又一波的浪把一只又一只的船打翻。所以，先是怂恿继而力迫寄生去当兵，就是想把他这个聪明又有几分桀骜的儿子，送进既是大熔炉又是保险箱的部队里去。

我恍然。原来，我姑父劝阻寄生往读高中、上大学一路上走，讲是为了解决家庭生计，其实是个幌子？

谈讲间，许大哥已抽了两支雪茄，四周飘散着一种烧树叶的味道。他很享受地深嗅一口，纠正我，要他当兵，或者早点出来工作，会有解决家庭生活的考量。但是你姑父让寄生不走读书一路，更主要的还是为了纠偏。

纠偏？我品味这样一个字眼。可恰恰是他在部队上犯了错啊！

许大哥自顾自己的思路道，我们班上还有一个学习委员，外号叫"范进"，学习成绩跟寄生互有高下，初中毕业要填满八个志愿，他前面七个填的都是中专与技校，就是想早点出来工作的，最后一个填了高中，因为成绩好，还是被高中录取。结果碰到1966年知青插队，1972年招工到新坊钨矿，不到一年被巷道里的一枚哑炮炸死了。人的命运，跟大时代的命运一样，充满了太多的偶然。

我被他的烟呛着了，遂问，你这支雪茄不会是假冒的吧？为何是一股子烧树叶的味道？

他瞪了我一眼，继而哈哈大笑道，我老许，还抽得到冒牌雪茄？遂起身，带我到隔壁一屋，十来平方米的一间小屋，储满了名烟名酒。他一一介绍，墙边立着的一只栗色雪茄保湿箱，原产西班牙。六个抽屉，每只里面放着不同品牌的雪茄，都属顶级。譬如十年前才在古巴面世的高希霸长矛雪茄，烟叶产自古巴西部的雪茄种植园，是雪茄的巅峰之作，味道属于混合型，是专为菲德尔·卡斯特罗定制的，完全手工卷制，经过两年窖藏和三次发酵，工艺独树一帜。其品质、口感、外观以及平衡度都经过精心设计，堪称完美。迄今为止，高希霸长矛都是送给访问古巴的高官及外交官的高级礼物。因了珍贵，每一支都用柏木衬里的雪茄套包裹，以防变形。目前在中国市场的售价超过了20万一箱，一箱仅90支。还有帕德龙鱼雷纪念版、帕雷霍、阿什顿等。

为了我这个见识太浅的小老弟不至于闻到树叶味就以为碰到了假冒伪劣，他未犹豫，便轻轻抽出一支高希霸长矛，回到客厅点燃。淡淡的烟味开始弥漫之时，他一边享受，一边问我闻到了什么味道。

他告诉我，这款雪茄混合了奶昔的滑畅、巧克力的涩糯以及黑胡椒的刺激，还有烤榛子、松仁的芬芳。我却在心算这样一支雪茄的单价，20万元除以90，得数是2222.222……一个无限循环小数。

叼在他是表哥昔日的同窗与知交，环顾四壁，我不大客气地问，你不仅比我寄生表哥在世的生活好得太多，也比现如今很多大学教授的生活也好很多，你非官非商，好日子是怎么得到的？

许大哥一笑答：我晓得你写了一本小说叫《抄家》，这样的书名，如果你没送对头，拿到书的人会心惊肉跳，送给我却可得两个字：喜欢。我倒想看看你比我小了七八岁吧？你怎么写那个年代的？现在是一个群雄逐鹿的时代，同样一个职业、行业，收入水准也差别很大。个人生活水准如何，完全取决于个人在这个时代的具体表现。你有没有比较过，比如大学同学聚会，毕业二十年、三十年之后，观念上分道扬镳自不必说，经济上高低错落也常常令人叹为观止？

未等我回答，他又带我去左边的书架，指着最下面一层，一溜儿尽是外地城市的经济蓝皮书，书脊上标注的主编皆是他。他告诉我，六七年前退休之后，他仍是财大的特聘教授，另外成立了一个城市综合经济研究院，他任院长，名气日大，不仅省内，全国不少城市都请他去讲学与编撰蓝皮书。

我告诉他，我在深圳做一个文化讲坛的策划，以文学为主，兼及文化，还没有请过经济学方面的专家，如果他有空，随时欢迎。他连着说了两声NO、NO，你那个讲坛请不起我的！我晓得你那里的课酬，我的出场费与中欧国际工商学院的名牌教授是不相上下的。我下到县里去，再穷的县，一次少于万儿八千都是请不动我的。

我愣住了，难怪他抽得起两千多元一支的高希霸长矛！

我这时的脸色一定难看，故而他安慰我道，不是我不帮你，出场费这个东东是瞒不住的，如果我到你那里是三千五千一次，人家的讲坛，是万元起步，传出去了，肯定得罪人，我自己也跌份儿了。你明白吗？

你不要以为我只能编这些垃圾！他右手两根指头在书架下层横扫而过，悻悻然道，他们报上来的数据不晓得有多少水分和臆测，我随便问几问，他们就面红耳赤，张口结舌，想瞒我这样的老狐狸，门都没有，也不看看我们是从什么年代过来的！

那你……我刚开口，他就阻拦道，我晓得你要问，明晓得是一堆垃圾，为什么我还编？告诉你，这对我来讲，只是一个稻粱谋！我不编，别人也要编的，而且只会比我编得更烂！我编的过程之中，还会不停地给他们敲打敲打，要他们下次不要把数据弄得太水太离谱了！

没等我告辞，他就带我出去吃饭了，临出门反身带我进到卧室，床头尽是书，他拉出床下一块隔板，我看到里面都是泛黄的老版本。他一本一本翻出来，纸张都脆了，这都是"文革"前出版的奥国学派的经典：门格尔、维塞尔和庞巴维克，还有一本是哈耶克的《通向奴役的道路》。

出门的时候，我问他是什么时候弄到这么多老版本的？

他没有理我。早有一辆古铜色别克GL8等在楼下，上车后他才道，我是在运动后期1975年以后，才大量读到和弄到一些内部书籍。我和寄生读中学的时节，看到的很少，他听说过哈耶克的思想，却也无缘看到。现在的人可真是幸福，看什么都有，年轻人除了一些做论文的，大多数对此都不感兴趣了噢。言下无限感慨。

我告诉他，现如今学中文的，想读一些深刻的思想类书籍的大学生，少之又少。

他一撇嘴道，其他专业的，大同小异。他们只对职业、薪酬，或者出国感兴趣，你到国外大学去看看，中国学生占据了大部分经济金融及工商管理类的专业。

江边一个酒楼，四面当风，甚是凉爽。菜单皆是鱼类江鲜。许大哥不屑道，讲是江鲜，其实都是其他地方的人工养殖，放到江边就当江鲜卖！现如今近海海鲜都光了，何况江河！在这里吃饭也就是图个环境。天色向晚，食客迤逦而来。许大哥边点菜边告诉我，如果不是早订，根本无座。

边吃边谈，终于绕不过去寄生了。许大哥叹道，他那么聪明的一个人，可惜了！

我道，如果不去部队上，如果不是不小心失手打了一尊宝像，就不会有那么一个结局。

原本他和我一样，应该尽情享受现如今的好日子，现在只有我为他扳本了！许大哥哈哈一乐，接着道，如果不是打了宝像，被退回原籍，也不安排工作，靳小美也不至于跟他掰了；如果他的心里有个靳小美支撑，也不至于抑郁成疾。有那么多如果，每一个都是因果链上的一环。

我分析，如果不去部队，继续读高中，碰到"文革"，上不了大学，那就是下乡知青，命运或许就是另外一个样子吧？

许大哥嘴角依然浮起嘲讽道，只能是或许而已，世事难料，以寄生那么一颗喜读书、爱思考的种子，放到农村去接受所谓再教育，天晓得他会折腾出什么动静来！我们班上的老沈，绰号歪脑壳的，你见过吗？在乡下写歌作曲传唱，调子灰暗，后来又写匿名信反映知青生活艰苦，相当于劳改，带队干部诱奸想招工的女知青，被打成"现反"判了无期，直到1979年才放出来平反，在牢里一条腿也被打坏了，后来工作安排还是我找的人。唉，都过去了，不谈也罢。剩下来的，都算幸运，好好度过余生。

我问，靳小美现在在哪里？

他眼前一亮道，对啊，你应该去找找她哇。我们中学同学，有三分之一落在了省会，包括靳小美，平时联系不多，不晓得还在不在那里？我有她的电话，年初的中学同学会她没来，讲是去了美国。

饭后，许大哥执意给我安排在一个五星级酒店入住，司机送了他，然后送我。

一看时间还早，我尝试着拨通了靳小美的手机，庆幸她倒是在的，电话里的声音仍然年轻。我报了寄生的名字，她略一犹疑，许久，答应过来在一楼的咖啡吧聊聊。靳小美过来时，我一直站在大厅等候，直到她叫了我的小名南南，我都没敢认她。好富态又好年轻的一个女人，哪里就是六十七八奔七十了！一身桃红色中楼及膝，米色丝光袜下是一双果绿色高跟鞋。代之当年那个初中毕业生脑后两个小辫子的是一头起伏的黑波浪，精致的妆容，将天生的形象缺陷一一做了遮掩。

坐下后，我恭维道，小美姐姐，你可真像是哪个电影明星的青春版啊！

奶奶级人物了，还青春版呢！话是这么说，她脸上却越发焕发了神采，追问，哪位明星呢？我们当年追的是秦怡、张瑞芳、王晓棠，还有王馥荔、吴海燕、潘虹。

我不吝再次恭维，都有点像，拣齐了众星的优点！

她呵呵大乐道，寄生的小弟弟可真会讲话……乐到后来，她的泪水都流出来了，她说，如果寄生在的时候，有你这么圆通，就好了！她一任两行热泪顺着脸颊流下来，我抽出纸巾递过去，她也不擦。直至几声抽噎过后，才抬手揩拭眼角。

水池那边是一架硕大的三角钢琴，一个黑色长裙曳地的女子，弹奏的是马思聪的《思乡曲》。

令人忧伤的音乐中，她沉迷又觉醒，给我叙述如下，她讲的比许大哥更令我意外：

寄生在部队上搞卫生之时，失手打坏了宝像，做提前退伍处理，已经是部队帮了他的忙了，这种例子如果放在地方上，那个年代，判个十年八年劳改的多了去了。至于地方不安排工作，跟部队无关。可是他心里很不平衡，尤其跟他一起入伍的那些同学，隔年退伍，父母在铁路的，进了电务段、通信段、车辆段，父母是地方的，进了商业局、粮食局，差一些的也去了文化宫、电影院、新华书店。他就写信反映，那就是鸣冤叫屈，而且让小美投递。他说天天想，月月想，年年想，一直想不通，为何打坏一个石膏像，要受到这么重一个惩罚？小美答应寄出，却一出门就将他的上诉信带回去烧了。在家里不敢烧，带到家后面的山脚下烧。一次刮西风，不慎将路边茅草带燃了，慌得手脚忙乱，引得256的员工赶来扑火。自然就要问到烧什么东西，她自供烧的是情书。所幸她父亲当时是革委会副主任，单位二把手，这件事在众人眼里就被遮掩过去了。回到家里，爸爸喝问是谁给她写的情书。她只有实话实说是胡寄生。父亲震怒，从来没见过他发那么大火，将一只玻璃杯摔出窗外，还将身边的凳子踹了一脚。他说他们靳家往上数出几代，根子都是红彤彤的，如果招惹进来这么一个受过大处分被革除出部队的人，受害的就不是她一个靳小美，哥哥姐姐还有亲朋好友都要受牵连！当时她已经高中毕业，在乡下打了一个转，通过父亲帮忙，转到256的子弟学校教书了。

小美一笑道，我就那点"文革"毕业的底子，去当老师，真是误人子弟呢！

一年之后，她全家调到了省局。此前有两次进省局的机会，父亲都放弃了，父亲喜欢256的山清水秀，自家还有不少山脚下的自留地，可以种红薯、生姜、扁豆、洋姜、葱、蒜。她家秋天收获的南瓜、冬瓜吃不完，左邻右舍都沾光来抱了回去。这一回父亲受到了刺激，执意调离，也就很快成功了。省局没有了学校，她做了打字员，七八年前退休的职务是后勤主任。现如今，她一个儿子在美国南加州大学会计学专业研究生毕业，如今在国际四大会计师事务所之一的普华永道会计师事务所工作，他老爸老妈的工资加起来只是他一个零头。工作也确实辛苦，只有她不时飞过去看看，一年两趟吧。

靳小美眉飞色舞地告诉我，儿子谈了一个韩国女友，是儿子的大学同学。

我跟她说，希望知道更多寄生以后的事情，尤其他的失踪，对他一家打击太大了。

靳小美眼神一黯，像是要厘清一下思绪。良久才继续说，她到了省城之后，等于让寄生悬空了所有的念想。寄生几乎每周给她写两封信，她警觉父亲很快会从传达室发现此事，便及时让省委大院的一个朋友代为收转。头两个月，她还耐心回信，后来一则太忙，二则渐渐失去耐心，就很少回信了。1974年暑期，寄生悄悄跑到省城来看她，她自然不敢带回家去，在孺子路登记了一个房间。当晚，她请寄生吃饭，见他形容消瘦，精神萎靡，劝他无论如何坚持工作。寄生告诉她，他是在采石场的塘口做临时工，推过劳动车、翻斗车，也抬过片石……他一不怕苦二不怕死，更不惧怕脏和累，就因没有她在身边，做什么都提不起劲头来。后来她说了，袁河车站尤其是袁河采石场，有不少好姑娘，可以找一个了，她一无美貌，二无才华，不值得他惦念。他就两眼发直，死死盯着她，盯得她心里一阵一阵发抽。他说，当初在学校喜欢她，就因她爱读书，有思想，如果这一辈子失去了她，他不会觉得人生有多大乐趣了！她劝他不要瞎想，要想，就多想想她的缺点。他说，她一身都是优点，即使她的缺点，在他眼里也是优点。后来她有过两次失败的婚姻，不晓得是不是与心里从未放下过寄生有关。一二十年前张爱玲大热，她读到张爱玲散文《爱》，里面一段话至今还背得的，原话是：于千万人之中遇见你所遇见的人，于千万年之中，时间的无涯的荒野里，没有早一步，也没有晚一步，刚巧赶上了，那也没有别的话可说，唯有轻轻问一声："噢，你也在这里吗？"张爱玲的这段话久久萦回在她的脑海里，她觉得就是她与寄生情感的写照啊……人生美好的爱情，要说难也难，知音难觅，要说不难也不难，在某时某刻不期而遇，遇到了却未必能抓住，瞻前顾后，不敢决断。

　　1976年夏，寄生的妹妹给她发了一个电报，告知寄生失踪一周了，问她是否见过。她大惊，当天就乘585次列车赶到袁河站。寄生的父亲四处打探无结果，很颓丧地坐在家里。见她来了，脸上也无表情。她问及一旁妹妹们，知晓寄生平时爱去山边——尤其256的山下，还有就是袁河的河边。明知去山里不可能有结果，次日一早，她还是沿着当年的公路走去256。几年前的沙石公路已经翻修成柏油路，大山洞前增加了一些建筑，陈年的国庆标语还残留在门楼前。她在那年焚烧寄生书信的水沟边，烧了一沓草纸，刚点着，心中一悸，很快用水浇灭了。复走回袁河边，路远，花了两三个小时，坐在河边的一棵柚子树下，她与寄生的初吻就在这棵树下。也就是初吻而已，他来省城见她那次，她送他去招待所，他关上门之后，死死抱住她，她因毫无准备而害怕，将他死命推开后逃跑了。现在想起，假如把初次给了他，兴许他不会失踪……她日后也不会后悔的。她其实不是那种患得患失的女人，敢想敢做，做了无论对错，都不会后悔。她就坐在那里一任思绪缥缈，正是"双抢"季节，身后田埂上来去的农民，不是挑着金黄色的稻谷便是荷着翠绿的秧苗。他们不时用好奇的眼光打量她一眼。大家都忙着人民公社的口粮，难得温饱的年景，收割的收割，插秧的插秧，一个城里女人跑到乡下河边来发什么呆呢？看她泪水涟涟——她也是起身之后，才发现衬衣领子都湿透了——差不多就要去喊基干民兵了。下起了雷阵雨，她也起身了，她要赶一天一趟的慢车586回省城，一路淋着雨走到袁河车站。在车站售票窗口，她见到了寄生的父亲，两人无话，她却明白，这个小站，那一条河流，会是她终生的牵挂。果然以后一二十年，年年此时，她都去过。

　　我叹道，去年国庆期间，小学同学聚会，我也去过一趟袁河。

河流依旧，小地方变化不大的。

她道，是啊，我心里有他，更觉得永远不会有变化了。

那次靳小美去袁河，回到家里就病了，病了几天起来像是变了一个人，不爱说话，不爱出门，甚至不爱洗漱打扮。单位里关心的人都猜她是被情感困住了，要她爸爸带她出去走走，散散心。还没等到她爸爸行动，她就先离家出走了。她一下可是走得远，一路上火车加汽车走了二十多天，去了新疆喀什。盖因在一中读书之时，她和寄生一道在行署大院里看了电影《冰山上的来客》。黑暗中的长凳上，寄生对着她耳语道，他将来要带她去新疆帕米尔高原，去看雪山，去到主人公阿米尔的故乡。到了喀什，她已经身无分文，无法继续前往帕米尔高原上的塔什库尔干塔吉克自治县，那是电影中那个可爱的战士阿米尔的家乡！她在喀什逗留的消息，终于为当地驻军一封明传电报，传到她父亲手中。父亲千里迢迢赶来，父女相见，还没吭声，急白了双鬓的父亲便一头栽倒在地……返回路上，父亲才告诉女儿，其实他早看出女儿心里只有寄生，即使调离袁河，他还托朋友去寄生原来的部队，询问寄生当年情况。得知寄生当年搞卫生打坏了一尊宝像，非但不报告，还扔进了垃圾桶，很快被搞清洁的战士发现，不能不上报。追问下来，寄生态度恶劣，认为失手打坏一尊石膏像，毕竟不是真人，就是一尊石膏像，没有多大关系。连队和团里都想保他，关他禁闭写检查，他却不配合，还有一些很是出格的言语，最后给了处分，做提前退伍处理，但又不算开除军籍。因为受了部队处分，地方安排不了工作，父亲也帮不上忙，所以只有叫女儿死了心……

靳小美讲述的这些，确实我大都不知情，虽然年代已泛黄，听来却恍如昨日。十分庆幸这次跟她相见，了解了不少过往。听说我女儿阳阳大本之后，拟出国读研，她也说去美国好，去美国加州的大学好，她可以代为推荐，出去以后一定要考北美牌照的精算师。我笑道，她妈也推荐阳阳去考北美精算师，你们真是英雄所见略同啊！靳小美乐开了花道，吃一碗专业技术饭，那是走遍天下都不怕的！不过，精算师对数学要求很高，一定要学好数学。我们那个年代还批"学好数理化，走遍天下都不怕"呢，真是混账！

姑父的病情到第二周便急转直下，时而清醒，时而昏睡，心率一直在120上下；好多天不能进食，靠点滴与鼻饲。医生告知病人家属，检查报告显示，他的很多心脑血管都有游走的斑块，处处添堵，心肺功能严重不全，即使上呼吸机等设备也只能多延长几天或十几天生命。表姐与我商量，既然如此便不勉力抢救了，免得延长老人的痛苦，我默然赞同。

周六这晚，姑父病情相对平稳，我劝一身疲惫的两个表姐回去换洗后再来。内外安静，连平时窗外老樟树上的鸟儿也歇息了。我望着床头那帧姑父最想看的寄生的照片，寄生隔着半个世纪的尘埃，也在看着我。

我坐下取一本随身带的杂志看得入神，10点来钟，忽听得姑父喘息声重，骤然叫道，快，快去！我扔了书本，赶紧握住他的手，贴着他的耳朵道，姑父，我在，我在啊！他的右手使劲抓住我，往外推，吼道，快去，快去！我张皇四顾，大声道，去哪里呀姑父？他叫道，地窖里都是的，快去！快去拿一个给寄生，晚了就来不及了！

我知晓他这是谵妄，很快，姑父神思昏迷，一只手遽然松开了。但见他一张瘦削的脸由白变青，刚才还温热的手渐渐凉了，一双眼睛却至死没合上，充满着惊骇与憾恨。

我在他渐渐冷去的遗体前，默然而立，轻轻抹合他的双眼，咬着唇唤了句：安息吧，姑父……

遗体告别仪式定在周日下午，丧事从简，不开追悼会。得知消息，我太太带着阳阳从官山赶来省城。尽管时间短促，告别仪式上还是来了不少人，除了两个表姐的一群朋友，许大哥、靳小美以及我在报社记者站当站长的老同学也来了。殡仪馆外，靳小美搂着阳阳的肩膀直夸她漂亮，还说了一句时尚话：看得我眼睛都亮瞎了！说是早晓得南南有这么漂亮的一个闺女，就不让在洛杉矶普华永道工作的儿子找一个韩国女孩了。一旁，抽着雪茄的许大哥嘴角又是浮起一丝讪笑道，不要讲有女友了，就是有太太了，真能有一个对上心的，何惧之有？大家伙静默片刻，一阵哄笑。靳小美在我耳边道，你许大哥才华横溢，兜里也沉，是个少奶杀手，新找的太太比他小这么多。她做了一个减半的手势。

众人哄笑，这一幕，与即将举行寄生父亲遗体的告别仪式，颇不相称。

仪式很快就结束了。阳阳提出去寄生斋看看，说是常听我讲起，从未去过。除了家人，许大哥、靳小美以及我的老同学都说想去，于是二三十人上了一辆中巴浩浩荡荡而去。

进到寄生斋，我摆出寄生的老照片，换来一片感慨，阳阳带头贬低我，说老爸怎么不及表叔的十分之一，表叔可真是帅呆了！

我信口问表姐，你爸临死前说到什么地窖，不是发烧糊涂了吧？

　　两个表姐异口同声道，是有一个地窖，只是她们从未下去过。

　　我心里一悸，直觉有些机关！

　　于是被带到后屋，掀开一块地上的盖板，好大的一个地窖，其实就是一个地下室，却是黑咕隆咚的。表姐在墙上摸来摸去，找到了开关，原来下面有灯。我顺着楼梯下来，霎时间以为看花了眼，环壁都是木架，木架上放满了大大小小的石膏宝像，半身的，全身的，站立的，跨步的，全是。

　　我耳边骤然想起姑父的喊叫：快去！快去拿一个给寄生，晚了就来不及了！

　　晚了就来不及了！来不及了！来不及了！

　　像触了电一般我觳觫不已，排山倒海似的热浪，火红的，金黄的，滚滚而来，霎时间周遭满是轰隆轰隆的喊声、雷声以及列车风驰电掣一般碾过的巨响……

图书在版编目 (CIP) 数据

洛杉矶的蓝花楹 / 南翔著. — 北京：北京十月文
艺出版社，2024.1
ISBN 978-7-5302-2346-8

Ⅰ. ①洛… Ⅱ. ①南… Ⅲ. ①中篇小说—小说集—中
国—当代②短篇小说—小说集—中国—当代 Ⅳ.
① I247.7

中国国家版本馆 CIP 数据核字 (2023) 第 233135 号

洛杉矶的蓝花楹
LUOSHANJI DE LANHUAYING
南翔　著

出　　版　北 京 出 版 集 团
　　　　　北京十月文艺出版社
地　　址　北京北三环中路6号
邮　　编　100120
网　　址　www.bph.com.cn
发　　行　新经典发行有限公司
　　　　　电话 010-68423599
经　　销　新华书店
印　　刷　北京盛通印刷股份有限公司
版　　次　2024 年 1 月第 1 版
印　　次　2024 年 1 月第 1 次印刷
开　　本　880 毫米 × 1230 毫米 1/32
印　　张　14.5
字　　数　240 千字
书　　号　ISBN 978-7-5302-2346-8
定　　价　59.80 元
如有印装质量问题，由本社负责调换
质量监督电话　010-58572393